おね、秀吉の妻

One, Hideyoshi's wife

西脇隆

Takashi Nishiwaki

文藝春秋
企画出版部

おね、秀吉の妻

夏祭

夏祭の夕刻に二人は出会う。赤い太陽は西に沈《しず》みつつあり、黄色い満月が東に顔を出す。昼間の熱風が涼《すず》しい風に変わる。木々の緑は濃《こ》く、紫《むらさき》の桔梗《ききょう》が咲《さ》き、茶の鳶《とんび》がピーヨロロロと鳴きながら大きく旋回《せんかい》する。

おねの汗《あせ》が首筋を通るときに、キラリと光るのを秀吉《ひでよし》は眩《まぶ》しく感じる。

「暑いなも」男が大声で言うと、

「暑いわ」女は微笑《ほほえ》みながら小さな声で答える。笑窪《えくぼ》が見える。左が少し浅い。

「汗《あせ》が流れるなも。きゃっきゃ」汗《あせ》を手で拭《ふ》き笑いながら。

「汗《あせ》が流れるわ。ほうほうほう」笑い声は鶯《うぐいす》の鳴き声のように黄色く澄《す》んでいる。

同じように感じ、おんなじ言葉を発し、同時に笑う異性に、お互《たが》い共感を覚える。汗一滴《あせひとしずく》の流れに感じ合う心が共に新鮮《しんせん》だ。

項《うなじ》の白さや豊熟な胸、くびれた腰《こし》、すらりとした脚《あし》、美しい体形に、男は見とれたが、口にはできない。

娘《むすめ》は青年を団扇《うちわ》であおぐ。

「おねさん、ありがとう」軽く会釈《えしゃく》する。

「秀《ひで》さん、どういたしまして」首をゆっくりと横に少し振《ふ》って笑う。

爽《さわ》やかな風が起こり、二人の間を流れる。名前で呼び合って親しみが湧《わ》く。

何かの拍子《ひょうし》に、おねの右手が秀吉の左手に、ちらりと触《ふ》れる。

(小指と小指の間に赤い糸は見えないけど、運命的な触《ふ》れ合いかも)乙女《おとめ》は思う。

共に心ときめく一目《ひとめ》惚《ぼ》れ。尾張《おわり》(愛知《あいち》県)清洲城《きよすじょう》近くにある日吉神社《ひよしじんじゃ》でのこと。

おね十七、秀吉二十三、永禄《えいろく》三(一五六〇)

年の巡《めぐ》り会い。

妹のややと、おねが妹のように愛《いと》しがるまつと、三人で盆踊《ぼんおど》りに来ていた。秀吉は親友の犬千代《いぬちよ》（前田利家《まえだとしいえ》の幼名）と娘《むすめ》たちの盆踊《ぼんおど》りを見に来ている。

五人は男女交互《こうご》になって踊《おど》る。おね、秀吉、やや、犬千代、まつの順。汗《あせ》が流れるのが気持ちいい。

娘《むすめ》たちのひと踊《おど》りの後、五人は祭り茶と酒を飲みながら話し込《こ》む。

「きゃっきゃきゃ」秀吉が猿回《さるまわ》しの真似《まね》をして飛び跳《は》ね、

「わんわんわん」犬千代が犬のように三度回って吠《ほ》えると大笑いとなる。

「ほうほうほう」おね、

「うふふ」やや、

「おほほ」まつ、

「きゃっきゃ」秀吉、

「わはは」犬千代。

笑い声は人それぞれだ。おねは秀吉の大きく独特な笑い声に驚《おどろ》いたが、渾名《あだな》から納得《なっとく》した。秀吉は、おねの澄《す》んだおっとりとした嬌声《きょうせい》が気に入る。

おねが笑うと、ぱっと明《あか》るくなり、笑いの輪《わ》、循環《じゅんかん》ができる。

おねは色白の福顔《ふくがお》で福耳《ふくみみ》、大きな目、澄《す》んだ瞳《ひとみ》、二重瞼《ふたえまぶた》、鼻筋《はなすじ》が通っており、おちょぼ口の右上に黒子《ほくろ》があり、腰《こし》まで伸びた長い黒髪《くろかみ》の城下一の美人だ。白地に黄色の菊《きく》の花模《はなも》様《よう》の浴衣《ゆかた》がよく似合う。

ややは面長《おもなが》、おねより耳たぶは薄《うす》く、丸い目の団子鼻《だんごばな》、小さめのおちょぼ口、右眉毛《まゆげ》の上に黒子《ほくろ》があり、おねより首と手足が少し長く、城下一のやんちゃ娘《むすめ》。三つ違《ちが》いの十四。髪《かみ》は少し短く胸までだった。

まつは三人娘《むすめ》のなかでは年下の十三、丸顔、団栗眼《どんぐりまなこ》で口が大きく鼻は少し上を向いており、左目の下に泣き黒子《ぼくろ》がある。童顔《どうがん》の残る可愛《かわい》い盛《さか》りの乙女《おとめ》だ。喧嘩《けんか》するとすぐ泣きだすのは、まつだった。髪《かみ》は肩《かた》までと短い。浴衣《ゆかた》の色は、ややが撫子《なでしこ》色、まつが桃《もも》色。

犬千代とまつは従兄妹《いとこ》で母親が姉妹、生まれてすぐに許婚《いいなずけ》となる。秀吉は盆踊《ぼんおど》りの後、おねを家まで送って行く。その道すがら秀吉は二か月前の桶狭間《おけはざま》の戦いを伝える。

おねは時々、左手の親指と人差し指で福耳に触《さわ》りながら聞く。これは癖《くせ》だ。顔を左に少し傾《かし》げる仕草《しぐさ》を優美に感じる青年。

「二万五千の大軍を率《ひき》いる今川義元《いまがわよしもと》を討《う》つべく、織田信長公《おだのぶながこう》は寅《とら》の刻（午前四時）に起きた。濃姫《のうひめ》様の鼓《つづみ》に合わせて、敦盛《あつもり》を舞《ま》って清洲《きよす》城を出立《しゅったつ》し、辰《たつ》の刻（午前八時）に熱田《あつた》神宮で戦勝祈願《せんしょうきがん》をしたんだなも。庭に真っ白な夏椿《なつつばき》が咲《さ》いていた」

大きな声で言う。秀吉の声はいつも人よりでかい。

「早起きだわ」

「そうだなも。十分の一の二千五百の軍勢で、雷雨《らいう》のなか桶狭間《おけはざま》の本陣《ほんじん》を奇襲《きしゅう》し、午《うま》の刻(午前十二時)に義元の首を取った」

「敦盛《あつもり》って」

「幸若舞《こうわかまい》の一つで、『人間《じんかん》五十年、下天《げてん》の内をくらぶれば、夢幻《ゆめまぼろし》の如《ごと》くなり。一度生《ひとたび》を得て滅《めっ》せぬ者のあるべきか』信長公の十八番」歌いながら舞《ま》う。

「人生五十年、もう半分近く生きたの。残り半分しかないのかしら」

「太陽と同じように規則正しい生活をしていれば、もっと長生きできるさ。でも『美人薄《はく》命《めい》』というから、気を付けて、いつまでもいつまでも美しく、お元気で」

秀吉は鼻を右手の親指と人差し指で触《さわ》る。鼻が高くなることを望んでいるのか、餓鬼《がき》のころから願い事をするときの癖《くせ》だ。

「なぜ、勝てたのかしら?」

顔をほんのり桜色に染めて、話をそらす。

「信長公が先頭に立って義元の首のみに集中したためさ。義元は輿《こし》で逃走《とうそう》しようとしたが泥濘《ぬかるみ》に足を取られて逃げ足が遅《おそ》く、馬に乗った信長軍に追い付かれた」

「どうして、馬で逃げなかったの」

「太り過ぎていて、馬に乗れなかったようだ。また、今川軍の視界は桶狭間《おけはざま》の谷間《たにあい》で利《き》かず、雷雨《らいう》でさらに悪かった。一か月の行軍で疲《つか》れてもいた。地の利や天の時の運《うん》もある。勝敗は運が半分で『油断大敵《ゆだんたいてき》』だ」

「十倍の差があったのに、なぜなの」

「今川軍は縦長《たてなが》の陣容《じんよう》、山道を二列縦隊《じゅうたい》でざっと三里《り》（十二キロメートル）の長さで行軍中だった。本陣《ほんじん》では五百人ほどの旗本《はたもと》が義元を守っていたが、横から五倍の兵に襲《おそ》われたから負けさ。刀《かたな》と槍《やり》の戦いでは一人ひとりの力の差はそれほどなく、多勢の方が勝ちさ」

「戦《いくさ》は大勢の方が勝ちなの」

「戦う前に数をそろえる工作が勝つ秘訣《ひけつ》、孫子《そんし》の時代や源平《げんぺい》の戦い以来、古今東西《ここんとうざい》、森羅《しんら》万象《ばんしょう》、皆《みな》同じ」

「敵より味方を増やす努力をすることがすべてね。戦場《いくさば》で仲間が多ければ勝利なら」

まだ初心《うぶ》で男性を家柄《いえがら》や風貌《ふうぼう》で見る目はなく、表情や仕草、話の面白い秀吉に惹《ひ》かれる。蛍《ほたる》が周りを飛んだ。蛍《ほたる》の光に祝福されている会遇《かいぐう》と共に感じる。

男は美女大好きだったが、女は美男《イケメン》好きではない。

秀吉は身長五尺《しゃく》（百五十四センチメートル）と小柄《こがら》で首が短く顔は丸く、日焼けからか赤ら顔で、目が落ち込んでおり、団子鼻で鼻の穴が見え、耳と口が大きく、猿《さる》に似ていた。

一か月ほどたった九月に花火が上がる。庄内《しょうない》川の辺《ほとり》で見る。辺《あた》りには薄《うす》い白銀の穂《ほ》の芒《すすき》が生《お》い茂《しげ》り、清涼《せいりょう》な秋風に靡《なび》いている。赤蜻蛉《あかとんぼ》が一匹《ぴき》飛んできた。よく見ると蜻蛉《とんぼ》の群れも見える。

ドンという、腹《はら》に響《ひび》く音、暗い星空に開く大輪《たいりん》に見入る。川面《かわも》に映る花火も素敵《すてき》だ。

秀吉の焦茶《こげちゃ》色の喉仏《のどぼとけ》や厚い胸板《むないた》と胸毛《むなげ》、筋肉質で黒毛の多い腕《うで》と脚《あし》に男らしさを感じる。逆に、おねの浴衣《ゆかた》から覗《のぞ》く胸元《むなもと》や二《に》の腕《うで》、太股《ふともも》、脹脛《ふくらはぎ》の丸みと白さが眩《まぶ》しい。

一刻（三十分）に三発ほどと、ゆっくり打ち上げられ、次を待つ静寂《せいじゃく》と暗闇《くらやみ》が楽しみでもある。のんびりとした時間が流れる。

最後の大玉で歓声《かんせい》を上げた後の沈黙《ちんもく》のなかで、初めて手を結ぶ。

男の手は槍《やり》の鍛錬《たんれん》でごつごつしていたが、女の手はつきたての餅《もち》のように柔《やわ》らかく、一回り小さく冷たい。お互《たが》い言葉にはならない気持ち好《よ》い瞬間《しゅんかん》だ。手の平《ひら》は、おねが桃《もも》色づいた肌《はだ》色、秀吉が少し赤い。

「手相を見たいわ」月明かりのなかで、おね。

「わ、――よく似ている」

「……本当だなも」

「ほら、生命線や頭脳線、感情線、運命線、太陽線など、ほとんど同じだわ」

二人の左手を右手の人差し指で、なぞりながら説明する。秀吉の右手が自然に肩《かた》を抱《だ》く。

少したじろいだ、が嬉《うれ》しくて胸がわくわく、どきどきする。

「そうなんだ」お互《たが》いのこれからの道が同じになる予感がする。

「運命線は真ん中から太くなっていて『大器晩成《たいきばんせい》』よ」

「嬉《うれ》しいだなも」右手に力が入る。

夜風が少し冷えてきて、肩《かた》をさらに強く抱《だ》き寄せた。上腕《じょうわん》の温《ぬく》もりをお互《たが》いに感じ、幸せだった。

野合

白秋《はくしゅう》の朝に、二人は白馬《はくば》と漆黒馬《しっこくば》で出かける。秀吉は馬を持てる身分ではなかったが、犬千代に頼《たの》んで二頭借りてきた。庄内《しょうない》川の川縁《かわべり》を上流に向かってゆっくり進む。青空に浮《う》き雲、爽《さわ》やかな秋風の中、前になったり、後ろになったり、並んだり、お互《たが》いの姿に見とれながら。真っ赤に燃える紅葉《もみじ》の山々も祝福している。

馬が疲《つか》れると川床《かわどこ》に降りて、水を飲ませた。川波千鳥《かわなみちどり》がプュイプュイと鳴き番《つが》っているのを見て、手を結ぶ。心ときめく瞬間《しゅんかん》だった。

「馬術もたいしたものだわ」

「信長公に鍛《きた》えられているから。少し前までは信長公の後ろを走って追いかけていたが、近ごろ馬に乗ることを許されて、練習もしているんだ。おねさんも、うまいもんだ」

「ありがとう、弟に教えてもらったの」

「馬上の姿も絶美だ。惚《ほ》れ惚《ぼ》れするよ。……幸せだなも」

「うん、私も。――しあわせ」

「髪留《かみど》めを使って」鼈甲《べっこう》の黄色い櫛《くし》を懐《ふところ》から出し渡《わた》す。

「わあ、素敵《すてき》、嬉《うれ》しい」

髪飾《かみかざ》りを長い髪《かみ》に挿《さ》す。緑の黒髪《くろかみ》に黄色が映《は》え、結《ゆ》った髪《かみ》から美妙《びみょう》な桃《もも》色がかった肌《はだ》色の福耳が見える。

「馬に相乗《あいの》りしない。きゃっきゃ」

「お好きなように。ほうほうほう」

女は前に乗り、男は手綱《たづな》を捌《さば》く。心地《ここち》良い涼風《すずかぜ》を受けながら疾走《しっそう》する。

おねは背中で、秀吉は胸で、温かさを感じ、さらに二《に》の腕《うで》に胸の膨《ふく》らみを。お互《たが》いを大

切に思う感情は高まり、どきどきと動悸《どうき》を打つ。二人だけの幸せな人時空間が過ぎてゆく。

馬が小便をするのを見て、秀吉は尿意《にょうい》を催《もよお》す。

「ちょっと、ごめんね」芒《すすき》の陰《かげ》で立ち小用をする。

「失礼」叢《くさむら》に隠《かく》れてする。

川の水で手を一緒《いっしょ》に洗う。お互《たが》いなんとなく恥《は》ずかしかったが、同じ行動に親近感が深まる。白い秋風に黄色の野菊《のぎく》が笑っているように靡《なび》いた。群雀《むらすずめ》がバサバサと飛び立つ。

数刻後、赤い夕焼けのなか、手をつなぎ、時には小指を結んで、馬を引きながら帰路につく。

春の桜満開の夕方、庄内《しょうない》川で舟《ふな》遊びをする。秀吉が櫓《ろ》を漕《こ》いだ。川辺に咲《さ》く桜も川面《かわも》に映る桜も風光明媚《めいび》だ。春風に薄《うす》赤い花弁が舞《ま》い、黄色の連翹柄《れんぎょうがら》の小袖《こそで》についたり離《はな》れたりした。

「おねさんも桜も奇麗《きれい》」

「一年中で一番、美しい季節だわ」桜色の顔を染めて微笑《ほほえ》む。

「日本中で一番、麗《うるわ》しい人だよ。きっと」

「まあ、秀さん、小袖《こそで》いかが」

秀吉に橙《だいだい》色の小袖《こそで》を贈《おく》る。裁縫《さいほう》が得意で趣味《しゅみ》でもある。家事の合間《あいま》に一か月ほどかけて、端《は》切れを縫《ぬ》い合わせて作った。

「ありがとう。ぽかぽか暖かい」布子《ぬのこ》を着た秀吉は力一杯《ちからいっぱい》、抱擁《ほうよう》する。

「私もほかほか温《ぬく》いわ。丈《たけ》も袖《そで》もぴったり、よく似合う」

「残念ながら、贈《おく》り物は準備していないけど。精一杯《せいいっぱい》の大切にする心と桜一輪をどうぞ」

「素敵《すてき》」

「小袖《こそで》は桜より美麗《びれい》でいい香《かお》りだ。いつまでも大好きでいていい」裁縫《さいほう》糸とともに、乙女《おとめ》の残香《ざんこう》が移っていた。

「お上手《じょうず》ね、でも嬉《うれ》しいわ。好き、指切《ゆびき》りしてもらっていい。ほうほうほうほう」

「ああ、いいよ。きゃっきゃ」

「指切拳万《ゆびきりげんまん》、嘘吐《うそつ》いたら針千本呑《の》ます」小指を絡《から》ませて永久《とわ》の愛を誓《ちか》う。

「お結《むす》びいかが」

「いただきます。うまい」

桜の枝が張っている岸辺に舟《ふね》を着けて、誰《だれ》も見ていないのを確かめて手を結んだ。いつの間にか、お互《たが》いを強く抱《だ》きしめていた。至福《しふく》の時間だった。

豊かで大きいお握《にぎ》りのような乳房《ちぶさ》を柔《やわ》らかく触《ふ》れる秀吉。筋肉隆々《きんにくりゅうりゅう》の背中を感じるおね。二匹《ひき》の蝶々《ちょうちょ》も付かず離《はな》れず飛んでいる。結ばれる。おねは初めてだった。野合《やごう》である。

「蜂《はち》が居る」おねが叫《さけ》ぶ。

秀吉の左の肩《かた》に止まっていた。秀吉が振《ふ》り払《はら》おうとしたとき、ブンと羽音をたてて左腕《さわん》を刺《さ》した。

「痛い」秀吉が悲鳴を上げ、目に涙《なみだ》が浮《う》かんだ。腕《うで》が膨《ふく》れた。

おねは蜂《はち》の針を抜《ぬ》き、唾《つば》をつけた。少し痛みがひいたが、傷《いた》い思い出が残った。おねにも満ち足りた傷《いた》みが残る。

その後、時間を見付けては木蓮《もくれん》や椿《つばき》、藤《ふじ》、躑躅《つつじ》、牡丹《ぼたん》、紫陽花《あじさい》などの花を訪ねての散歩、山登り、馬乗り、舟遊《ふね》び、魚釣《つ》り、浜辺《はまべ》の貝拾いなど逢瀬《おうせ》を重《かさ》ねる。

初夏に青い海に出かけた。紫《むらさき》の菖蒲《あやめ》の浴衣《ゆかた》に白い肌《はだ》がより白く映《は》える。

「おねさん、だいすき」浜辺《はまべ》の砂に書く。

「ひでさん、だいすき」おねも画《か》く。

波が来て消してしまう。共に悲しくなり涙《なみだ》ぐんだ。

竹の棒に針付きの釣《つ》り糸を巻き、魚釣《つ》りをする。宿借《やどかり》の貝を石で割り針に付けた。倍良《べら》や鮋《かさご》が釣れ、頭と内臓、鱗《うろこ》、皮、骨を除き刺身《さしみ》にして食べる。獲《と》れたての魚は旨《うま》い。

その時、急に辺り一面真っ暗になり雷《かみなり》がピカッと光り、ゴロゴロと鳴った。古家の軒下《のきした》で雨宿《あまやど》りして温め合う。そのうち雨が止《や》み、青く晴れた北西の空に七色の虹《にじ》が浮《う》かぶ。

「おねさんも虹《にじ》も鮮麗《せんれい》だなも」

「虹《にじ》の袂《たもと》に何があるか知ってる？」

「さあ……」

「きっと、宝物があり、二人の幸せな未来があるのかも」

「袂《たもと》を追いかけてみる」

「でも、どんなに速く走っても、追いつかないと聞くけど。幸《さち》はつかむことはできず、常に追い求め、努力し続けることが素敵《すてき》なのかも」

「そうなんだ、泳ごう。きゃっきゃきゃ」

「うん、お好きに。ほうほうほう」

それぞれ浴衣《ゆかた》を脱《ぬ》ぎ、長襦袢姿《ながじゅばん》と褌姿《ふんどし》になり泳いだ。いつの間にか、共に裸《はだか》になっていた。海水の冷たさと波の揺《ゆ》れが心地良い。

おねが岩場に足をかけたとき、滑《すべ》って貝殻《かいがら》で右足の脹脛《ふくらはぎ》を切った。痛くて涙《なみだ》がぽろりと出た。足の赤い血が出ている部分を秀吉は押さえて止血《しけつ》する。

夕陽《ゆうひ》が沈《しず》み、真っ赤に日焼けして、ひりひりする思い出と、おねには足の傷《きず》が残る。

高空には天《あま》の川が流れ、織姫星《おりひめぼし》と彦星《ひこぼし》が見守る。

月輪子《げつりんし》

中秋の名月の夕方に、おねは生まれる。真紅《しんく》の夕陽《ゆうひ》が西に沈《しず》み、黄金《こがね》色の満月が東に上《のぼ》るころだった。清涼《せいりょう》な秋風が白銀の芒《すすき》の穂《ほ》を揺《ゆ》らし始め、燕《つばめ》がチュピチュピチュピチュピーッと家路を急ぐ。

（安らかで穏《おだ》やかで円満な性格になるように寧《ね》としよう）両親は名付ける。

「お寧《ね》」と、家族や親戚《しんせき》は敬愛を込《こ》めて呼ぶ。

（満月の夜に誕生したから、おねは月輪子《げつりんし》）母はそう思っている。

織田《おだ》家の弓衆《ゆみしゅう》である杉原家利《すぎはらいえとし》の息女朝日《そくじょあさひ》の次女として、父親の定利《さだとし》は婿養子《むこようし》。天文《てんぶん》十一

（一五四二）年、尾張《おわり》の清洲《きよす》でのこと。

　六つ（数え七歳《さい》）のとき、家族で月見をしたことを、うっすらと憶《おぼ》えている。

「月が奇麗《きれい》だね」父の定利は大きな声を出す。

「おねの誕生日だから、みんな、月見団子《だんご》を、たんとお食べ」母の朝日。

「いただきます」四人の童《わらべ》たちは愛らしい声を上げる。

「おねの口に、粒《つぶ》あんが」みんな大笑いとなる。

「——どこ、——どこ」舌《した》で唇《くちびる》を撫《な》で回す。

「口の上よ」姉のくまが小豆《あずき》色の粒《つぶ》あんを取ってくれる。

　この団子の粒《つぶ》あんを口の右上にくっつけて笑われたことを、大人になってからも時々、思い出すことがある。そこにいつの間にか黒子《ほくろ》ができたのは不思議な巡《めぐ》り合わせ。粒《つぶ》あんが、なぜだか幼いころは苦手《にがて》だった。こしあんと黄粉《きなこ》は大好きだが。

「月にいつか行ってみたいわ」おねは夢みたいなことを言う。

「そうだね、うさぎがたくさん居るようよ」姉くまは応《おう》じる。

「うさぎ大好き、一緒《いっしょ》に遊びたい」さらに空夢《そらゆめ》のようなことを、おねは続ける。

「『兎《うさぎ》の上《のぼ》り坂』って、知ってる?」父定利は訊《き》く。

「さあ」童《わっぱ》たちは首を傾《かし》げる。

「前足が短くて後ろ足の長い兎《うさぎ》は、坂道を巧《たく》みに登ることができることから、もっとも得意とする分野で実力を発揮することだよ」大きな声で教える。

「弓上手《うま》くなって、みんなを守るよ」弟家定《いえさだ》は応《こた》える。

「指切拳万《ゆびきりげんまん》しようよ」おねは頼《たの》む。

「指切拳万《ゆびきりげんまん》、嘘吐《うそつ》いたら針千本呑《の》ます。指切った」おねと家定は小指を絡《から》ませて約束する。

おねは誓《ちか》って守ることが大好きになる。左手で福耳に触《ふ》れる癖《くせ》もこのころから付く。

朝日は好きな和歌を詠《うた》う。万葉集《まんようしゅう》の柿本人麻呂《かきのもとのひとまろ》の歌だ。

「東《ひんがし》の　野にかぎろひの　立つ見えて　かへり見すれば　月かたぶきぬ」

源氏物語の光源氏《ひかるげんじ》の歌も。

「深き夜の　あはれを知るも　入《い》る月の　おぼろげならぬ　契《ちぎ》りとぞ思ふ」

「世に知らぬ　心地こそすれ　有明《ありあけ》の　月のゆくへを　空にまがへて」

母は竹取物語《たけとりものがたり》（かぐや姫《ひめ》の物語）を童《わらべ》に聞かせた。梟《ふくろう》が鳴いている。

父の膝《ひざ》の上や肩車《かたぐるま》で遊んだことを憶《おぼ》えている。肩《かた》から降りるとき少し怖《こわ》くなり泣いたことがある。父が仰向《あおむ》けになり、手と足で体を持ち上げ、「高い高い」をしてくれるのも大好きだった。見晴らしがよくなるので、高い所はお気に入りだ。

小さいころは内弁慶《うちべんけい》で、人見知りしていた。極度《きょくど》の恥《は》ずかしがりやで母の陰《かげ》に隠《かく》れることが多かった。いつの間にか何でも笑顔で積極的に取り組むようになり、よくしゃべるようになる。いつだったか父親に笑い顔と笑い声を「可愛《かわい》い」と褒《ほ》められたときからか。

この年の冬、定利は戦《いくさ》で深手《ふかで》を負って亡《な》くなる。享年《きょうねん》二十九。月見が最後の団欒《だんらん》となる。弟の家定が弓衆《ゆみしゅう》として名跡《みょうせき》を継《つ》いだ。朝日二十六、くま八、おね六、家定五、やや三。

敷地《しきち》四十坪《つぼ》（百三十平方メートル）、六畳《じょう》六間《ま》の板の間と土間の台所《だいどころ》、風呂《ふろ》、厠《かわや》（便所）、中堅《ちゅうけん》武士の家で生活は楽ではないが、ひもじい思いをすることはない。

翌年、朝日は夫のいない寂《さみ》しさからか犬を飼った。黒い毛の小犬で名前はころ。餌《えさ》と大小便の世話は子どもたちが交代で行なう。おねがたくさん面倒《めんどう》を見る。

三年ほどたったある冬の寒い日、「ぎゃんぎゃん」と、ころの泣き声が風呂《ふろ》の竈《かまど》の下からした。慌《あわ》てて薪《まき》を取り出したが、全身の毛は縮《ちぢ》れ火傷《やけど》していた。温かい竈《かまど》で昼寝《ひるね》していたのに気が付かず、風呂《ふろ》を沸《わ》かしたためだった。

「さあ」翌日の朝、大きな息をして動かなくなる。眠《ねむ》ったように死んだ。

「さあ」は「さよなら、ありがとう」だったのか。

「ころ――、ころ――、ころ――」おねは泣き叫《さけ》んで大粒《おおつぶ》の涙《なみだ》を流す。みんなも泣いた。

朝日は尻の便を拭《ふ》き取り、線香《せんこう》をあげて、庭の小さな桃《もも》の木の側に埋《う》める。空は黒く曇《くも》り、霙《みぞれ》が降り綿雪《わたゆき》に変わる。

母は子どもたちを慈《いつく》しみ、夫が早く亡《な》くなったこともあり、娘《むすめ》たちに花嫁修業《はなよめしゅぎょう》をさせ、良い家格に嫁《とつ》ぐことを願望している。下克上《げこくじょう》の世の中になっていたが、結婚《けっこん》は氏素姓《うじすじょう》を大事にし、親が決める時代だ。門地《もんち》は裕福《ゆうふく》さとほぼ直結している。

朝日は寡婦《やもめ》で四人の幼子《おさなご》を育てるのに苦労し、貧乏《びんぼう》は大嫌《だいきら》いだ。

「きっと、いい家柄《いえがら》の裕福な夫に嫁《とつ》いで、私を楽にしておくれ」と言い聞かせていた。

「うん、きっと、――そうします」おねは答えていた。何のことだか、よく分からないが。

おねは弟家定や妹ややの面倒《めんどう》をよく見て母を助けた。おねは母親似でぽっちゃり顔、ややは父親似でほっそり顔だ。

十になると読み書きや算盤《そろばん》、掃除《そうじ》、洗濯《せんたく》、炊事《すいじ》、風呂焚《ふろた》き、裁縫《さいほう》など一通りできる。

「一寸法師《いっすんぼうし》」や「浦島太郎《うらしまたろう》」「酒呑童子《しゅてんどうじ》」「桃太郎《ももたろう》」などの御伽草子《おとぎぞうし》と、万葉集《まんようしゅう》を母は与《あた》えた。

将棋《しょうぎ》や囲碁《いご》を教え遊ばせた。おねは上達が早い。

『一を聞いて十を知る』洞察《どうさつ》力や先見力が幼いときから鋭《するど》い少女だった。

「うわんうわん」驚《おどろ》きと怖《こわ》さで泣いた。

小袖《こそで》を縫《ぬ》っていたとき、左手の人指し指に針を刺《さ》し、突《つ》き抜《ぬ》けた。気が動転するほど真っ赤な血と涙《なみだ》が出た。針の頭を切り取って、やっと抜《ぬ》くことができた。談笑《だんしょう》して余所見《よそみ》をした途端《とたん》の痛い思い出である。指には黒い染《し》みとして残っており、見る度《たび》に脇目《わきめ》は駄目《だめ》、『油断《ゆだん》は怪我《けが》の元』と思うようになる。

小さいころに溺《おぼ》れかけたこともあり、弟と泳ぎを練習した。

十五で、近所の子女《しじょ》たちを集めて、母から習った仕立てや読み書き算盤《そろばん》を教える。隣《となり》に住む、まつも習いに来ていた。暗算《あんざん》や珠算《しゅざん》の問題を出す。

「九掛《か》ける九は」「八十一」

「十九の二乗は」「三百六十一」

「一足す二足す三足す四は」「十」

「一から十まで足すと」「五十五」

偏《へん》と旁《つくり》を合わせて漢字を教えた。

「谷偏《へん》に欠は」「欲《よく》」

「穀物《こくもつ》を前に口を開けていることで食欲の意、欲望の欲、欲望とは望み願うこと」

「のぎ偏《へん》の下に乃《だい》は」「秀《ひで》」

「たわわに実って穂《ほ》がたれ下がっている稲《いね》の意、秀逸《しゅういつ》とはすぐれていること」

二十四節気も。

「立春《りっしゅん》、雨水《うすい》、啓蟄《けいちつ》、春分《しゅんぶん》、清明《せいめい》、穀雨《こくう》、立夏《りっか》、小満《しょうまん》、芒種《ぼうしゅ》、夏至《げし》、小暑《しょうしょ》、大暑《たいしょ》、立秋《りっしゅう》、処暑《しょしょ》、白露《はくろ》、秋分《しゅうぶん》、寒露《かんろ》、霜降《そうこう》、立冬《りっとう》、小雪《しょうせつ》、大雪《たいせつ》、冬至《とうじ》、小寒《しょうかん》、大寒《だいかん》」

さらに学習についても。

「百聞は一見に如《し》かず」

「百回繰《く》り返して聞くより、一度でも目で見るほうが確かなこと」

「千里の行《こう》も足下《そっか》より始まる」

「着実に努力を重ねていけば必ず成功する」

人を教える喜びを知り、教えるには学ばなければならないことを理解する。人を育てることで自分も育ち、お互いの運気が増すことを学ぶ。

祭りが好きで盆踊《ぼんおど》りなどでは、三味線《しゃみせん》を弾《ひ》き、囃子《はやし》太鼓《だいこ》を敲《たた》き、笛を吹《ふ》き踊《おど》る。音楽や舞踏《ぶとう》は囲碁《いご》将棋《しょうぎ》と同じで、練習すればするほど上達するので好《この》んだ。

日輪子《にちりんし》

初春の日の出とともに日吉《ひよし》は生まれる。太陽は真紅《しんく》から橙《だいだい》色に変わり、紅白の花桃《はなもも》が咲《さ》き始めていた。日吉は秀吉の童名《わらべな》。

なかと織田家の足軽《あしがる》である弥右衛門《やえもん》の長男として、尾張中村郷《おわりなかむらごう》（名古屋市中村区、清洲《きよす》から五キロメートルほど東南）で誕生した。なかが清洲《きよす》の日吉神社に祈願《きがん》して授かったので、日吉と名付けた。天文《てんぶん》六（一五三七）年、おねの生まれる五年前のこと。

（太陽のごとく天下に実りを与《あた》えるように）なかは願い、日輪《にちりん》の子と信じたい。

織田信秀《のぶひで》（信長の父）の家来《けらい》だった弥右衛門《やえもん》は日吉が六つのころ、戦《いくさ》で深手《ふかで》を負い亡くなる。なかは男手が必要で信秀に仕えていた竹阿弥《ちくあみ》を迎《むか》えた。僧侶《そうりょ》で城内の雑役《ぞうやく》、事務方であり家が近くだった。なかと二人は同じ年。

日吉は姉のとも、弟の小一郎《こいちろう》（秀長《ひでなが》の幼名）、妹の旭《あさひ》の四人兄弟姉妹《きょうだい》だった。それぞれ三つ離《はな》れている。家は八畳《じょう》分の板の間と土間の台所、離《はな》れに厠《かわや》。夜は皆《みな》が川のようになって雑魚寝《ざこね》。

七つのころ、日吉は光明寺《こうみょうじ》の門弟《もんてい》に奉公《ほうこう》することとなり、読み書きと算盤《そろばん》を習う。腕白《わんぱく》で寺の作法《さほう》にうとく長続きしない。

木登りが得意で、丸い赤ら顔、黒目が大きく白目はなく、鼻の穴が上を向いていたので小猿《こざる》と呼ばれる。日吉《ひよし》神社の神の使いは申《さる》（猿《さる》）であったことに因縁《いんねん》がある。

ただ、なんでも一度聞けば覚え、数字に強く計算が速く、頭の良い子だった。反芻《はんすう》する能力、復習力と、先を読む能力、予見力が長《た》けている。

「どこまでも飛んで行け」黄色い蒲公英《たんぽぽ》が好きで、春には兄弟姉妹で白い綿毛《わたげ》を吹《ふ》いて遊んだ。いつか自分も飛ぶのを夢見ている。

十の秋、小一郎と旭《あさひ》の三人で、紅葉《もみじ》と夕焼けを見に近くの山に登った。真紅《しんく》の景色に見とれているうちに、夕陽《ゆうひ》が沈《しず》み真っ暗となり、道に迷う。烏《からす》がカアカア鳴いている。

「怖《こわ》いよ。しくしく」旭《あさひ》は泣き出す。大粒《おおつぶ》の涙《なみだ》が落ちる。

「お腹が空《す》いたよ。えんえん」小一郎も、べそをかく。

「お兄ちゃんに任《まか》せておけ」心細さを振《ふ》り切って言う。

右手の親指と人差し指で鼻を触《さわ》る。このころから、何か願い事などをするときの癖《くせ》だ。

日吉は旭《あさひ》を負《お》んぶして、小一郎の手を引く。

その時、東の空に十六夜《いざよい》の月が上り、月明かりで家に辿《たど》り着くことができた。

「なんて無鉄砲《むてっぽう》な子なの。『秋の日は釣瓶《つるべ》落とし』といって日が暮れるのが早いのよ。お

天道様《てんとう》の動きを読むのが大切よ」なかは日吉を怒鳴《どな》り、ぽかりと頭をど突《づ》いた。

日吉ら三人は月の光に感謝した。太陽と月の光、そして時間の貴《とうと》さを理解した。

十四で、元服《げんぷく》して藤吉郎《とうきちろう》秀吉と名乗る。

「田畑仕事をかあちゃんに任せ、お茶を点《た》て世間話ばかりして、何もしない奴《やつ》は出てゆけ」

「うるさい、お前こそ出て行け」怒鳴《どな》り返される。

「ああ、……出てゆくわい！」大きな声で叫《さけ》ぶ。

養父の竹阿弥《ちくあみ》と些細《ささい》なことで口喧嘩《くちげんか》して、実家を当てもなく飛び出した。

なかから少し金をもらったので、それを元手に針の行商《ぎょうしょう》の仕事を見つけた。

木綿《もめん》針を京《きょう》（京都《きょうと》市）で仕入れ、近江《おうみ》（滋賀《しが》

県）や美濃《みの》（岐阜《ぎふ》県）、尾張《おわり》、三河《みかわ》（愛知《あいち》県東部）、遠江《とおとうみ》（静岡《しずおか》県西部）、駿河《するが》（静岡県東部）で売る。

社長兼《けん》小使い、一人で仕入れから販売、祭りなどでの境内《けいだい》の場取り、金繰《かねぐ》りまで、商売の骨《こつ》を実践《じっせん》で学んだ。良い品を安く仕入れて安く売る。お客はどこに居るか、試行錯誤《しこうさくご》の経験で探し出す。人の心をつかみ、針を買ってもらう訓練を丸三年、千日した。

『石の上にも三年』商《あきな》いは飽《あ》きないともいい、飽《あ》きずに続けることが必須《ひっす》、継続《けいぞく》は力だ。

しかし、潜《もぐ》りであり、座《ざ》の商人からは目の敵《かたき》にされ、袋《ふくろ》だたきに遭《あ》う。一人で食うのが精一杯《せいいっぱい》であり、次の仕事を探す。

座《ざ》という商品別の独占《どくせん》権があり、高値で商売しており、安く売ればお客はついた。

十七の春、清洲《きよす》城下で針を売っていた秀吉は、犬千代《いぬちよ》（前田利家《としいえ》）に出会う。

「儲《もう》かっているかい」

「まあまあ」

「信長様が家来《けらい》を増やそうとしている。お前もどうだ」

「空《うつ》けの信長公との評判だなも」

「父親の葬儀《そうぎ》で位牌《いはい》に線香《せんこう》の灰をかけた奇行《きこう》が原因で、あんぽんたんとの評価だが、敵を油断《ゆだん》させるため。先を見る力は抜群《ばつぐん》で世の中を変え、天下を統一したいと思っている」

「夢みたいなことを」

「野望がなければ、なにも変わらないのでは」

「大大名《だいだいみょう》に仕えたほうが安定していていいようにも」

「『鶏口《けいこう》となるも牛後《ぎゅうご》となる勿《なか》れ』機会はきっと無尽《むじん》にあるよ」

「……そうかな」（半信半疑）だ。

秀吉は犬千代に連れられて、弓の練習をしている信長に会う。側《そば》には信長の妻濃姫《のうひめ》が控《ひか》えている。信長も濃姫《のうひめ》も紅《あか》い小袖《こそで》だ。

「信長様、この者が家来《けらい》になりたいとのことです」犬千代が大きな声を出す。

「あの松《まつ》に、ひっかかった矢を取って来い」甲《かん》高い声、赤い声で信長は命令する。

「へい」大きな声で答え、鮮《あざ》やかな木登りで矢を持ってくる。

「どうぞ！」さらに大きな声で信長に渡《わた》す。

「よし働け。猿《さる》」信長。

「夫を頼《たの》みますぞ」濃姫《のうひめ》が続ける。

濃姫《のうひめ》の美しさに見とれた秀吉でもあった。運良く得意技が信長に認められ、台所の下働きとなる。信長二十、濃姫《のうひめ》十九、利家十六、秀吉との合縁奇縁《あいえんきえん》が始まる。

初恋《はつこい》

夏の初めに、おねと弟家定《いえさだ》は庄内《しょうない》川で魚を追って遊んでいた。ドッドンと遠くで雷《かみなり》が鳴り上流が豪雨《ごうう》となり、鉄砲水《てっぽうみず》で水嵩《みずかさ》が増え、中洲《なかす》に取り残される。

「助けて、助けて」二人は叫《さけ》ぶ。

激流《げきりゅう》のなか信長は胸まで水に浸《つ》かって、両者を両腕《りょううで》に抱《かか》えて助ける。竹千代《たけちよ》（後《のち》の徳川《とくがわ》家康《いえやす》）も側《そば》にいたが、爪《つめ》を噛《か》んで見ているだけ。運よく信長は竹千代に水泳を教えていた。信長がいなかったら溺《おぼ》れて死んでいた。

ずぶ濡《ぬ》れになってめそめそと泣くおねに、信長は可憐《いじら》しさを感じ、励《はげ》ましの気持ちで、

「大丈夫《だいじょうぶ》」と声をかけ、手を強く握《にぎ》る。

「ありがとう。うわんうわん」泣きべそをかきながら、しっかりと握《にぎ》り返す。

「ぎゃわんぎゃわん」家定は顔と目を真っ赤にして鼻水を垂《た》らしながら泣くばかりだ。

信長と竹千代が泳ぐ姿を見に川へ行く。信長は泳ぎが上手《うま》く速い。竹千代はまだまだだ。信長は筋肉だけで無駄《むだ》な脂肪《しぼう》もなく細く長身、竹千代はずんぐりむっくりで体も顔もぽちゃっとした低身。ともに褌姿《ふんどしすがた》。信長は紅《べに》色。竹千代は白だが少し黄色がかっている。

洗濯《せんたく》を何回もしている。

おねは少し隔《へだ》てたところから、いつまでもじっと見ていても飽《あ》きない。信長の方に自然と目は向く。命を助けてくれた人に憧《あこが》れる。初恋《はつこい》かもしれない。

おねはある日、黄色い紫陽花《あじさい》で花冠《はなかんむり》を作り渡《わた》す。

「信長さん、竹千代さん、これを」

「ありがとう」両者は喜んで頭にかぶる。

それまでの口癖《くちぐせ》、「お父さんと結婚《けっこん》する」を言わなくなった。

(信長さんと結ばれたい) ひそかに思っているが、口に出すことはない。

夕方まで川辺にいて冷涼《れいりょう》な風で、おねは夏《なつ》風邪《かぜ》をひく。熱が出て寝込《ねこ》む。朝日が水枕《みずまくら》で頭を冷やし、赤い西瓜《すいか》を与《あた》える。食欲はなかったが食べる。

「吊《つ》り橋を渡《わた》るのが怖《こわ》い。しくしく」泣いていると、「一緒《いっしょ》に渡《わた》ろう」信長が手を引く。揺《ゆ》れる橋をゆっくりと渡《わた》る。信長の武道で鍛《きた》えたごつごつした手が快感だ。信長との夢を見た。一度目を覚ましたが、夢だったことを確認してまた眠《ねむ》る。さらに残夢《ざんむ》を見た。

「馬に乗りたい」とせがむと、「来い」信長の前に乗せてくれる。馬の振動《しんどう》と風を切って髪《かみ》が靡《なび》くのが爽快《そうかい》だ。

次の日も熱があった。また夢路《ゆめじ》をたどる。そんな空夢《そらゆめ》を見ることが楽しみだ。

(西瓜《すいか》も美味《おい》しいし、風邪《かぜ》をひくのも悪くないな)と思う。

信長への憧憬《しょうけい》は秋に濃姫《のうひめ》との婚儀《こんぎ》の話を聞き、いつの間にか弱まっていく。自分以外を大切にする人を愛することは少女にはできない。

竹千代は女性から花冠《はなかんむり》をもらったのは初めてであり、その時、胸がどきどきしたことを思い出す。おねに淡《あわ》い恋心を感じる。初恋《はつこい》の人は、おねかもしれない。

おね五、信長十四、竹千代五。

同じ年の秋、濃姫《のうひめ》が信長に輿入《こしい》れするのを、日吉は眺《なが》めた。

籠《かご》の中から外をのぞく、華麗《かれい》に着飾った美しく童顔の残るお嫁《よめ》さんを見て憧《あこが》れる。

「おっかあ、濃姫《のうひめ》様と結婚《けっこん》したい」なかに日吉は言う。

「何を無茶な、百姓《ひゃくしょう》の子は百姓《ひゃくしょう》としか縁《えん》結びできないのよ」

「足軽の子でも戦功を立てて出世すれば大名になれるし、大名の姫《ひめ》をもらえるだなも」

「阿呆《あほう》、馬鹿《ばか》を言いでないよ」頭をたたかれる。悔《くや》しくて、なかなか眠《ねむ》れない。

「いつか大名の姫様を、お嫁《よめ》さんにするんだ」と宣誓《せんせい》する。

寝入《ねい》ったら夢を見る。

「日吉、こちらへ、おいで」濃姫《のうひめ》は日吉を木陰《こかげ》に誘《さそ》う。

「はい」

「いい天気ね」

抱《いだ》き合い抱き締《だし》めて、口を近づけたところで夢が覚めた。褌《ふんどし》が濡《ぬ》れていた。続きを見たくて眠《ねむ》ったが、残夢は見ることができない。自分で褌《ふんどし》を洗う。秀吉の初恋《はつこい》かもしれない。

日吉十一、濃姫《のうひめ》十三のとき。

天文《てんぶん》十七（一五四八）年、おねは夏に、秀吉は秋に、それぞれ初めて恋《こい》をした。おねは信長に、秀吉は濃姫《のうひめ》に、運命の悪戯《いたずら》のように。おねと秀吉はまだ巡《めぐ》り会っていない。

秀吉十七のとき、信長の矢を、木に登り取ってきた日、横にいた一段と秀麗《しゅうれい》になっていた濃姫《のうひめ》に愛慕《あいぼ》を抱《いだ》いた。その後、城内で時々見かけ、陰《かげ》ながら慕《した》う。話をする機会はないが、笑い声や話し声に胸がときめくことがある。

十八のころ、急な雨がザッーと来て、濃姫《のうひめ》が傘《かさ》を差してくれ、相合傘《あいあいがさ》をした。

「秀吉さん、雨に濡《ぬ》れていますよ。風邪《かぜ》をひかないように」

「恩に着ます」

抱《いだ》き合う夢の続きと思い、どきどきと胸はときめいたが、信長公が恐《おそ》ろしくて何もできなかった。この時の胸の高まりは一生忘れることはない。秀吉の思いはいつまでも続いている。

おねは妹ややが生まれたとき、母親に訊《き》く。

「赤ちゃんはどこから来るの？」

「鸛《こうのとり》が運んでくるのよ」

「嘘《うそ》」

「お父さんとお母さんが好き合えばできるのよ」

「そうなの」

「お前も、お父さんみたいな素敵《すてき》な弓衆《ゆみしゅう》と結婚《けっこん》できるといいね」

「うん」

同じころ、日吉は小一郎と話をする。

「小一郎、赤ん坊《ぼう》はどこから来るか知っているかい」

「知らない」

「雄《お》しべと雌《め》しべがくっつくと実がなるみたいに、お父ちゃんとお母ちゃんが寄り添《そ》うと赤子ができるんだって」

「へえ、そうなんだ！」

朝日がややの初潮を祝って、赤飯を炊《た》いた。その日の美味《おい》しい夕餉《ゆうげ》の後、おねとややは愛について話し合う。

「鸛《こうのとり》と鵠《くぐい》（白鳥）の違《ちが》い分かる」おねは尋《たず》ねる。

「さあ、赤ちゃんを運んでくるのが鸛《こうのとり》と聞いているけど」

「うん、そうよ。鸛《こうのとり》の方が足や嘴《くちばし》が長いの。鸛《こうのとり》は羽毛の大部分は白色だけど翼《つばさ》は黒色、鵠《くぐい》は全身白色。両方の求愛動作を見たことある？」

「ないわ」

「鸛《こうのとり》は嘴《くちばし》を小刻《こきざ》みに鳴らし、鵠《くぐい》はお互《たが》いの首で、お結びの形をつくるようよ」

「お姉《ねえ》ちゃんは何でも知っているのね」

「ややも今日から、女の子から女性に。赤ちゃんをつくることができるけど、愛はなんだ」

「さあ」

「愛とか好きは美への憧《あこが》れかも」

「そうかもね」

「好きの反対は」

「嫌《きら》いや憎《にく》しみ、反目、反感、敵意かな」

「憎悪《ぞうお》は醜《しゅう》への怒《いか》りかも。意地悪したり、無視などの冷たい態度をとったり、叱咤怒号《しったどごう》したりするわ」

「たしかに」

「人には長所と短所も、清い心も濁《にご》った心も、美しいところと醜《みにく》いところも、どちらもあるわ。どちらを感じるかは心の持ち方かも。目の敵《かたき》にするより慈愛《じあい》の多い人生が楽しいわ」

「ややも鸛《こうのとり》や鵠《くぐい》のように求愛活動を早くしたいな」

おね十五、やや十二の初春、赤い梅の蕾《つぼみ》が膨《ふく》らんでいる。

浦舟帆上《うらふねほじょう》

出会いの翌年水無月《みなづき》、梅雨の晴れ間の朝、白と赤の紫陽花《あじさい》が咲《さ》き初《そ》める道を歩きながら、秀吉は求婚《プロポーズ》した。揚羽蝶《あげはちょう》が二匹《ひき》付かず離《はな》れず舞《ま》っている。

「一緒《いっしょ》に居ると楽しいので同じ家《いえ》に住みたいだなも。きゃっきゃや」大きな声だ。

「秀さんと笑いたいので同じ家《うち》にいたい。ほうほうほう」澄《す》んだ声で笑って応じる。

「貧しいから小さな屋敷《やしき》にしか住めないけど」

「きっと大きな城に住む日が来るかも」夢みたいなことを言う。

「赤ちゃんも、わんさと欲《ほ》しいな」

「うん、城一杯《いっぱい》の仰山《ぎょうさん》の子を産み育てましょう」さらに夢のような返答をする。

「猿《さる》は多産だよね」少し沈黙《ちんもく》があり、

「そうかも」小さく頷《うなず》く。

ボス猿《ざる》が多くの雌《めす》を従える猿山《さるやま》の話を知らなかった。

おねは妹ややに相談した。

「秀吉さんに嫁《とつ》ぎたいのだけど、どう思う」

「素敵《すてき》ね、でもどこが、そんなにいいの」

「同じように笑い、おんなじことで悲しむ、そのきっかけが同時なのが好きなの」

「そうなの、いつも同じ時に、おんなじように感じるのは素晴《すば》らしいことね」

「これからも一緒《いっしょ》に笑い悲しみ、共に家で過ごしたいの」

「お姉《ねえ》ちゃんが、いいんだったら、いいんじゃない。結婚《けっこん》は左手に愛、右手にお金で、両手で結ばれるともいうけど。愛情があれば、若いからお金はなんとでもなるのでは。頑《がん》張《ば》って。でもお母さんに相談したら」

（家の格が違《ちが》い過ぎる。野合《やごう》は許さない）朝日は大反対だった。

（胸中の人が居るの。足軽《あしがる》ではなく槍頭《やりがしら》の四高の婿《むこ》がいい。高収入で高い家格、背の高い年高の人と婚姻《こんいん》させたい）と考えている。

「秀吉さんに嫁《とつ》ぎたい」緑が濃《こ》いある日、母に言う。

「あの猿《さる》のような顔をした足の短い貧乏《びんぼう》な足軽《あしがる》かい、駄目《だめ》、論外《ろんがい》」

「お父さんのように背が高くて美男で、良家でお金持ちでないと一生苦労するよ。子どもも愛くるしい方がいいし。結婚《けっこん》と恋愛《れんあい》は別。恋《こい》は美しい誤解で、連れ添《そ》うのは現実の生活よ。『痘痕《あばた》も靨《えくぼ》』なのは恋慕《れんぼ》期間中だけのことよ」

「いやだ、絶対、添《そ》い遂《と》げたいの」

「低収入、低家格、低身長の三低は最低、話にならない、絶対駄目《だめ》」

「どうして――」

「結婚《けっこん》とは夫と妻との間で、健康と愛と貯金を共に育《はぐく》んでいく約束事。そのためにお互《たが》いに美を感じ、言動に共感でき尊敬し感謝し、褒《ほ》め合えることが肝心《かんじん》。夫が高収入で高門地、高身長、高年齢《ねんれい》の方が、反発したり、軽蔑《けいべつ》や怨嗟《えんさ》、醜《みにく》さを感じ、けなし合ったりすることが減り、婚姻《こんいん》に失敗する危険が少ないのよ」

「でも、無病息災《むびょうそくさい》は食事や早寝《はやね》早起き、運動などで維持《いじ》できるし、思い合えば愛の結晶《けっしょう》の赤ちゃんもできるし、貯金も収入に見合った生活となるよう節約すればできるわ」

「長い連れ合い生活、山あり谷ありで、そんなに簡単ではないよ。失敗する危険はできるだけ初めから避《さ》けた方が利口《りこう》よ」

「私は馬鹿《ばか》だから、今の気持ちを大事に、秀吉さんに嫁入《よめい》りしたい」

「不幸になる可能性のある縁組《えんぐ》みには、母親として大反対。無理なことは無理です。許すことができないものは許せない」

とりなす父親はいないし、姉くまや弟家定《いえさだ》、妹ややには発言権はない。

見かねた朝日の親戚《しんせき》の浅野長勝《あさのながかつ》が、おねを養女にして輿入《こしい》れの段取りを付ける。

「三低は最低」の話を風の噂《うわさ》で聞いた秀吉は傷つく。

（今に見ておれ。猿顔《さるがお》短足は両親と自分のせいで、今からどうしようもない。足軽《あしがる》から足軽頭《あしがるがしら》、侍《さむらい》、侍大将《さむらいだいしょう》、家老《かろう》、城持《しろも》ち大名《だいみょう》に、なんとか出世して分限者《ぶげんしゃ》に成りたい）と思う。

葉月の暑い夕方、新居の土間に簾《す》搔藁《がきわら》に薄縁《うすべり》を敷いて結婚《けっこん》式を挙げる。祝福するように真っ赤な百日紅《さるすべり》が咲《さ》き、ミンミンミンと蟬《せみ》が大声で鳴いている。

夏祭で出会って丁度《ちょうど》丸一年。浅野夫婦《ふうふ》と妹やや、秀吉の母なか、弟小一郎、妹旭《あさひ》、友達の利家《としいえ》とまつ、十人だけの祝いだった。

土間《どま》の竈《かまど》で、なかと旭、ややが作った料理は、おねの大好きな卵焼きと秀吉の好物の茄《な》子《す》の味噌《みそ》田楽《でんがく》、それに尾頭《おかしら》つきの鮎《あゆ》と大根《だいこん》と芋《いも》のあえもの、久し振《ぶ》りの白い米のご飯だ。

結婚《けっこん》を聞きつけた信長が酒を、濃姫《のうひめ》が反物《たんもの》を持って現れる。

「秀吉、城下一の美人で世話好きのおねさんを第一義にせよ」甲《かん》高い声の信長。空《うつ》けと言われ、奇行《きこう》もあったが、家来思いの一面を持っている。

「おねさん、お幸せに」優しい声の濃姫《のうひめ》。

大名としては珍《めずら》しく夫婦《ふうふ》一緒《いっしょ》に行動することが多い。

初夜に布団《ふとん》の上で腕相撲《うでずもう》と脚相撲《あしずもう》をした。おねが腕相撲《うでずもう》は三連敗だが、脚相撲《あしずもう》は二勝一敗だった。脚《あし》の長さはほぼ同じだが、足は女の方が小さい。足の裏を合わせると温かく感じた。体温は男の方が高い。

「末永《すえなが》く、よろしくお願いします」座《すわ》り直して精一杯《せいいっぱい》大きな声で言う。

「こちらこそ、いつまでも、よろしくお頼《たの》みいたします」正座《せいざ》し、余所行《よそゆ》きの少し高い声で答える。

「お互《たが》い長生きして、楽しく愉快《ゆかい》に暮らそう」

「うん、いつまでも、いつまでも、笑っていたいわ。ほうほうほう」澄《す》んだ声で朗笑《ろうしょう》する。

「その笑い声が大好きなんだ。きゃっきゃ」

「私もよ、大きな声と素敵《すてき》な笑い声が大好き。お休みなさい」

「え、……」

満月がちょうど真上にあり微笑《ほほえ》む。満天の星が煌《きらめ》き天の川が流れる。流れ星がすっと走る。奔星《ほんせい》が祝福している。ホッホーゴロスケホッホーと梟《ふくろう》が鳴く。

新居は間口《まぐち》二間《けん》（三・六メートル）で奥行《おくゆ》き三間、四畳《じょう》と奥《おく》に八畳《じょう》の土間、玄関口に井戸と竈《かまど》、離《はな》れに厠《かわや》がある。敷地《しきち》は十坪《つぼ》、延床《のべゆか》面積七坪《つぼ》ほどだ。

　秀吉はこれまでは、長屋住まいで四畳《じょう》半、井戸と台所、厠《かわや》は共同だった。広い家で大満足。なお十代後半のころは、足軽《あしがる》仲間十人ほどと十畳《じょう》での相部屋だ。針行商のときは、野《の》宿《じゅく》や神社仏閣《ぶっかく》の軒下《のきした》で眠《ねむ》ることが多かった。

おねは母と住んでいた屋敷《やしき》より狭《せま》いが、二人だけの愛の巣《す》に満足する。

寝《ね》物語

おねと秀吉は新婚《しんこん》時代から寝《ね》物語が大好きだ。肌《はだ》の温《ぬく》もりも息の暖《あたた》かさ、香《かお》りのよさ、そして言葉の温《あたた》かさを、共に感じる褥《しとね》の中が至福の時だ。

とりわけ秋になり、寒くなってからは薪《まき》や炭《すみ》、蠟燭《ろうそく》の節約も兼《か》ねて、布団《ふとん》に潜《もぐ》り込《こ》む。

「結婚する前は、どんな仕事をしていたの？」

「十四から針の商いをしていた」

「もうかった」

「ああ、それなりに。針売りで得た商売の骨《こつ》は、いい物を他より安く多く仕入れて、安く早く売ること」

「なるほど」

「十七のとき、犬千代の紹介があり、木登りの特技で信長公に雇《やと》ってもらえた。暗算《あんざん》や帳面付《ちょうめんづ》けができるので、薪奉行《まきぶぎょう》にしてもらったなも」

「薪奉行《まきぶぎょう》って何する人なの」

「飯炊《めした》きや風呂《ふろ》焚《た》き、囲炉裏《いろり》に薪《まき》を使う。一人一年でざっと百束《たば》（一束で十本ほど）、値段にして百文《もん》（現在価値で一万円）。城内千人で十万文《もん》、百貫《かん》（一千万円）、この仕入れ担当が薪《まき》奉行《ぶぎょう》。従来、仕入れ先は一つだったが、三つにして、毎月、競争入札にしたんだなも」

「競争入札って、どういうこと」

「何人かから値札《ねふだ》を出してもらって、安いところから買う仕組みだ」

「なぜ前の人はそうしなかったの」

「安く仕入れても誰《だれ》も褒《ほ》めてくれないし、自分の石高《こくだか》（給料）が上がる訳《わけ》でもないので。また仕入れ先と近《ちか》しくなると、無理も聞いてもらえることがあるし、袖《そで》の下《した》もあったなも」

「命と愛の次に貴重なお金を有効に使う方法は、三択《さんたく》の比《ひ》較《かく》による選択《せんたく》だわ」

「薪奉行《まきぶぎょう》のもう一つの仕事は薪《まき》利用の合理化、すなわち無《む》駄《だ》をなくすることだ」

「不経済なことは、いくらでもあるようにも思うわ」

「自分の懐《ふところ》が痛まないと、どうしても月夜に提灯《ちょうちん》をかざしがちだなも」

「うん、そうだわ」

「薪《まき》一束《たば》一文《もん》の単価をその都度《つど》説明し、不用な残り火を消して回り、夜更《よふ》かしをやめ、早《はや》寝《ね》早起きをするよう懇願《こんがん》した。みんなも最初は嫌《いや》がったが、節約が自分の石高に跳《は》ね返ることを説明すると、進んでするようになった。結果三割ほど倹約《けんやく》できたなも」

「すごい、さすが、才覚者」と称《たた》える。

「ありがとう、猿知恵《さるぢえ》もそれなりだなも」秀吉は少し照《て》れる。

「二十歳《はたち》のとき、薪《まき》を節約したことを信長公が聞き、草履《ぞうり》取りに抜擢《ばってき》してくれたんだなも」

「すごい」

「信長公は冬でも寅《とら》の刻（午前四時）には起きる早起きだ。少し明るくなったとき、庭に出て、汗《あせ》をかくまで速足《はやあし》で歩き回るんだ」

「そうなの」

「雪の朝、信長公の草履《ぞうり》を温《あたた》めたところ。『温《ぬく》いぞ、尻《しり》に敷《し》いていたのではないか』と怒《ど》鳴《な》られ、ぽかりと頭を殴《なぐ》られた。『いいえ、しっかり胸で温めました。この通りです』と泥《どろ》で汚《よご》れている胸を見せたんだなも」

「そしたら」

「『愛《う》い奴《やつ》じゃ』と言ってくれた」

「いい話だわ」

「その後、三年間、草履《ぞうり》取りを続けた。『猿《さる》』とか『禿鼠《はげねずみ》』と可愛《かわい》がられた」

空には白い星が零《こぼ》れ、庭に黄色と赤の枯葉《かれは》が舞《ま》い始める。

「よかったわね。ところで、秀さんは申年《さるどし》かな、あるいは子年《ね》なの？」

「酉年《とり》だなも」

「酉《とり》は才能豊かというわ。私は寅年《とら》だけど」

「寅年《とら》の特徴《とくちょう》は」

「何《なん》でも前向きに取り組むようだわ」

「確かに、何事にも興味を持つし、全て上手《じょうず》だなも」

「信長さんは午年《うま》かな」

「午《うま》は独立心が強く行動的だ」

「利家《としいえ》（犬千代）さんは戌年《いぬ》かな」

「利家は犬のごとく従順だ。丑年《うし》のようにも。牛歩《ぎゅうほ》のように誠実にゆっくりと進むから」

「秀長《ひでなが》（小一郎）さんは、子年《ね》」

「秀長はよく気が利《き》くよ」

「うん、そうね。濃姫《のうひめ》さんは、お市《いち》さんとまつさんより一回り上の未年《ひつじ》。漢字の美は大きな羊がもとで、未年は美人が多いわ。ややは巳《み》年」

「美女揃《ぞろ》いだね、でも、おねさんが至上の佳人《かじん》」

さんざん両者はしゃべった後、

「ふぅっ！」大きな溜息《ためいき》を同時について、どちらからともなく手を結ぶ。

「もう遅《おそ》いから寝《ね》ましょうよ」

「え、でも」

「無言《むごん》の行《ぎょう》です。しゃべった人は三文（三百円）罰金《ばっきん》です」

「え、まだ」

「お休みなさい」

「え、……そんな」

二十年近い体験や一日の出来事、今後の計画を伝えるには時間がかかり、団欒《だんらん》の中でアイデアが湧《わ》くのが嬉《うれ》しくて楽しくて、深夜まで起きている日もある。

科料《かりょう》を払《はら》うのは秀吉、おねの臍繰《へそく》りは増え続ける。寝《ね》付くのが早いのは秀吉で、寝息《いき》を聞きながら眠《ねむ》りに就《つ》く。秋は鈴虫のリンリンリン、春は蛙《かえる》のゲロゲロゲロを聞きながら。

朝陽《あさひ》の光と山鳥の鳴き声とともに妻が起き、少し遅《おく》れて夫が目覚める。朝餉《あさげ》は一緒《いっしょ》に食べる。遅寝《おそね》早起きの日もあるが、原則、早寝《はやね》早起きだ。

「秀さん、おはようございます」

朝、目が覚めると隣《となり》で眠《ねむ》っている旦那《だんな》に明るい声をかける。

「おねさん、おはよう」大きな声で応える。

『鶏鳴《けいめい》の助《じょ》』である。朝の挨拶《あいさつ》の習慣はずっと続く。両者とも挨拶《あいさつ》好きで、名前を呼ぶのも大好きだった。赤ちゃんのときに名前を呼ばれたり目が合ったりしたとき、にっこりとにこつく習性が大人になっても残っている両人。

おねは日の出前に起き、昨晩の残りのご飯とおかずで朝餉《あさげ》の支度《したく》をする。朝粥《あさがゆ》に味噌汁《みそしる》、野菜の煮付《につ》け。新居には二坪《つぼ》の小さな庭があり、野菜や草花を育てている。秀吉は頼《たの》まれて、朝餉《あさげ》用に野菜を採取することもある。

「いただきます」大声を出す。

「どうぞ」大きな声で答える。

「旨《うま》かった。ご馳走《ちそう》様」一粒《つぶ》のご飯も残さず食べる。

「お粗末《そまつ》さんでした」

秀吉は早食いだが、おねが終わるまで待っている。食後、城に上《のぼ》る。

「おねさん、行ってきます」

「秀さん、いってらっしゃい、お気をつけて」大きな声を掛《か》け合う。

昼餉《ひるげ》用に握《にぎ》り飯と漬物《つけもの》を持って行く。おねの昼は朝ご飯の残り物が中心。午前中は朝餉《あさげ》の片付けと洗濯《せんたく》、掃除《そうじ》、畑《はたけ》仕事、針仕事、読書。昼餉《ひるげ》後、買物と洗濯《せんたく》物の整理、夕餉《ゆうげ》の用意。毎夕ご飯五合を竈《かまど》で炊《た》く。おねが二合、秀吉が三合の目安《めやす》。秀吉は小さな体だが、食欲は人一倍、大きな声で語り、よく動くせいか。米は正月やお祝いのときで、麦や粟《あわ》、稗《ひえ》に芋《いも》や栗《くり》、野菜などの雑《ま》ぜご飯が普通《ふつう》。

夕餉《ゆうげ》のおかずは一汁一菜《いちじゅういっさい》がほとんど、時々、二菜か三菜に、豆腐《とうふ》と野菜の味噌汁《みそしる》に魚の塩焼きか煮付《につ》け、野菜の煮物《にもの》、漬物《つけもの》など。祭事のときなど、ご馳走《ちそう》には鶏《とり》肉や卵料理がつく。

　城では信長の話し相手、相撲《すもう》、馬乗り、鷹狩《たかが》り、水泳などの相伴《しょうばん》と、刀《かたな》、槍《やり》、弓《ゆみ》、鉄砲《てっぽう》など武芸の稽古《けいこ》。夕方、城を下がる。城への行き帰りは片道数十分。

「ただいま」大きな声がする。

「お帰りなさい」夕餉《ゆうげ》は談笑《だんしょう》しながら食べるのが楽しみだ。

（米や麦はお百姓《ひゃくしょう》さんが精魂込《せいこんこ》めて作ったもの、残すと罰《ばち》が当たるよ）餓鬼《がき》のころ、ご飯《はん》粒《つぶ》を残して母なかに怒《おこ》られたことが何回かある。出された料理は残さずにすっかり食べる。

　腹八分になるよう皿《さら》や茶碗《ちゃわん》に盛り付ける。

月に数日は城に上がらない休日がある。晴れた休日には一緒《いっしょ》に弁当を持って、近くを散歩する。風景や木々草花を楽しみ、話をしながら歩くのが大好きだ。城下の様子や暮らし向きを観察する。足は秀吉の方が速い、脚《あし》の長さは同じ。人目のないところでは手を結ぶ。

ある秋の朝、二人は散歩中に信長の妹お市《いち》に鉢合《はちあ》わせした。お供のものと散策していた。大輪の黄色の菊《きく》が咲《さ》き匂《にお》い、燕《つばめ》が飛んでいる。

「お市様、おはようございます」秀吉が大きな橙《だいだい》色の声をかける。

「おはようございます」おねも澄《す》んだ黄色い声を出す。

「おはようさんです」お市は小さな桃《もも》色の高い声で答える。

（いやだ）おねは初めて嫉妬《しっと》する。

お互《たが》い挨拶《あいさつ》だけだが、お市への秀吉の視線が気にいらない。

お市はほっそりとして首と脚《あし》が長く、胸の膨《ふく》らみや腰《こし》、尻《しり》に、なかなかの凹凸《おうとつ》があり、まだ童顔の残る細面《ほそおもて》の色白の名花だ。切れ長の目で鼻筋は通っており、唇《くちびる》の薄《うす》い大きめの口、艶《つや》やかな長い黒髪《くろかみ》も妖美《ようび》。十四の八面玲瓏《はちめんれいろう》なとき。

「素敵《すてき》だね」お市には聞こえないように秀吉は言う。

「織田《おだ》家は顔も体も、みんな美形だわ」

「おねさんが一番美しいけど、お市さんは二番かな」

「おね以外の女に目を向けてはいやよ」

「はい、おっしゃる通りにします」

おねは指切拳万《ゆびきりげんまん》をしなかったことを後で悔《く》やむ。

婦唱夫随《ふしょうふずい》

新婚《しんこん》の元日《がんじつ》を迎《むか》える。

「秀さん、あけましておめでとうございます」

「おねさん、あけましておめでとう」

「今年もよろしくお願いいたします」

「こちらこそ」

「素晴《すば》らしい朝陽《あさひ》ですね」

「今年もいいこと、多々《たた》ありそうだ」

「うん、きっと」

良く晴れた雲ひとつない元旦《がんたん》で、真っ赤な日の出を新居で見る。雄《お》しべが黄色の白い山茶花《ざんか》が咲《さ》き誇《ほこ》っている。黄色い嘴《くちばし》の白い鷺《さぎ》が飛んで来て、グァーグァーと鳴く。

お屠蘇《とそ》を飲み、丸餅《もち》のお雑煮《ぞうに》を食べる。醤油《しょうゆ》味で具は蒲鉾《かまぼこ》と冬菜《ふゆな》（小松菜《こまつな》）。ささやかな御節《おせち》料理は、黒豆《くろまめ》と栗《くり》きんとん、たたき牛蒡《ごぼう》、錦卵《にしきたまご》、数《かず》の子、田《た》作り、鰤《ぶり》の焼き物。

「すごいご馳走《ちそう》、生まれて初めて。料理の達人だ」

「ありがとう」

おねは大晦日《おおみそか》の前日に野菜を仕入れた。黒豆は米のとぎ汁《じる》につけ、牛蒡《ごぼう》は皮をむき、一寸（三センチメートル）くらいに切り、酢水《すみず》にさらして、栗《くり》をむき、さつまいもの皮もむき、乱切りにし、水にさらして、下ごしらえをする。

「うまい」

大晦日《おおみそか》の朝市で、鰤《ぶり》と鰯《いわし》、数の子、蒲鉾《かまぼこ》、卵を買い求め、丸一日かけて精魂《せいこん》込めて料理した。母に教わった通りに、黒豆のあく抜《ぬ》きは卵の殻《から》を入れ、名前に負けないよう丁寧《ていねい》にする。実は、年末に秀吉が出かけたとき、こっそり母と料理をしていた。

朝日は結婚《けっこん》式を欠席したが、おねと時々会っている。娘《むすめ》が実家を訪《おとず》れたり、秀吉のいない時間に、母が新居を訪《たず》ねたりしている。

実の母と娘《むすめ》は、言いたいことを言い合い、口喧嘩《くちげんか》をすることもあるが、その場限りのことで根に持つことはなく、まずまず仲睦《なかむつ》まじい。

（おむつを替《か》え、乳をくれたのは母であり、育ててもらった恩は、いつか、あるいは、いつまでもずっと返さなくては。血は濃《こ》いのだから）と思う。

「初夢は何」

「城持ちと子持ち」新年から法螺《ほら》と本気の秀吉だ。

「まあ、私はお互《たが》い病気をしない一年が願いよ」

「いい初夢を見るため、布団《ふとん》を敷《し》いてよ。きゃっきゃ」

「うん、でも、いや。まだ朝よ、ほうほう。初詣《はつもうで》にゆきましょうよ」

「そうしよう」

日吉《ひよし》神社へお参りし、御神籤《おみくじ》を引いた。共に中吉だ。

「年くれぬ　春くべしとは　思ひねに　まさしく見えて　かなふ初夢」

「逢《あ》ひ見ての　後の心に　くらぶれば　昔は物を　思はざりけり」

西行上人《さいぎょうしょうにん》と藤原敦忠《ふじわらのあつただ》の和歌がある。

春になり夏になっても寝《ね》物語の習慣は続く。夜声八町《よごえはっちょう》、時々、隣家《りんか》からの咳払《せきばら》いで声を落とすこともある。秀吉の声は蛙《かえる》の鳴き声より大きい。

水無月《みなづき》、梅雨《つゆ》の豪雨《ごうう》で壊《こわ》れた清洲《きよす》の城壁《じょうへき》百間《けん》（百八十メートル）の修復が一か月たっても完成せず、信長はいらいらしていた。

三日月に青い紫陽花《あじさい》が趣《おもむき》のある夏の夕餉《ゆうげ》後、布団の中で語り合う。

「城壁《じょうへき》の修復をどのようにしたら早くできるかな?」

「分担して競争させるのが一番よ」子女に小袖《こそで》作りを教えたときの話をする。

「三人一組に反物《たんもの》を与《あた》え、三組それぞれに三着の小袖《こそで》を一か月で仕立てさせることを目指したの。褒美《ほうび》もあり、早い三人娘《むすめ》は十日で完成し、遅《おそ》い組を手伝い、半月で九着できた」

「それだ!」おねの腿《もも》をたたく。妻も夫の膝《ひざ》に手を置く。互《たが》いの温《ぬく》もりにときめく。

「臍《へそ》の左側と左の外腿《そともも》に黒子《ほくろ》があるね」秀吉は見付け笑う。

「臍《へそ》の右側と右の外腿《そともも》に黒子《ほくろ》があるわ」有頂天《うちょうてん》となる。

「本当だ! 黒子《ほくろ》まで似たもの同士だ」新しい発見をして大喜びだ。
二、三日後、雨の昼下がり、紫《むらさき》の紫陽花《あじさい》が咲《さ》くなか、おねは濃姫《のうひめ》と将棋《しょうぎ》を指す機会がある。年に何回か相手をしている。野鳥が雨宿りしている。
「新婚《しんこん》生活はいかが」

「それなりに、楽しんでいます」

「新婚《しんこん》時代が人生で至極《しごく》の楽しいときかも。信長と私は連れ添《そ》って、もう十四年、少し倦怠期《けんたいき》かもしれません」

「いつも手をつないでいるように一緒《いっしょ》で、幸せそうに見えますが」

「長いこと同じ生活をしていると、互《たが》いの美しさの再発見がなくなり、はらはらどきどきすることもなくなるし。戦《いくさ》で夫を亡《な》くす人が多いなか、生きているだけで幸せかもしれませんが」

「夫婦《みょうと》共に生きていて、『お前百までわしゃ九十九まで』ご飯を一緒《いっしょ》に食べることができるのが最高の幸福《しあわせ》と思います」

「ほんとうに、そうかも」

「秀吉が城壁《じょうへき》の修繕《しゅうぜん》について、良い考えがあるみたいです。信長さんに秀吉の思いを聞く機会をつくるよう、お願いできませんでしょうか」

「信長も困っているようです。伝えましょう」

将棋《しょうぎ》は二勝一敗で濃姫《のうひめ》が勝った。おねは少し手加減をしているのかもしれない。

ある朝、信長は城壁《じょうへき》を見て回り、

「誰《だれ》か早く直す才覚のある者は、いないきゃあ」大声を出す。

「半月で改修します」秀吉はさらに大きな声で答える。

「であるか。急げ、早く、さっと!」甲高《かん》い赤い声で信長、このころ口髭《くちひげ》を食い反《そ》らし始め、その髭《ひげ》を触《さわ》りながら。

秀吉は城壁《じょうへき》を十間(十八メートル)ごと十に分け、九人の石工《いしく》を組ごとに分担させ一人を組頭《くみがしら》とし、日当を三割上げた。おねは石工の妻や娘《むすめ》を集め、三食と水の補給などの賄《まかな》いをした。

一番早い組には褒美《ほうび》を取らすこととする。

おねら三十人は寅《とら》の刻（午前四時）から卯《う》の刻（六時）に朝餉《あさげ》の支度をし、午《うま》の刻（十二時）の昼餉《ひるげ》、酉《とり》の刻（午後六時）の夕餉《ゆうげ》の準備と後片付けをする。さらには一時間ごとに水と沢《たく》庵《わん》などの漬物《つけもの》での塩分補給の手配をする。

おねは諧謔《かいぎゃく》（ユーモア）を交えながら段取りを手伝い、気働きで女たちを褒《ほ》め支援《しえん》する。ややとまつはもちろん参加している。「美味《おい》しい」「旨《うま》い」「さすが」笑い溢《あふ》れる楽しい職場だった。

おねも秀吉も頓知《とんち》や機知《きち》に富んでおり、よく笑い、笑わせるのが上手《じょうず》だ。『笑う門《かど》には福来《ふくきた》る』そのものだった。

石工《いしく》は日の出から、日の入りまで働き詰《づ》め。一時間ごとに充分《じゅうぶん》な水分・塩分補給のため十分ほどの休憩《きゅうけい》をとり、昼餉《ひるげ》は一時間たっぷりで昼寝《ひるね》する。全員が汗《あせ》まみれで働く。秀吉も仕事の開始と終了《しゅうりょう》の時の太鼓《たいこ》を敲《たた》き、遅《おく》れている組を手伝う。休み時間には駄弁《だべ》る。毎晩酉《とり》の刻過ぎから小一時間、自宅に組頭《くみがしら》を集め、夕餉《ゆうげ》を取りながら、今日の反省と次の日の段取りを議論する。居間は土間から板の間になっている。

十日で完成する。信長は恩賞として米十一俵《ぴょう》を遣《つか》わす。

十俵は組長に分け、一俵は秀吉がもらい、おねが握《にぎ》り飯にして皆《みな》に配り、完成祝いをした。流石《さすが》に秀吉の新居には全員は入れず、完成した城壁《じょうへき》で祝杯《しゅくはい》を挙げる。一個食べて残りは家族への土産《みやげ》となる。

この正月、家康は信長を訪ね、清洲《きよす》城で同盟を結ぶ。川での泳ぎ以来、十四年ぶりの再会である。おねと秀吉の裏工作があったのかもしれない。この同盟は二十年ほど続くこととなる。戦国時代としては稀有《けう》な例である。幼いとき遊び友達だったことが、いつまでも信頼《しんらい》し合える主因だ。

水子供養《みずこくよう》

結婚《けっこん》から一年と数か月、冷涼《れいりょう》な秋風が吹《ふ》き、黄朽葉《きくちば》色と赤朽葉《あかくちば》色の木の葉が落ちる季節だ。栗鼠《りす》が落ち葉の中の栗《くり》や銀杏《ぎんなん》の皮をむいて、実を食べ、グルルルキィキィと鳴く。

月のものが遅《おく》れ、朝起きるときに、むかむかと吐《は》き気がしたり、実際に少し吐《は》くこともある。微熱《びねつ》があり、乳首《ちくび》も少し硬《かた》くなり乳輪《にゅうりん》の部分の色が濃《こ》くなる。午前中はなぜか頭と体が重いが、午後になると少し元気な日が続く。逆の日もある。体調の変化を隠《かく》していたが、秀吉も、つわりに気付く。

「赤ちゃんかなも」

「そのようね」

「万歳《ばんざい》！　万万歳《ばんばんざい》！」秀吉は大喜びで、おねの手を握《にぎ》る。

「少しお腹《なか》が出てきてないかい」

「そんなことはないわ」

「まだ動かないのかい」腹《はら》を触《さわ》る。

「まだ二か月ほどで動かないわ、きっと正月過ぎの五か月目ごろからでは」

「来年の夏の初めごろ生まれるのかな」

「そうかもしれませんわ」

「名前はどうしようか」

「まだ早いんじゃない」

「男なら秀勝《ひでかつ》か勝秀《かつひで》、女なら秀姫《ひでひめ》か秀子《ひでこ》かな。秀吉の秀をとって」

「秀は素敵《すてき》な字だから、いいわね。任せるわ」

「無理をしないで家事は適当に」肩《かた》を抱《だ》きしめる。

「うん、特に朝が辛《つら》いの」

「朝餉《あさげ》は支度《したく》するから、朝寝《あさね》していていいよ」

「ありがとう」

しかし、冬の初めに風邪《かぜ》をひき、炊事洗濯掃除《すいじせんたくそうじ》などで無理をしたため流産《りゅうざん》した。まだ、妊娠《にんしん》三か月ほどで安定期に入る前だった。しとしとと小雨の降る寒い朝だ。庭に小さな桜の木を植え、その横に握《にぎ》り拳《こぶし》ほどの命を埋《う》める。枯葉《かれは》を周りに積んで水子供養《みずこくよう》をする。

ザーザーと土砂《どしゃぶ》降りの大雨に変わり、ピカッと稲光《いなびかり》がありドーンと雷《かみなり》が轟《とどろ》く。天も大泣きする。軒下《のきした》では野良犬《のらいぬ》が一匹《ぴき》、クンクンクンクンクンと鳴きながら寂《さび》しそうに雨宿《あまやど》りしている。

「悲しいわ」

「悲しい」

「切ないわ」

「切ない」

「淋《さび》しいわ」

「淋《さび》しい」

「どうしてなの」

「どうしてかな」

夜中に秀吉が起きると、「しくしく、しくしく」おねが泣いている日々が続く。

ただ同じ言葉を返し、妻の肩《かた》を抱《だ》いて、「おいおい」泣くだけが夫のできることだ。

母親の反対を押し切って結婚《けっこん》したことで、妊娠《にんしん》初期の不安定期に実家の母に手伝いを頼《たの》めなかったことも一因か。二人だけのこととし、朝日や秀吉の母なかには秘密にした。

「秀吉の子を身籠《みごも》ったけど、流産したの」妹ややに話す。

「残念だったね。でも、またきっと授《さず》かるわよ」

「そうだと、いいんだけど」

「きっときっとそうよ。だって仲好《なかよ》しだし、お互《たが》い愛が深いんだから。流産した友達もまた赤ちゃんができたと聞いたわ」

「そうなの。母さんには内緒《ないしょ》にしてね」頷《うなず》いて頼《たの》む。

おねはまつにも話そうか、話すまいか、どうしようか悩《なや》む。

「今日は寒いわ」手を擦《こす》りながら言う。

「そうね」まつも手を擦《さす》って答える。

「明日もきっと寒いわ――」

「そうね」天気の話だけで終わる。この話題は親友に話すのも難しい。

おねと秀吉は、このことを話題にすることはない。赤子を見かけると、おねは涙《なみだ》ぐむ。秀吉は一生そのことを誰《だれ》にも話さない。

墨俣《すのまた》一夜《いちや》城《じょう》

信長は稲葉《いなば》山城の斎藤龍興《さいとうたつおき》を攻《せ》める。しかし、木曽《きそ》川《がわ》の対岸であり、長良《ながら》川《がわ》に接しており、兵站《へいたん》が続かず大敗する。結婚《けっこん》して五年がたつ夏のこと。その三年前、信長とその家臣は清洲《きよす》から小牧《こまき》へ移っていた。

暑い日の夜、夫婦《ふうふ》は寝床《ねどこ》で、天井に尾張《おわり》と美濃《みの》の地図をそれぞれ描《えが》いて談じ合う。白い芙蓉《ふよう》が咲《さ》いている。

「小牧山城と稲葉《いなば》山城との距離《きょり》は五里（二十キロメートル）、墨俣《すのまた》はその中間。ここに砦《とりで》の城を築くにはどうすればいいかの？」

「清洲《きよす》城での城壁修繕《じょうへきしゅうぜん》のとき、食事の段取りでは魚や野菜、米、水、薪《まき》などの下《した》ごしらえをしっかりしたわ」

「そうか、砦城《とりでじょう》には木が数多《あまた》必要。事前に城の場所を決め、しっかりと設計し、木曽川《きそがわ》の上流で杉《すぎ》を加工し筏《いかだ》で流し、一気に組み立てるのがいい」

「秀さん、仕事には納期と品質、経費の三つがあるけど、重要な順は？」

「さて」

「たとえば、ご飯《はん》の準備では納期が一番、腹を空《す》かして帰ってきたとき、飯《めし》の用意ができていなかったらどう」

「それは悲しい」

「信長様も期限を、いの一番にしているようよ」

「そうだ、草履《ぞうり》取りのときもそうだった。遅《おく》れたら大変、命も危ない」

「『早くて悪し大事なし、遅《おそ》くて悪し猶《なお》悪し』とも言うわ」

「おっしゃる通りだ」

「機会を逸《いっ》するのは一番だめと思うわ。賄《まかない》もそうだけど洗濯《せんたく》もそう。朝一番で干《ほ》さないと乾《かわ》かないこともあるわ。質が二番目で、経費は三番目、費用は少ない方がいいけど、料理が美味《おい》しいとか洗濯《せんたく》物が小綺麗《こぎれい》、家が片付いているなどを満たさないと意味ないわ」

「おねさんの家政は完璧《かんぺき》だ。おらも見習わなくては」

「用意周到《しゅうとう》、準備万端《ばんたん》がすべてかも」

蚊《か》が秀吉の頰《ほほ》にとまる。おねがぴしゃりと頰《ほほ》を打つ。右手に赤い血と茶色い蚊《か》の死骸《しがい》が残る。

「かゆい、かゆい」秀吉。

「ちょっと遅《おそ》かったわ」おね。

おねと秀吉は、ややと小一郎を連れて、商人の格好《かっこう》で墨俣《すのまた》に出向き砦城《とりでじょう》の場所を決める。距離《きょり》を歩数で測る。家に帰ってから竹と紙で模型を作り、必要な木材の寸法と量を計算する。三百人が数か月、籠城《ろうじょう》できる広さとした。

数日後の昼下がり、おねと濃姫《のうひめ》は将棋《しょうぎ》を指す。

「墨俣《すのまた》に砦城《とりでじょう》が必要と、秀吉が言っています」

「信長もそうしたいと思っているようよ」

「秀吉の意見を聞くように、お頼《たの》みしていただけませんでしょうか」

「そうしてみましょう。清洲《きよす》の城壁《じょうへき》修復は大成功だったし」

「感謝します」

おねは振《ふ》り飛車《びしゃ》美濃《みの》囲《がこ》い、濃姫《のうひめ》は居飛車舟《いびしゃふな》囲《がこ》いだった。濃姫《のうひめ》の二勝一敗である。

美濃《みの》囲《がこ》いは秀美な美濃《みの》（岐阜《ぎふ》）城にちなんだ名前で、江戸《えど》時代に美濃《みの》国出身の棋士《きし》が好んだといわれる。棋譜《きふ》は残っていないが、おねが創始者の一人かもしれない。

数日後、信長は側近を集めて稲葉《いなば》山城攻《こう》略《りゃく》を議論した。庭の芙蓉《ふよう》はほんのり紅色に染まり、ミンミンミンミンと蟬《せみ》が五月蠅《うるさ》く鳴いている。

「皆《みな》の者、誰《だれ》か、いい案はないきゃあも」立派な口髭《ひげ》を触《さわ》りながら信長。

満場の皆《みんな》は頭《こうべ》を垂れて静まりかえる。

「一か月の準備期間をいただければ、秋に墨俣《すのまた》に砦城《とりでじょう》を十日で造ります」秀吉は大きな声を出し、模型を見せる。

「であるか。急げ、早く、さっと!」信長は許可し資金を渡《わた》す。

長屋十、櫓《やぐら》十、塀《へい》六百間《けん》(一キロメートル)の材料と柵木《ませぎ》五万本を下準備し、川上から筏《いかだ》で流す。墨俣《すのまた》で受け取り、昼夜兼行《けんこう》で八日目に完成する。龍興《たつおき》が気付いたときは後の祭り。

秀吉は墨俣《すのまた》城主となる。城というより砦《とりで》であり、妻は陣中見舞《じんちゅうみま》いに来たが、同居することはない。夫の単身赴任《ふにん》の始まりである。

稲葉山《いなば》城はその後一年ほどたった夏に落城し、龍興《たつおき》は城落ちした。信長は岐阜《ぎふ》城と改名し、この城に移る。信長は城下に家来の家を設け、住まわせる。二人も小牧から引っ越《こ》す。

新居は間口四間で奥行《おくゆ》き十間、板の間の六畳間《じょうま》が六つ、土間の台所と浴室、離《はな》れに厠《かわや》、平屋の6K、延床《のべゆか》面積二十坪《つぼ》、敷地《しきち》は四十坪《つぼ》ほど。清洲《きよす》や小牧の三倍、おねの実家とほぼ同じ広さとなる。

隣《となり》に、まつと利家《としいえ》(犬千代)の家があり、同じ広さと造り。庭の垣根《かきね》越《ご》しに、おねとまつは井戸《いど》端《ばた》会議をすることが多い。

「小牧より家が広くて快適だわ」

「ほんとう、嬉《うれ》しいことね」

「秀吉は家に居ないことが多く、淋《さび》しいわ」

「働き頭《がしら》で出世頭、羨《うらや》ましい。利家にも頑張《がんば》って欲《ほ》しいね」（妬心《としん》を感じる）まつ。

「おまつさん、赤ちゃんができたのかしら」

「そうなの」

「お祝い申し上げます。何人目ですか」

「四人目」

「羨《うらや》ましい限りだわ」（妬《ねた》ましい）おねは思うが、口では。

「子だくさんだけが、利家の自慢《じまん》かも」

「さすが、犬は安産の象徴《しょうちょう》だけのことはあるわ」少し皮肉を込《こ》めて言う。

「そうね」まつは素直《すなお》に受けとる。

赤い椿《つばき》が咲《さ》きこぼれる冬、風はなく穏《おだ》やかな陽《ひ》だまりでのことだった。栗鼠《りす》も日向《ひなた》ぼっこをしている。

貯健貯愛

連れ合って七年目、中秋の名月のもと爽涼《そうりょう》な風の吹《ふ》く夜に、布団《ふとん》の中で寝《ね》物語をした。

「石高《こくだか》（年収）が増えて生活が随分《ずいぶん》、楽になったわ。ありがとうございます」

「お陰《かげ》で墨俣《すのまた》にお城ができ、城主になれたことで、信長公が十倍の六百石《こく》（三千万円）に加増してくださったなも」

「三分の一か四分の一はためようと思っているわ。何かのときのために」

「貯蓄《ちょちく》も不可欠だけど、滋養《じよう》のあるものを食べて、いつまでも達者で長生きして、できれば素敵《すてき》な赤ちゃんを産んでおくれ」

「うん。小綺麗《こぎれい》な小袖《こそで》や浴衣《ゆかた》も着たいし」

「手柄《てがら》を立てれば、石高《こくだか》はもっともっと増える」

「無理しないでくださいね。怪我《けが》をしたり、病気になったりしたら、働けなくなるわ。死んだらそれまでだから」

「ああ、そうだ。体が元手《もとで》だ。親父《おやじ》は戦《いくさ》で怪我《けが》をして、三十代で死んだ。おねさんのお父さんも早く亡《な》くなったと聞いている」

「私の七五三の年にいなくなったの。秀さんは体というより頭と心だわ。知慮《ちりょ》と気配りが信長さんの家臣で一番と思うわ。体力は利家《としいえ》さんが最高かもしれないけど」

「体の大きさと槍《やり》使いは利家の方が上だね、頭はもしかすると猿知恵《さるぢえ》は俺《おら》が極上《ごくじょう》」

「そのとおりよ、頑健《がんけん》でないと良い知恵《ちえ》が出ないし、気配りもできないわ」

「確かに、風邪《かぜ》をひいたり、熱があったり、下痢《げり》しているときには頭が回らない。その場に合った言葉遣《づか》いもできない」

「秀さんの気配りのある言葉と仕草が、信長様や家老、同僚《どうりょう》、部下の信頼《しんらい》を得ている源《みなもと》。毎日いつもどんなときにも、健《すこ》やかでいることが肝心《かんじん》なようにも」

「戦場でも城内の会議でも、元気で情熱がないと、良い判断や発言はできない」

「病気のときは秀さんの欠点が気になることがあるわ。でも体調のいいときは長所が見えるわ」

「そうだ、おねさんは城下一の別嬪《べっぴん》、尾張美濃《おわりみの》一の美女、京女《きょうおんな》も勝てない、もしかすると日本一の大和撫子《やまとなでしこ》だ。いや絶対そうだ」

「褒《ほ》め上手《じょうず》にいつも騙《だま》されているようにも。でも人に拍手喝采《はくしゅかっさい》して、ありがたいと思われれば信頼《しんらい》され、何かのときには助けてくれるわ」

「逆に人をけなしていると、何人《だれ》も助けてくれない」

金木犀《きんもくせい》の香《かお》りがただよってくる。庭では黄白色の花が咲《さ》いている。リンリン鈴虫《すずむし》の音も聞こえる。

「秀さんが今まで褒《ほ》め称《そや》した人は何人いる?」

「おねさん、ややさん、まつさん、濃姫《のうひめ》様、お市様、信長公、利家、秀長《ひでなが》など十数人かな」

「信長さんのお茶の師匠《ししょう》の千利休《せんのりきゅう》さんの言葉に『一期一会《いちごいちえ》』があると聞くわ。人との巡《めぐ》り会いを大切にし、美点を褒《ほ》め讃《たた》え、深謝すれば一生の良い縁《えん》が続くわ」

「そうかな。でも秋の空が変わりやすいように、心変わりもあるようにも思うよ」

「称賛《しょうさん》した人が数十人、数百人になれば、きっと万民がお前様を信用してくれるわ」

「そんな時代が来るといい」

「遅《おそ》いから、もう寝《ね》ましょう」

「ああ……、でもまだ」

それから十数日たった、三日月の秋の夕方、夫婦《ふうふ》は夕餉《ゆうげ》を食べながら閑談《かんだん》する。

「今日の飯は一段と旨《うま》い」

「新米だからよ」

「軟《やわ》らかさもちょうどいい」

「水加減も火加減も、好《この》みが分かってきたわ」

「さすがだ」

「しっかり食べて、健勝で長生きしてよ」

「旨《うま》い手料理が見事《みごと》だ」

「家臣も少しずつ増えているわ」

「みんな、よく働いてくれるよ」

「秀さんが褒《ほ》めるからよ。けっして腐《くさ》したり、扱《こ》き下ろすことがないわ」

「おねさんの方が褒め達者《たっしゃ》と思うよ。けちを付けたり、謗《そし》ったりしないし」

「笑いながら気持ちよく働いてもらうのが、一番、幸せだわ」

「そうだ、褒め千切《ちぎ》り、誉《ほ》め称《たた》えるに限る」

「少し寒くなったわ」

「今夜は温め合おう！　きゃっきゃ」

「うん、まあ、――いやだ。ほうほう」

さらに数日たった秋の上弦《じょうげん》の月の夕方。秋刀魚《さんま》と茄子《なす》のお新香《しんこ》、大根の味噌汁《みそしる》、ご飯の夕餉《ゆうげ》を食べながら。話好きの夫婦《ふうふ》だ。秋の虫も負けないくらいギッチョンギッチョン、コロコロと鳴いている。

「『薬食同源《やくしょくどうげん》』って言葉、知ってる」

「さあ」

「中国の昔からの言葉、食べ物は薬と同じことで、日ごろから食べ物に気を付ければ、病気を予防することができる、ってよ」

「おねさんの作る料理は美味《おい》しくて、風邪《かぜ》もひかなくなったよ」

「『風邪《かぜ》は万病の因《もと》』とも言うわ」

「そうだ」

「米と野菜果物《くだもの》と魚が二対二対一くらいなのが、いいようよ」

「そうなんだ、確かに青物をたんと食べるようになった。料理の達人だなも」

「食事や睡眠《すいみん》、お通じも毎日規則正しくするのがいいわ」

「美人薄命《はくめい》にならないように、よろしく」

「貯健と貯愛って分かる？」

「貯金は分かるけど」

「まずは仕事をすることが、貯金の第一歩。遊んでばかりでは、お金は入ってこないわ。頭を使い時間をかけて働き、いい成果をあげれば収入が増えるわ」

「そうだ。知恵を出して、皆《みな》と和気藹藹《わきあいあい》に働くともうかる。清洲《きよす》城の壁修復のように。頭と心、手足を動かせば褒美《ほうび》が増える。よく学び、よく稼《かせ》ぎ、よく遊ぶが人生楽しい」

「でも、稼《かせ》ぐお金より使う方が多いと、借金だらけよ」

「毎日、少しでも倹約《けんやく》して残していかないと、金はたまらないなも」

「貯健は健康をためることで、貯金と同じように、日々の行動でためることができるわ」

「そうかな」

「毎日、早寝《はやね》早起き腹八分にすれば、たとえば一日一時《いっとき》（二時間）の貯健ができ、年に三百六十時、すなわち三十日分、一か月分たまり、人生五十年で五十か月、四年ほど長生きができるかも」

「逆にいえば、毎日夜更《ふ》かしして暴飲暴食すれば、一日一時《いっとき》の借健となって、四年ほど早死にするのだろうか」

「うん、そのとおりかもしれないわ」

「ひもじいときが長かったから満腹感が大好きだ。だから腹八分は難しいよ。でも長生きして、いい仕事をし、色んな遊びをし、家庭を楽しみたいだなも」

「太くて短い人生も、細くて長い人生も、甲乙《こうおつ》付け難《がた》いようにも思うわ」

「貯健には節酒か禁酒も必要だ」

「そうね。『酒は百薬の長』と言うけど『酒は百毒の長』とも言うわ」

「実際、酒は飲めないけど」

「『酒と朝寝《あさね》は貧乏《びんぼう》の近道』かな。秀さんは下戸《げこ》で飲めないからいいけど、私は上戸《じょうご》だから少し心配」

「信長公も、ほとんど飲まない」

「さすが、天下を狙《ねら》う人は凄《すご》いわ」

「貯愛は」

「愛をためること。人を好きになれば、人からの情《なさ》けがたまるわ。毎日、一人の美点を認め好きになることができれば、一年で三百六十人に好《この》まれ、人生五十年として二万人ほどの貯愛となるかも」

「そうなんだ。借愛は人を憎《にく》めば増えるか。人の欠点を指摘《してき》して怒《おこ》れば、恨《うら》む人が多くなるか」

「でも好きになる人の多さ、愛情の広さより、深い情愛の方が大切かも」

「確かに。憎悪《ぞうお》や敵愾心《てきがいしん》が燃え上がると、いつか殺されるかもしれない」

「人生で一番大事なのは健康、二番に愛、そして三番目がお金かな」

「愛や好きは言い換《か》えれば美を認める赤心《せきしん》あるいは義で、お金は利かな。義より利を優先したこともあるけど」

「今の利より、将来の利が大切なこともあるように思うわ」

「短期的なことより、長期的な視点が大事だなも」

「貯健、貯愛、貯金が毎日できれば最高だわ。一日一善と一日一貯が人生の成功の鍵《かぎ》かも。貧乏神《びんぼうがみ》も厄病神《やくびょうがみ》、死神《しにがみ》も取り付く隙《すき》がないわ」

「すごい、福の神がきっと来るよ」

「なかなか実行は難しいけど」

「まずは、これから二人の貯愛を深め合おうよ。きゃっきゃ」

「うん、秀さん、お好きなように。——でも、いやだわ。ほうほう」

玄冬《げんとう》の雪日の午後、おねはややと愛について論じ合う。空も庭も辺《あた》り一面は真っ白だ。

「ややは幸せかい」

「ええ、主人も子どもも達者だし。お姉《ねえ》さんは」

「秀さんが出世するのは嬉《うれ》しいけど、家に居ないことが多くて淋《さび》しいわ」

「朝日母さんは、低収入、低家格、低身長の三低は最低と大反対だったけど、秀吉兄さんは墨俣《すのまた》城主で、高収入、高家格になってよかった」

「ありがとう」

「結婚《けっこん》生活は、愛とお金でつながり続くものだけど、両方ともたくさんあって最高の夫婦《ふうふ》だよね。羨《うらや》ましい」

「お金はあるけど、愛の結晶《けっしょう》の子は居ないし」

「まだまだ若いんだから、きっと赤ちゃんができるわよ」

「愛は様々《さまざま》だわ。夫婦《みょうと》愛、親子愛、兄弟姉妹愛などの家族愛が本源だけど、敬愛、慈愛《じあい》、仁愛、相愛、博愛、友愛など、色んな人の美点を認め、仰山《ぎょうさん》体験できると楽しいかも」

「でも時間も限られているから、数少ない人、できれば一人と深く強い情愛が素敵《すてき》」

「確かに。でも『愛は憎悪《ぞうお》の始めなり』とも言うけど。強過ぎるのも問題があるわ」

「『愛憎《あいぞう》は紙一重《かみひとえ》』かな」

「愛って単純なようで複雑で、一生、探し求めるものなのかもしれない」

牡丹雪《ぼたんゆき》はいつまでも降り積もり、白さを増す。

浮気《うわき》悋気《りんき》

秀吉は京都奉行《ぶぎょう》に抜擢《ばってき》され、おねを岐阜《ぎふ》に残したままの単身赴任《ふにん》となる。風の便りで浮《うわ》気《き》を知り、怒《いか》り狂《くる》う。

おねは京に出かけた。夫の家に入り込《こ》み、掃除《そうじ》洗濯《せんたく》をしながら、女誑《おんなたら》しの証拠《しょうこ》を家中探し回る。筆まめだった旦那《だんな》の手紙の下書きが見付かる。太陽がギラギラと赤く照り、淡《あわ》い紅色の昼顔が咲《さ》き、ヒッヒッヒッヒッと雪下《せっか》が鳴く。入道雲が出てくる。

暑い夏の夕方に秀吉は帰ってくる。

「秀さん、浮気《うわき》したと噂《うわさ》で聞いたけど、ほんとうなの」

「……『流言飛語《りゅうげんひご》』だよ。根も葉もない変な風評だなも」

「嘘吐《うそつ》かないで」

「『飲まぬ酒に酔《よ》う』とも言うし」と、真っ赤な顔をして、どっと噴《ふ》き出した汗《あせ》を拭《ぬぐ》う。

「南殿《みなみどの》って、どなた?」

「……そんな人、知らないよ」

「これは、なに」見付けた手紙を振《ふ》りかざす。

「申し訳《わけ》ない。この通り面目《めんぼく》ない」亭主《ていしゅ》は驚《おどろ》きばつの悪い顔をして二、三歩下がって土下座《どげざ》する。

「今度したら、承知しないわ」

「分かった、二度としないから」

「約束してよ。今度したら離縁《りえん》よ。うわんうわん」悲しくて口惜《くちお》しくて泣きじゃくる。

「分かった、分かった、約束する。おわびに西陣織《にしじんおり》の反物《たんもの》を」

「反物《たんもの》だけでは」涙《なみだ》を拭《ふ》きながら言う。

「え……」

「一度、ほっぺを殴《なぐ》らせて」

「お手柔《てやわ》らかに」

「ゆくわよ」平手で力一杯《いっぱい》、頬《ほほ》をたたいた。

赤い顔がさらに真っ赤になる。宿六《やどろく》はこの傷《いた》みと痺《しび》れを忘れまいと思ったが、そのうち忘れる。

喧嘩《けんか》から、いつの間にか久し振《ぶ》りに睦《むつ》み合い、お互《たが》いの肌《はだ》と香気《こうき》を懐《なつ》かしがる。

「足が大根のように白くて麗《うるわ》しい」

「太いと言いたいの」脹《ふく》れる。

「蓮根《れんこん》のように美味《おい》しそう」

「秀さんの足は人参《にんじん》のように赤いね」

「短いと言いたいの」今度は夫が剝《む》れる。

「いや、牛蒡《ごぼう》のように引き締《し》まっているわ」

軽口を言い合う、至福の時だった。

ドッドンドドンと雷《かみなり》が鳴り大粒《おおつぶ》の雨が降り出した。

「初恋《はつこい》は」

「実は信長さんなの。昔、川が増水したとき、中洲《なかす》に取り残されて、近くにいた信長さんに助けられたことがあって。命の恩人、初めて好きになった人よ、美男だし。秀さんは」

「皆《みんな》には特に信長公には内密だけど、濃姫《のうひめ》様なんだ。輿入《こしい》れした日に一目惚《ぼ》れ、信長公にばれたら殺されるかも。人には言わないで」

「うん、幼いときの恋心《こいごころ》など淡《あわ》いもので、誰《だれ》も本気にしないわ」

「信長公には勝てないな」

「そうかしら」

「そんなことないか」

「長生きした方が勝ちかもしれないわ」

秀吉は信長に嫉妬《しっと》する。おねも濃姫《のうひめ》に淡《あわ》い焼き餅《もち》を焼く。悋気《りんき》が恋情《れんじょう》の深さの証明かも。

おねは二泊《はく》し枕《まくら》を並べて夢を見て、反物《たんもの》を三反《たん》もらい、岐阜《ぎふ》に帰って行く。結婚《けっこん》八年目。

しかし、気持ちは治まらない。酒を飲み、飲んだ勢いで岐阜《ぎふ》城の信長に直訴《じきそ》する。むっとした熱い夏風が、そよそよとしたうそ寒い秋風に変わり、木々は紅葉し始めていた。

「秀吉を帰してください。京女《きょうおんな》に狂《くる》ったようです」

「鼻の下を長くしないように、きつく言いつけるから、我慢《がまん》、我慢《がまん》」

「腹の虫が治まりません」

「『ならぬ堪忍《かんにん》するが堪忍《かんにん》』」

「いやです。できないわ」

「以前会ったときより、一段と美しくなったがや」

「話をそらさないでください」

「いや、十倍以上、艶麗《えんれい》になった」

「そんな」

「幾《いく》つになった」

「二十六です」

「女盛り、本当に優女《やさおんな》だ、昔から城下一の麗人《れいじん》と言われていたぎゃあ」髭《ひげ》を触《さわ》りながら。

「まあ、――」

「おねほど立派な妻はいない」

「ありがとうございます」

「角《つの》を生《は》やさないほうがいい」

「そうはゆきません」

「一切合切《いっさいがっさい》を言葉に出さず、腹の中に納めておくのも、上《かみ》さんの務め」

「うん、――そんな」褒《ほ》め上手《じょうず》の信長に丸め込《こ》まれた。

気難しく口数が少ない、と思われていた信長の隠《かく》れた一面でもある。

濃姫《のうひめ》にも数刻後に会う。風はさらに強く寒くなる。

「秀吉が女狂《ぐる》いしました」

「殿方《とのがた》はしかたがない動物。信長も側室が居るの。吉乃《きつの》っていうんだけど、信長の六歳《さい》上の出戻《でもど》りで、信長の子どもを三人、長男信忠《のぶただ》、次男信雄《のぶかつ》、長女徳姫《とくひめ》を産んだの。吉乃《きつの》さんは去年亡《な》くなり、幼子《おさなご》たちを私が引き取って育てているけど」

「男性は色んな女性を美しく感じ、好きになるようですわ。思いやりや大切にする心があれば、一人の人を好きになるのが自然のように思いますが」

「信長と私は政略結婚《けっこん》で、信長にとってはどこか落ち着かないところがあったのかしら。吉乃《きつの》さんの所が安心できたのでしょうか。信長の母親が弟を慈《いつく》しんでいたこともあり、母親の代わりの部分もあったのかも」

「そんなこともあったのでしょうか」

「男は母親のような女性や同世代の女、若い生娘《きむすめ》など、色んな人に美を感じ、様々《さまざま》な愛し方をするようね」

「理解しがたい動物ですわ」

「女も父親のような年上の男性を慕《した》ったり、同じ年頃《としごろ》に恋《こい》したり、年下を可愛《かわい》がったりするかもしれないわ。男女どちらも年齢《ねんれい》に関係なく、異性に美を感じる変な動物よ」

「蒲公英《たんぽぽ》みたいに、どこへでも風に乗って飛んでゆき、そこで生《は》え、花が咲《さ》き、実が成るのかしら」

「男の方が飛ぶのが好きなのかもしれない」

「女は一途《いちず》な場合が多く何人も好きになれないようにも。でも信長さんをよく許しますわ」

「許してなんかいない。ただ目を瞑《つむ》っているだけ、私は赤ちゃんを産めない体かもしれないから」

「そうなのですか。私も、もしかするとそうかもしれません」

「お互《たが》い赤ちゃんがいなくて寂《さび》しいね」

秀吉を京から連れ戻《もど》すことは簡単ではなく、月日は過ぎ、諦《あきら》めざるを得ない。秀吉の居ないなか、家政や政務が忙《いそが》しく、反物《たんもの》を小袖《こそで》に仕上げているうちに、いつの間にか怒《いか》りは弱くなってゆく。

二人の関係は新婚《しんこん》時代の熱い愛憎《あいぞう》の世界から、空気のような関係へと変わってゆく。

おねは妹ややと夫の好色について議論する。木枯《こが》らしが吹《ふ》き、落ち葉が舞《ま》う寒い冬の午後、カアカアカアカアカアと烏《からす》も鳴いている。

「秀吉が京女と浮気《うわき》したみたい」悲しい声を出す。

「そうなの、源氏物語の昔から淫乱《いんらん》は女性より男性が多いようね。男の種を残す本能か、変化を求める習性からかしら。女は安定を求める性《さが》だから色情魔《しきじょうま》は少ないようよ」

「女狂《ぐる》いの原因は単身赴任《ふにん》だと思う。朝餉《あさげ》や夕餉《ゆうげ》を一緒《いっしょ》に食べる機会がなくなり、団欒《だんらん》がなくなることがあるようだわ」溜息《ためいき》をつく。

「共に過ごす時間が減ると、夫婦《ふうふ》間の相手への関心が減少し、美を感じなくなり、愛が浅くなるのね」

「愛とか美の憧《あこが》れは三つあるってよ。顔貌《かおかたち》や髪形《かみ》、体形、小袖《こそで》姿などの肉体美への情愛、笑顔《えがお》や優しい表情、仕草、気配りなどの魂美《たましいび》あるいは精神美への純愛、そして、知識の深さや広さが頭に浮《う》かび、口から出て文や詩となる言葉美への敬愛の三つ」

「なるほど。一目惚《ぼ》れは肉体美への情愛なのね」

「夢中になったり、血道を上げたりするのは、純愛や敬愛が湧《わ》くことかもしれない」

「そうなの」

「鳥は肉体美と精神美での熱愛はあるが、鳴き声だけで言葉は限られているわ。人間と動物との差は言葉美にあるのよ」

「会話や手紙が大事だよね」

「愛は人に物を与《あた》える意味があるようよ」

「愛とは心を受けると書き、心のやり取りは言葉や表情、仕草の交換《こうかん》となるのに、同じ場にいないとできないわね」

「愛は惜《お》しみなく奪《うば》うとも、愛は惜《お》しみなく貢《みつ》ぐとも、言うようだわ」

「愛は相互《そうご》交流であり相互依存《そうごいぞん》ね。秀吉兄さんは愛豊かで人誑《ひとたら》しでもあり、女誑《おんなたら》しなのね」

「人間《じんかん》、人と人の間《ま》は時間と空間に依存《いぞん》するようだわ。男と女の関係も、時空間が広がり過ぎると、お互《たが》いの美を感じることが難しくなり、弱まり、赤い糸も切れるわ」

「赤い糸は小指と小指の間で一本との説が一般的だけど、指の数と同じ五本との話もあるようよ。男女はそれぞれ五人の縁《えん》があるけど、一つだけの強い縁《えん》で結ばれるとのこと」

「初恋《はつこい》の人とは住む所や働く場所が、いずれ異なり結ばれないことも多いわ」

「一人の異性との赤い糸を一生かけて太く強くするか、他の赤い糸と絡《から》まるか、人は様々《さまざま》」

「浮気《うわき》は間《ま》が悪い、魔《ま》が差すなど時機や巡《めぐ》り合わせの問題かな」

「好色や淫乱《いんらん》は習慣性があり、漁色《ぎょしょく》を繰《く》り返したり、離婚《りこん》と結婚《けっこん》を何回もしたりすることもあると聞くわ。三年目の色情、七年目の多情など、聞いたことがあるけど」

「恋愛《れんあい》感情のどきどきわくわく感、旅のような感動を求めて、さ迷《まよ》うのかしら。『浮気《うわき》と乞食《こじき》はやめられぬ』とも言うわ」

「そうなの」

「夫婦《みょうと》間でも、『口《くち》は禍《わざわい》の門《かど》』のようね。でぶや短足、蟹股《がにまた》、出臍《でべそ》、出っ歯、鼻ぺちゃ、たれ目、禿《はげ》などの顔や体の事実は悪口だわ。事実でも欠点と思えることは決して言わないようにすることが肝心《かんじん》だけど」

「なかなか難しいね。夫婦《ふうふ》喧嘩《げんか》のとき、つい悪口を言っちゃうの」

「夫婦《みょうと》共栄、家族繁栄《はんえい》の基《もと》は、嘘《うそ》をつかない、悪口《わるぐち》を言わない、自慢《じまん》をしない、ことのようだわ」

「それはできないんじゃない。騙《だま》し合いやけなし合いもあるのでは。天気の悪い日や体調の良くないときがあるように」

「褒《ほ》め合い深謝《しんしゃ》し合う方が素敵《すてき》だけど、いつもいつもとはいかないの」

「一人寝《ね》は、もっと寂《さみ》しいね」

「『あしびきの　山鳥の尾《お》の　しだり尾《お》の　ながながし夜を　ひとりかも寝《ね》む（柿本人麿《かきのもとのひとまろ》）』だわ」

カカカカカ烏《からす》の鳴き声はまだまだ続く。

地球儀《ぎ》

ポルトガル人の宣教師ルイス・フロイスは、京の二条《にじょう》城で信長に謁見《えっけん》した。青雲、春光と春風が心地良いなか赤い躑躅《つつじ》が満開だ。紋黄蝶《もんきちょう》が舞《ま》っている。濃姫《のうひめ》と秀吉も同席した。

「私たちの住む地球の模型《もけい》、地球儀《ぎ》です」フロイスは信長に見せる。

「我々が住むところは平らではないか、変ではないぎゃあも」髭《ひげ》を触《さわ》る。

「大きな球の上に立つと、平面に見えるのです。太陽も月も鞠《まり》のように丸《まる》いのです」

「地の果てはなく、一周すると戻《もど》って来れるのかや」

「その通りです。冒険家《ぼうけんか》のコロンブスは八十年ほど前、地球が丸いことを証明しようとして、西へ西へと航海し、アメリカ大陸を発見しました。マジェランは船で足掛《か》け四年かけて世界を一周しました。五十年ほど前のことです」

「そんなに地球は広いのかや」

「日本はこの小さな島です。隣国《りんごく》の朝鮮《ちょうせん》や明《みん》はここです。私の生まれたポルトガルは地球の反対側のこちらです。船旅で一年ほどかかります」

「距離《きょり》にすると」

「地球一周で一万里（四万キロ）ですから、ポルトガルまでは三分の一の三千里です」

「なるほど、世界中を見てみたいな。猿《さる》、天下布武で日本統一の次は明の征服《せいふく》だな。地の果てまで付き合え」

「是非《ぜひ》に」頭《こうべ》を垂《た》れながら答える。

「地球上には何人くらいの人が居るのでしょうか?」濃姫《のうひめ》は尋《たず》ねる。

「よく分かりませんが、日本の数十倍ではないでしょうか。地球は一日で一回転します。地球は太陽の周りを一年かけて回っています」

「え、本当か、太陽が東から西に動いているものと思っていたがや」信長は驚《おどろ》く。

「月は地球の周りを一か月かけて回っています。月が満ちたり欠けたりするのは、太陽に照らされている月の部分が光って見えるためです。新月は月と太陽が同じ方向のとき、満月は月と太陽が逆の方向のときです」

フロイスは赤葡萄《あかぶどう》酒とグラスを献上《けんじょう》した。皆《みな》で乾杯《かんぱい》する。

「旨《うま》い」酒を普段《ふだん》飲まない信長も気に入る。

「素敵《すてき》な味ですね」濃姫《のうひめ》も、はまる。

「美味《おい》しい」酒に弱い秀吉も甘酸《あまず》っぱい味を褒《ほ》める。

「毎日少し飲むのが体にいいそうです」フロイスは宣伝する。

フロイスはオルガンを演奏し、聖歌を歌う。三人は南蛮《なんばん》文化が、すっかり気に入る。

岐阜《ぎふ》に帰ってきた秀吉から、地球儀《ぎ》の話を寝《ね》物語で聞く。しとしとと春雨の音がする少し肌《はだ》寒い夜だった。

「南蛮《なんばん》人が持ってきた地球儀《ぎ》を見たなも」

「どんなもの」

「硬《かた》く大きな鞠《まり》や提灯《ちょうちん》のようなもの、太陽や月のように丸いもの」

「ほんとうなの」

「我々の住んで居るところは大きな球のほんの一部で、ほとんどは海、海の向こうには、無数の国があり、白い人や黒い人、赤い人など日本の何倍もの人が居るんだ」

「遣隋使《けんずいし》や遣唐使《けんとうし》、宋《そう》や明《みん》との交易など、隣《となり》の国との付き合いや、蒙古襲来《もうこしゅうらい》、天竺《てんじく》からの仏教伝来などは聞いたことはあるけど、その先にも色んな国があるの」

「そのようだ」

「いつか、行ってみたい」

「ああ。地球は一日一回転し、太陽の周りを一年かけて回っており、月は一月かけて地球

の周りを回っているそうだ。月の満ち欠けは月と太陽の位置関係だとのこと
「そうなの。秀さんは日輪《にちりん》の子だから、周りを、みんなが回っているのかしら」

「おねさんは月輪《げつりん》の子だから夜、太陽の光を反射して、みんなを助けているのかも」

「異人さんは何を食べているの」

「日本人とは異なり、魚より牛や豚《ぶた》、鳥などの肉が中心みたいだ。麦から作ったパンと野菜、果物《くだもの》も。お菓子《かし》は卵と麦から作ったカステラ、砂糖から作った金平糖《コンペイトー》など。酒はワインという赤くて血のような色で葡萄《ぶどう》から作り、甘酸《あまず》っぱくて旨《うま》いよ」

「ワインを飲んでみたいな」

「実は、お土産《みやげ》でもらってきたんだ」

「ほんとう。飲もうよ」

「いいよ」葡萄《ぶどう》酒で乾杯《かんぱい》する。

「美味《おい》しいわ。カステラや金平糖《コンペイトー》も食べたいな」

「今度、作り方を聞いてくるよ」

「なぜ体が大きいのかしら」

「うんと肉を食べ、牛乳を毎日飲むようだ。また家の天井《てんじょう》も高いとのこと」

「子どもができたら、天井の高い家に住み、肉を食べさせ、牛乳飲ませなくちゃ」

「そうだ、そうしよう」

庭には真っ白な躑躅《つつじ》が咲《さ》き、ケロケロケロと蛙《かえる》が鳴いている。

「肌《はだ》の色が白いのはなぜ」

「北国で太陽の光が日本より弱いからかな。でも南の国には真っ黒な人も居る。地球上には色んな肌《はだ》の人が居るみたいだ。おねさんは白くて秀麗《しゅうれい》だ」

「南蛮《なんばん》人は何を着ているの」

「ボタン付きの上着とズボンかスカート、そしてメリヤスの下着。小袖《こそで》や袴《はかま》、腰巻《こしまき》、褌《ふんどし》より簡単に着ることができて動き易《やす》いようだ」

「どんな楽器があるの」

「オルガンといって教会で聖歌の伴奏《ばんそう》をするみたいだ。琴《こと》や三味線《しゃみせん》、笛《ふえ》、太鼓《たいこ》などとは異なり、足で空気を送って手で演奏する。笛の親玉のようなもの」

「南蛮《なんばん》文字はどんな形なの」

「カタカナみたいな二十数文字の組み合わせみたいだ。おねはONEと書き、ワンと発音する国もあり、一番の意味らしいよ」

「ほんとう、嬉《うれ》しいわ」

「おねさんは名前からも、尾張美濃《おわりみの》一の名花、そして日本一の佳人《かじん》、さらに地球一の麗《れい》人《じん》」得意のよいしょをする。

袋《ふくろ》の鼠《ねずみ》

京都に出かけていた秀吉は正月に岐阜《ぎふ》に帰ってくる。真っ赤な太陽が上り、深紅《しんく》の寒椿《かんつばき》が盛《さか》っている。よく晴れた朝で風はひんやりしており、霜柱《しもばしら》が立っている。

二年ぶりに、おねたちの手作りの御節《おせち》を食べる。京味の少し淡口《うすくち》にしてある。岐阜《ぎふ》城下の近所に住む、おねとやや、まつは分担して大晦日《おおみそか》に料理をした。昨年は秀吉が居ない元旦《がんたん》。一人寂《さみ》しく食べた。

「御節《おせち》が本当に、おいしいなも」

「たんと食べて。今回は、まつさんとややとの合作なのよ」

「そうなんだ。旨《うま》い、旨《うま》い」赤い顔を、お屠蘇《とそ》でさらに赤くして秀吉は大声を出す。

(波瀾万丈《はらんばんじょう》の年かもしれない)との予感が両者にある。おねの手作りの日本地図を見ながら語り尽《つ》くす。

「信長さんは三十六の働き盛《ざか》り、天下布武の旗頭《はたがしら》で、今年はどこを制圧するのかしら」

「西の丹波《たんば》(京都府中部と兵庫県北東部)と摂津《せっつ》(大阪府と兵庫県南東部)か、北の越前《えちぜん》(福井県)、東の信濃《しなの》(長野県)と甲斐《かい》(山梨県《やまなし》)、南の伊勢志摩《いせしま》(三重県)か」

「越前《えちぜん》ではないかな」

「どうして」

「なんとなく、お市《いち》さんが北近江小谷城《きたおうみおだに》の浅井長政《あざいながまさ》さんに嫁《とつ》いだのが三年前、その北が自然の流れのようにも思うわ。東は徳川家康さんが抑《おさ》えているからないけど、西や南もあるかもしれない」

「越前《えちぜん》は朝倉義景《あさくらよしかげ》の領地だなも」

「朝倉家と浅井家は三代に亘《わた》る長い付き合い。浅井家は織田方に味方するか、朝倉方に付くか、悩《なや》むはずよ」

「お市様との関係で、織田側に加勢するに決まっているよ」

「世の中、そう簡単じゃないかも」

「そうかな」

「常に、最善と最悪、その中庸《ちゅうよう》の案、三択《さんたく》で考えていないと、命はないわ」

「そうだ。朝倉攻《あさくらぜ》めのとき最悪の場合、浅井軍に後ろから挟《はさ》み撃《う》ちに遭《あ》うことも考えよう」

「将棋《しょうぎ》では『玉《ぎょく》の早逃《に》げ八手の得』とか『玉は包むように寄せろ』という格言があるわ。

琵琶湖《びわこ》の西岸側を退却《たいきゃく》路にしては、東岸側は浅井軍が待ち構えて退路を塞《ふさ》いでいるわ」

「越前《えちぜん》から京まで二十五里（百キロ）、馬で走れば一日、早足で歩けば三日ほど」

その夜、同じ褥《しとね》で眠《ねむ》っていると、ゴトゴト音がした。箪笥《たんす》を秀吉が開けるとチュッチュと鼠《ねずみ》が飛び出してきた。

「きゃっ」と、黄色い大きな声をあげる。

「しーしーしー」秀吉は外へ追い出す。

何かの拍子《ひょうし》に箪笥《たんす》に迷い込《こ》んだ鼠《ねずみ》は、腹が減ったのか暴《あば》れだした。

春に信長と家康の連合軍三万は、京から琵《び》琶湖《わこ》東岸の浅井領の北近江《きたおうみ》を通り抜《ぬ》け、越前《えちぜん》朝倉家の金ヶ崎《かねがさき》城を落とした。信長軍は鉄砲《てっぽう》を初めて戦闘《せんとう》に使う。

浅井家では、どちらに付くか激論が交わさ

れた。長政は、お市とのこともあり織田方に味方したい。しかし、父と家老の意見で信長を挟《はさ》み撃《う》ちし、袋《ふくろ》の鼠《ねずみ》にすることが決まる。

「お市、許せ、信長公を討《う》つことが決まった」

「仕方がないことです。『夫婦《ふうふ》は一心同体』私は兄信長ではなく、夫に従います」

長政は愛妻の手を取り礼を言う。女房《にょうぼう》は夫の手に力がないのが心配だ。苦渋《くじゅう》の選択《せんたく》の心残りが手の力に表れていた。長政は未来を見る力はあったが、父や宿老を説得する力が足りなかった。実行する力がなければ滅《ほろ》ばざるを得ない。

浅井軍の動きが織田側に伝わる。

「『三十六計逃《に》げるに如《し》かず』京に退却《たいきゃく》する。誰《だれ》か殿《しんがり》を務めるものはいないきゃあも」信長は甲《かん》高い声で叫《さけ》ぶ。

「秀吉に、お任《まか》せあれ！」頭《こうべ》を垂《た》れる。

「であるか。任せたぞ」と言うと、信長は十騎《き》ほどの近習《きんじゅう》を従え、琵琶湖《びわこ》西岸の朽木《くつき》峠《とうげ》を越《こ》える山道で京に向けて走り去る。

「殿《しんがり》よろしくお頼《たの》み申し上げます。生きてお会いできますように」家康は頭を下げる。

「忝《かたじけな》い」秀吉は一段と深く頭を下げる。

「ご苦労なことでござる。我が軍の鉄砲《てっぽう》隊も残していきます。京での再会お待ちしています」明智光秀《あけちみつひで》は見詰《みつ》めて敬礼する。

「是非《ぜひ》に」秀吉も見詰《みつ》め返して最敬礼する。

秀吉軍と明智軍の鉄砲隊《てっぽう》を残して、他の武将もすぐに引き上げる。秀吉はまだ大軍が居るように松明《たいまつ》を焚《た》き、夜のうちに浅井軍を避《さ》け、琵琶湖《びわこ》西岸から京に全速力で疾走《しっそう》する。

日の出とともに浅井・朝倉軍は攻《せ》めてきたが、殿《しんがり》は五里（二十キロ）ほど先に退却《たいきゃく》した後だった。追撃《ついげき》したが、歩兵が中心であり速度が遅《おそ》かったこと、鉄砲隊《てっぽう》三百に威力《いりょく》があったこともあり、秀吉は逃《に》げ帰れた。

「秀吉、殿《しんがり》よく務めた。褒美《ほうび》を取らす」と、黄金三十枚（三百万円）を手渡《わた》す。

「はは！」信長の秀吉への信任は更《さら》に強まる。

秀吉はこの恩賞の半分を、おねに届ける。大喜びで何かの備えにと蓄財《ちくざい》する。妻の英知が夫を救い、貯金も増えた。結婚九年目、おね二十七のこと。

二か月後の水無月《みなづき》、信長と家康の連合軍三万は、長政の居城小谷《おだに》城の南を流れる姉川《あねがわ》で、浅井・朝倉連合軍二万と向かい合う。太陽が上るとともに戦闘《せんとう》が始まり、午後に決着がつく。兵の数と鉄砲《てっぽう》の装備に勝《まさ》る織田・徳川連合軍が勝利した。数千人の死傷者の血で姉川は赤く染まる。真紅《しんく》の夕焼け雲の下、真っ黒な烏《からす》の大群が群がる。赤い皐月《さつき》は枯《か》れている。

浅井軍は小谷《おだに》城に籠城《ろうじょう》し、朝倉軍は越前《えちぜん》に引き返す。

延暦寺焼討《えんりゃくじやきうち》

翌年の初春《はつはる》にも、秀吉は京から岐阜《ぎふ》に帰ってくる。前日の雪は上がり快晴の空での初日の出だった。白い淡雪《あわゆき》の中、赤い寒椿《かんつばき》は花を増やす。おねは昨年より豪勢《ごうせい》な御節《おせち》を用意した。賑《にぎ》やかな元旦《がんたん》となる。

「新年おめでとうございます」

「おめでとう。去年はもう少しで死ぬところだった。御節《おせち》を食べたくて生き残ったなも。きゃっきゃ」軽口《かるくち》をたたき笑う秀吉。

「生きていてよかった。また、ご褒美《ほうび》もありがとう。随分《ずいぶん》、生活が楽になったわ」

「おねさんのお陰《かげ》だよ。袋《ふくろ》の鼠《ねずみ》にならずにすんだのは。御節《おせち》が旨《うま》い、美味《うま》い。料理の腕《うで》が上がったね」

「よかった、死んだらどうしようかと。また秀さんと笑える一年」

「そろそろ三十路《みそじ》だなも」

「『三十にして立つ』と論語にあるわ」

「『三十は男の花』とも言うけど、女の花盛りでもある」

「後は散るだけかしら」

「その前に、きっと実が成るよ」

「そうだといいけど、今年はどんな一年かしら？」

「比叡山《ひえいざん》に攻《せ》め込《こ》むかもしれないと思う」

「まさか――」

「平安時代の白河上皇《しらかわじょうこう》の昔から『賀茂河《かもがわ》の水、双六《すごろく》の賽《さい》、山法師《やまほうし》、是《これ》ぞわが心にかなわぬもの』として、僧兵《そうへい》の横暴《おうぼう》は目に余る」

「そうだけど」

「信長公は浅井・朝倉に味方する延暦寺《えんりゃくじ》の僧兵《そうへい》を皆殺《みな》しにするだなも」

「罰《ばち》が当たるのでは」

「信長公は神仏を信じていない」

「で、――どうするの」

「殺生《せっしょう》は嫌《きら》いだが、下知《げち》には背《そむ》けない」

「そうよ、共に地獄《じごく》に落ち、閻魔《えんま》さんに会いましょう。いつでもどこでも秀さんの味方よ」

「一緒《いっしょ》なら閻魔大王《えんまだいおう》も怖《こわ》くないか」

おねの言葉に秀吉は感謝し、目を瞑《つぶ》って僧兵《そうへい》や僧侶《そうりょ》を殺傷する覚悟《かくご》を決める。

「秀さん、奈落《ならく》の底に落ちる前に、春に京に桜を見にいっていい」

「いいよ。婚姻《こんいん》十年目だなも」

「よく憶《おぼ》えていたわ」

「どこにいても、おねさんのことは忘れないよ」

「京女《きょうおんな》に現《うつつ》を抜《ぬ》かしていない」

「もちろん。……仕事一筋」

（ほんとうかしら実際のところは分からないけど、深く追及《ついきゅう》しないでおこう）と思う。

仲春のころの昼前に、おねと秀吉は京の宇治《うじ》川沿いで桜花爛漫《おうからんまん》を見物する。すじ雲の下、ぽかぽかの春光に少し眩《まぶ》しさを感じる季節。

一緒《いっしょ》に桜をゆっくり見るのは、結婚《けっこん》前に庄内《しょうない》川で舟遊《ふな》びして以来だ。

「おねさんと桜は、いつ見ても鮮美透涼《せんびとうりょう》だなも」

「満開の桜の下での舟遊《ふな》びから十年、様々《さまざま》なことがあったけど、桜は毎年、何事もなかったように咲《さ》くわ」

「十年前が懐《なつ》かしいね、舟遊《ふな》びしようよ。きゃっきゃ」

「秀さん、お好きなように。ほうほうほう」舟《ふね》に乗り、秀吉が櫓《ろ》を漕《こ》ぐ。

「お結《むす》び食べる」

「ああ、おねさんのお握《にぎ》りが一番の好物」

「蜂《はち》に刺《さ》された跡《あと》は、どうなったの」

「ほら、黒子《ほくろ》になっているよ。結ばれた記念の黒子《ほくろ》だね」

「秀さん、長生きして。いつまでもいつまでも一緒《いっしょ》に笑いたいわ」

「いつまでも眩《まばゆ》いまでに美しくいてね」

「『ながむとて　花にもいたく　馴《な》れぬれば　散る別れこそ　悲しかりけれ（西行上人《さいぎょうしょうにん》）』だわ」おねは詠《よ》む。

川辺に舟《ふね》を止め、十年前のように桜舞《ま》う下で膝枕《ひざまくら》をする。いつの間にか仲睦《なかむつ》まじく抱《いだ》き合い、久方振《ひさかたぶ》りの至福の時が流れる。

（このまま奈落《ならく》の底に落ちても、三途《さんず》の川を渡《わた》ってもよい）とも思う。

雲雀《ひばり》もピューチュルピーチュルと鳴いている。

この年の秋、信長は織田軍三万で比叡山《ひえいざん》を焼き払《はら》い、延暦寺《えんりゃくじ》や日吉大社《ひよしたいしゃ》を消滅《しょうめつ》させ、僧《そう》兵《へい》、僧侶《そうりょ》、子女など三千人の老若男女を殺戮《さつりく》した。猪《いのしし》や鹿《しか》、狐《きつね》、狸《たぬき》、猿《さる》、兎《うさぎ》、栗鼠《りす》、野鼠《のねずみ》、野《や》鳥《ちょう》、蛇《へび》、蛙《かえる》などの動物は逃《に》げ出した。

明智光秀《あけちみつひで》は延暦寺焼討《えんりゃくじやきうち》に最初大反対し、信長を見詰《みつ》めた。睨《にら》んでいるようでもある。

「延暦寺《えんりゃくじ》は平安時代に最澄《さいちょう》が建立《こんりゅう》した由緒《ゆいしょ》ある寺で、僧侶《そうりょ》を殺すと罰《ばち》が当たります」

「其方《そち》は我《われ》に説教する気きゃあも。金柑頭《きんかんあたま》め」光秀の禿《は》げた頭を殴《なぐ》り、投げ飛ばす。

「申し訳《わけ》ございません」光秀は平に謝る。

先頭に立って働く。しかし、この時の恨《うら》み辛《つら》みがいつまでも心に残る。『怨《うら》み骨髄《こつずい》に入《い》る』人を動かすのは難しいが、人を叱《しか》るのはもっと難しく、工夫《くふう》が必要。

秀吉も参加したが、三猿《さんえん》（見ざる聞かざる言わざる）で子女の逃亡《とうぼう》は見逃《みのが》した。

光秀は恩賞として、比叡山《ひえいざん》の麓《ふもと》で琵琶湖《びわこ》西南岸に面した南近江《みなみおうみ》の坂本周辺十万石《ごく》を拝領し、坂本城を設ける。

光秀は妻の熙子《ひろこ》に報告する。

「城持ち大名に成れたよ」

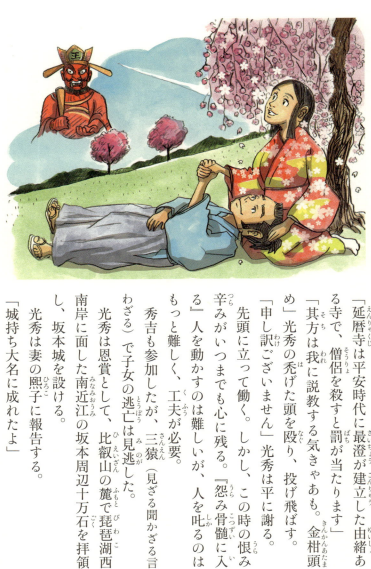

「やっと、日々のご苦労が報《むく》われましたね」

「辛労辛苦《しんろうしんく》を掛《か》けたな」

「この日を、首を長くして待っていました」

「熙子《ひろこ》のためにも、子どもたちのためにも、更《さら》に頑張《がんば》るよ」

「がんばってね。信長様の家臣の中で一番優秀なのは、お前様だから」

熙子《ひろこ》は十五のとき、二歳《さい》年上の光秀に嫁《とつ》ぐ。光秀は斎藤道三《どうさん》の縁戚《えんせき》で道三に仕えていた。道三と義龍《よしたつ》の父子争いのとき、道三が敗れたため牢人《ろうにん》となり、越前《えちぜん》の朝倉義景《よしかげ》に仕官した。室町幕府《むろまちばくふ》十三代将軍足利義輝《あしかがよしてる》の弟義昭《よしあき》を将軍にしたいと、光秀は奔走《ほんそう》するが、義景は動かない。

道三の息女濃姫《のうひめ》は光秀の従妹《いとこ》であり、信長の正室となっていた。この縁《えん》で光秀は義昭を信長に会わせる。光秀は信長の家来となり、熙子《ひろこ》は岐阜《ぎふ》城下住まいとなる。それから夫婦《ふうふ》は二人三脚《きゃく》で出世街道《かいどう》を馬車馬のように駆《か》け抜《ぬ》ける。城持ち大名で秀吉より一歩先んじる。

半兵衛愛《はんべえあい》

春の晴れた朝、おねと竹中半兵衛《たけなかはんべえ》は岐阜《ぎふ》城下の館《やかた》で、満開の紅梅を見ながら歓談《かんだん》する。

秀吉は京に居て留守。

「孫子《そんし》の兵法を勉強しているの」おねは言う。

「十代のころ、孫子を何十回も読み、全て覚えました」

「さすがですわ。気に入ったのは『孫子曰《いわ》く、凡《およ》そ用兵の法は、国を全《まっと》うするを上と為《な》し、国を破るはこれに次ぐ』です。調略《ちょうりゃく》が上策で、戦いで勝つのは次善の策。応仁《おうにん》の乱以来、百年ほど争いばかり、戦《いくさ》のない平和な国に早くしたいわ」

「その通りです。天下統一を戦《いくさ》でなく懐柔《かいじゅう》で行ない、人を殺すことなく達成したいものです。敵を説得し、戦わずして味方に付けるのが上策です。敵兵がそのまま友軍になるわけですから。敵を殺傷しては勝っても恨《うら》まれますし、仲間になる兵力が減ります」

「そのためには、どうすればよいのかしら」

「圧倒《あっとう》的な兵力差を準備し、戦えば負けることを認識させ、従えば何人《なんぴと》も殺さず、人を生かす約束を守ることが重要です。位押《くらいお》しです」

「なるほど。味方が多い方が勝ちで、どんどん仲間を増やす説得工作が、天下統一の成功の鍵《かぎ》なんだ。日本中を味方《みかた》にすることが天下の統一なのですか」

「そうです。その通りです」

「降参した敵方は決して殺さないことが重要なのですね」

「信長公にはそれが難しいようですが、おね様や秀吉様には、きっとできると思います」

「仁慈汎愛《じんじはんあい》、一人ひとり皆《みんな》を愛し活《い》かし、天下をまとめることができれば最高。信長さんにそうしてもらいたいわ」

「信長公は国を破ること、敵を殺すことが好きです。次善の策ではありますが」

「そうだわ。逆に兵力差の劣《おと》るところで勝ってきたわけですから、桶狭間《おけはざま》の戦いのように」

チャッチャッチャッチャッチャッ鶯《うぐいす》の鳴き声が絶え間なく聞こえる。梅の香《かお》りも漂《ただよ》う。

「おね様と秀吉様は、上間《あげまん》の達人だと思います」と半兵衛《はんべえ》は言う。

「あげまんって?」

「まんとは、間と書き、運気のことです。あげまんとは人の運気を上げ、結果として、その人の支援《しえん》で自分の運気を上げる人のことです」

「確かに、秀吉は信長さんに仕え、十貫《かん》(百万円)から三十貫《かん》に、そして三百貫《かん》と出世し、家臣たちもそれなりに出世したし。あげまん名人には何が必要なのかしら」

「上間名匠《あげまんめいしょう》には三つの要件があります。第一は相手の言動を褒《ほ》める力です。『さすが』『すごい』『美しい』『上手《うま》い』などタイミング良く賞賛することです。常に美点凝視《びてんぎょうし》です」

「二つ目は」

「共感力です。『そうだね』『なるほど』『おっしゃる通り』と心から感じ、言葉と表情、仕草で相手に伝えることです。相手の言葉をそのまま言い返すことが大本《おおもと》で、深みや広がりをつけて返せれば、考えが共振《きょうしん》します。異なる価値観や言動を面白《おもしろ》がることです」

「そして、三つ目は」

「感謝力です。『ありがとうございます』『感激です』『助かります』と素直《すなお》に感じる力です。多謝すれば万謝されます。逆に成果を自分の力とすると目の敵《かたき》にされ、自慢《じまん》すれば恨《うら》まれます」

「ううん、そのとおりですわ」

「褒《ほ》め力、共感力、感謝力の三つの力や技《わざ》を日々、訓練、鍛錬《たんれん》、強化し、言動を変える細《ささ》やかな勇気を持てば、上間巨匠《あげまんきょしょう》となり、天下が取れるように思います」

「逆に、さげまんはいつも人に反感を持ち、非難し咎《とが》め詰《なじ》り誹《そし》り、嫌味《いやみ》を並べ、人の運を下げ、自分の運を失くする人かしら」

「そうです。下間《さげまん》は欠点ばかりを見て、悪口を言って、喧嘩《けんか》をしてしまいます」

「まずは信長さんに天下を取ってもらわなければ」

「信長公は観察力や創造力はすごいが、上間《あげまん》の三つの技力は少し弱いようにも」

「秀吉や私を褒《ほ》め、多としているようにも思うけど」

「信長公は少しその範囲《はんい》が狭《せま》いようにも。自分圏《じぶんけん》が小さいのかもしれません」

「自分圏って」

「自分のように思える範囲《はんい》のこと、共感できる領域で、おね様や秀吉様の方が、みんなのことを自分のことのように考えられる枠《わく》が広いのです。皆を包容できることです」

「万民のことを自分のように思える人が、天下を治めることができるのかも」

「その通りです、さすが。おね様と秀吉様による天下の統一が私の夢です」

二人は数刻、将棋《しょうぎ》の駒《こま》を動かした。半兵衛《はんべえ》の方が少し強い。

「将棋《しょうぎ》では取った駒《こま》を活用することができますわ」

「その通り、調略そのものです」

「それぞれの役割をしっかり果たすようにすることが第一義ですわ」

「持てる力を十二分に引き出すことです」

「将棋《しょうぎ》も囲碁《いご》も、そして戦《いくさ》など勝負は、すべて『先手必勝』のようですわ」

「『先《さき》んずれば人を制す』が戦《いくさ》の極意で、信長様の得意とするところです」

おね二十七、半兵衛《はんべえ》二十五のとき。

半兵衛《はんべえ》は美濃《みの》（岐阜県《ぎふ》）の生まれ。稲葉《いなば》山城の斎藤龍興《さいとうたつおき》に仕えていた。若いころ学問を修め、軍師の才能がある。龍興《たつおき》と信長の戦いでは伏兵《ふくへい》戦術などで二度破った。

龍興《たつおき》が酒色に溺《おぼ》れるのに嫌気《いやけ》がさし、二十歳《はたち》のときに不破《ふわ》（関ヶ原《せきがはら》の近く）に隠遁《いんとん》した。三年後、遁世《とんせい》先に秀吉が一人で訪ね、三顧《さんこ》の礼で腹心の参謀《さんぼう》に迎《むか》える。三日三晩の秀吉の口《く》説《ど》きに男惚《ぼ》れする。

二人は七年後の春昼、桜満開の長浜《ながはま》城の庭で再び談話する。この日、秀吉は長浜《ながはま》城主だったが、信長の居る安土《あづち》城に出かけて留守だった。

「『知らぬ顔の半兵衛《はんべえ》』って、どういうことなの？」おねは訊《き》く。

「知っているのに、とぼけて知らない振《ふ》りをすることです」

「誠実で正直なことは大切ですが、言った方がいいことと、言わない方がもっといいことがあるかもしれませんね」

「将と兵の間や、夫婦《ふうふ》の間や親子の間も同じです」

「『口は虎《とら》、舌は剣《つるぎ》』とも言いますもの」

「『言わぬは言うにまさる』です。馬鹿正直《ばかしょうじき》は本人も周りも不幸になります」

「しゃべった方は楽になりますが。聞いた方は悩《なや》みや悲しみ、苦しみが増えることもあるようにも思うわ」

「おっしゃる通りです」

「二六二《にろくに》の法則、ご存《ぞん》じでしょうか」おねは尋《たず》ねる。

「十人の人がある業務をすれば、二人は優《すぐ》れているが、六人は普通で、二人は劣《おと》っていること」

「二人の劣《おと》っている人を励《はげ》まし、よい仕事をできるようにするのが肝心《かんじん》ですわ」

「そうです。おね様や秀吉様のような人使いの名人の極意《ごくい》のように。信長公はどちらかというと、優秀な二人を徹底《てってい》的に使いこなすが、劣等《れっとう》な二人を切り捨てがちです」

「秀逸《しゅういつ》な二人は勝家《かついえ》さんと光秀《みつひで》さんでしょうか？」

「それに秀吉様も」

桜が散り始め、ピーチクパーチク、ピーピーカラカラと雲雀《ひばり》が囀《さえず》っている。

「利と義、どちらが大切なのかしら」おねは更《さら》に訊《き》く。

「どちらも重要です。相手に合わせて利と義を説くのが調略の奥義《おうぎ》です。双方《そうほう》が利を得て義を強め、徳を深めることで幸せになることが重要です」

「なるほど。さすが半兵衛《はんべえ》さん。人の欲は深く、人の夢は様々《さまざま》だわ」

「欲には食欲、性欲、金欲、出世欲、徳欲などがあるようです」

「そうなの。私は食欲ばかりだけど。ほうほう」

「食欲は体力をつけて病気に罹《かか》らないで長生きしたい夢を、性欲は子孫を増やす望《のぞ》みを実現する、動物本来の欲です」

「秀吉は体が小さいけど、食欲は人並み以上にあるようです。三十代になって二十代とは違《ちが》って夫婦《みょうと》欲も少なくなったようにも。ただ、秀吉は赤ちゃんが欲しいと励《はげ》んでいるようですが」

「年齢《ねんれい》に応じて欲望や希望、夢想も変化するのです」

「秀吉は金欲、出世願望が強いようですが」

「金も出世も世の中に役立ちたい念望を実現するのに必要です。金を絶妙《ぜつみょう》に使ったり、出世して良い仕組みや物を作ったりできます。人間以外の動物にはない欲です」

「徳欲は秀吉にも私にもないようにも」

「徳は自分だけでなく人のために知恵《ちえ》を出し言動することで、家族や知己《ちき》、領民が平和で幸せに暮らせる世を夢みる源泉です。おね様や秀吉様には徳欲が沢山《たくさん》あるように思います。お二人による天下統一が私の宿願です」

「もうひとつ動欲、目と口を動かし、色んな表情をし、手足や体を動かす欲もあるようにも、特に子どもは、ひょっとこ顔や鬼顔《おにがお》、あっかんべなどが好きです」

「そうです。泣いたり笑ったり歩いたり走ったり、頭や筋肉はできるだけたくさん使った方が健康になるようです。また衰《おとろ》えるのを遅《おそ》くすることができるのです」

「おしゃべりや三味線《しゃみせん》、蹴鞠《けまり》、旅行、散歩も楽しいわ」

「読書や囲碁将棋《いごしょうぎ》、謡《うたい》、能《のう》、相撲《すもう》、剣術《けんじゅつ》の稽古《けいこ》もいいです」

「半兵衛《はんべえ》さん、私の欠点を教えて」

「おね様はのんびりしていて、喋《しゃべ》りたいことも言わないのが、長所であり短所かもしれません。もっと自由に口にしたいことを言い、もっと思ったことを、やったらいいようにも。人生は有限ですから、喜怒哀楽《きどあいらく》を、もっともっと出せば、人生さらに楽しくなるのでは」

「そうね。食べるのは遅《おそ》いし、歩くのもゆっくりだし、どちらかというと無口な方だし、秀吉の浮気《うわき》にも我慢《がまん》し過ぎなのかも」

「忍耐《にんたい》のし過ぎは自分にも他人にも薬ではなく毒かも、適当に発散しないと、お互《たが》い病毒が溜《た》まります。天真爛漫《てんしんらんまん》な、おね様が素敵《すてき》だと思います。老子《ろうし》は『無為《むい》にして化《か》す』と」

おねは温かい言葉と博学に感銘《かんめい》した。秀吉が初老（四十路《よそじ》）となり失いつつある若さと美しさを、二つ年下の半兵衛《はんべえ》に感じる。おね三十四。（信長さんへの初恋《はつこい》、秀吉との恋愛《れんあい》、そして三度目の恋路《こいじ》かも）と思う。秀吉へとは異なるプラトニックな愛だ。

半兵衛《はんべえ》は二年後の夏、播磨《はりま》（兵庫県）三木《みき》城の包囲中に平井山《ひらいやま》の秀吉本陣《ほんじん》で死去した。死因は肺結核《はいけっかく》。行年《ぎょうねん》三十五。あまりにも早すぎる死だ。

小谷落城《おだにらくじょう》

年頭に秀吉は京から岐阜《ぎふ》に帰ってくる。大晦日《おおみそか》からの大雪が辺《あた》り一面を真っ白にし、粉雪《こなゆき》が舞《ま》っている。寒椿《かんつばき》はほとんど雪に埋《う》もれていたが、赤い花の一部は白雪に映《は》える。鵠《くぐい》（白鳥）も松の下に雪宿《ゆきやど》りしている。去年は帰って来ない寂《さみ》しい松の内だった。

一昨年《いっさくねん》より更《さら》に豪勢《ごうせい》な御節《おせち》を用意してある。鯛《たい》と鰤《ぶり》の両方の塩焼きがあった。

「今年もよろしくお頼《たの》み申し上げます」

「鯛《たい》も鰤《ぶり》も旨《うま》い」秀吉は褒《ほ》める。

「よくわかるわね」

「食い気だけは人一倍で、何をいつ食べたかは憶《おぼ》えている、特に美味《おい》しいものを食べたときは」

「そうなの。一緒《いっしょ》に食べた方がおいしいわ」

「確かに二人で食べる方が二倍美味《びみ》だ。一昨年《おととし》は比叡山《ひえいざん》を焼き払《はら》ったが、地獄《じごく》に落ちずにすんだなも」

「閻魔《えんま》大王さんにも会いたかったけど。今年は武田《たけだ》信玄《しんげん》さんがきっと攻《せ》めてくるわ」

「信玄《しんげん》は体調が今ひとつとの噂《うわさ》がある」

「信玄《しんげん》さんは五十代かな。遠征《えんせい》は体力的につらいかも」

「天下取りには年を取り過ぎた。健勝が何よりも優先する」

「今年は小谷《おだに》城攻《ぜ》めかしら」

「そうだ。浅井《あざい》・朝倉《あさくら》連合軍を二年ほど前に姉川《あねがわ》で破った。その後、家老《かろう》などの調略《ちょうりゃく》を進め、そろそろ機が熟すころ」

「不利から、五分五分、やや有利、そして優勢に、さらに勝勢の時機かも。将棋《しょうぎ》と同じ」

「おっしゃる通り」

「お市さんはご壮健《そうけん》でしょうか」

「もうすぐ三人目の子が生まれるそうだ」

「よく知っていること」

「浅井・朝倉のことは何でも調べてあるよ」

「ほんとうは、お市さんのことを探《さぐ》っているのでは」

「それもある。……お市様の行く末を信長公も悩《なや》んでいる」

「お助けすれば。二人娘《むすめ》も幼いし、お腹も大きいことだし」

「そうするか」

この年の春、信玄《しんげん》は陣中《じんちゅう》で病死し、武田軍は甲斐《かい》（山梨県《やまなし》）に引き返す。享年《きょうねん》五十一。死因は肺結核《けっかく》、肺炎《えん》、胃癌《がん》、食道癌《がん》など諸説ある。甲斐《かい》の虎《とら》、あるいは龍《りゅう》と呼ばれ、天下無敵の騎馬《きば》隊を育てたが、病魔《びょうま》には勝てなかった。

同年の葉月《はづき》、織田軍三万は朝倉軍二万を破り、越前一乗谷《えちぜんいちじょうだに》（福井県福井市）で義景《よしかげ》を自害させた。行年《ぎょうねん》四十。

翌長月《ながつき》に浅井軍五千が籠城《ろうじょう》する小谷《おだに》城は落城する。

「お市、茶々《ちゃちゃ》、初《はつ》、江《ごう》を頼《たの》む」長政は言う。

「私も連れ合って死にとうございます」泣きすがって応える。

「三人の娘《むすめ》を育てるのが母の仕事、皆《みな》で力を合わせ、浅井家の血をつないでおくれ」

「そんな、女にとっては血より愛が大切です」目には涙《なみだ》が溢《あふ》れる。

「夫への愛ではなく、子どもへの愛を、生きて育てておくれ。七年間、本当に楽しかった。お市と夫婦《ふうふ》になれ、可愛《かわい》い娘《むすめ》にも恵《めぐ》まれ、幸せであった。ただ数年前に選択《せんたく》を誤ったことを後悔《こうかい》している。父に逆らえなかったことを」

「素敵《すてき》な日々でした」

長政は割腹《かっぷく》、享年《きょうねん》二十八。お市と三姉妹は救出される。

お市二十六、茶々《ちゃちゃ》四、初《はつ》三、江〇《ごうぜロ》、生まれたばかり。お市は江《ごう》を抱《だ》き、秀吉が茶々《ちゃちゃ》を負《お》んぶし、秀長《ひでなが》が初《はつ》を抱《だ》っこし、炎上《えんじょう》する小谷《おだに》城を下ってゆく。夕刻には肌《はだ》寒い秋の風に変わり、空が黒くなるほどの烏《からす》が飛び回り、赤い彼岸《ひがん》花が咲《さ》いていた。

二日前に信長は秀吉を呼んだ。

「秀吉、お市のことだが」

「是非《ぜひ》、お助けしとうございます」

「済まぬが、長政と連絡を取り、妹と娘《むすめ》たちを救い出して欲《ほ》しい」

「承《うけたまわ》りました」

「急げ、早く、さっと！」

「はは」

秀吉は長政に使いを出し、救出の手配をつけ自ら出向いた。おねとの約束を果たす。

遡《さかのぼ》ること六年前の春昼、梅が蕾《つぼみ》のころ、小牧山城の庭で、おねはお市と会っている。お市は信長の命で、浅井家に輿入《こしい》れする。

「お市さん、長政さんとのご結婚《けっこん》、お祝い申し上げます」

「ありがとうございます」丁寧《ていねい》に答える。

「長政さんは美男子と評判で、美男美女の成《せい》婚《こん》ですわ」

「どうでしょうか。まだ一度も会ったこともありませんし。おね様は好きな人と夫婦《ふうふ》になられて羨《うらや》ましいですね」嫉視《しっし》する。

「侍《さむらい》や庶民《しょみん》の娘《むすめ》と違《ちが》って、大名の姫《ひめ》様は親や兄弟の政略で婚姻《こんいん》することになるのは、詮無《せんな》いことですわ」

「そのとおりです」

「でも、男はみんな同じで、美点も醜点《しゅうてん》も、好《い》い所も悪い所もあるし。一緒《いっしょ》にいれば、美しい点が好きになり、愛情は湧《わ》いてくるようですわ」

「そうだといいんだけど」

「愛情を結婚《けっこん》する前の恋愛《れんあい》時代に感じるか、結ばれ連れ添《そ》ってから感じるか。結局、一生の恋愛《れんあい》と夫婦《みょうと》愛を合わせた愛の量は同じかもしれません」

「そうなんでしょうか」

「好きな人と夫婦《みょうと》になれば恋《こい》で燃えるため、愛の上り坂が急勾配《こうばい》な分、愛の冷める下り坂も険《けわ》しく、魔《ま》の坂もあるわ。政略結婚《けっこん》の場合は恋《こい》で燃えることは少なく、上り坂が緩《ゆる》やかな分、下り坂もなだらかで、真逆《まさか》も少ないのでは」

「ほんとうかしら」

「どちらにしても、夫の美点を認め、温かい家庭をつくり、元気な赤ちゃんを産み育て、家族の健康を守ることが、女の幸せではないでしょうか」

この時、おねの言うことは、お市には理解できない。お市十九、おね二十四。

しかし、長政との七年の結婚《けっこん》生活は熱愛に包まれて幸せだった。

長浜《ながはま》城主《じょうしゅ》

晩秋、小春日和《こはるびより》の昼下がりに、秀吉は京から岐阜《ぎふ》城下のおねの許《もと》に帰ってくる。綿雲《わたぐも》とともに上弦《じょうげん》の月が東南の青空にうっすら見え、庭の柿《かき》が熟《う》れている。一か月ほど前には、緑の萼《がく》に埋《う》もれるような白い可憐《かれん》な柿《かき》の花が咲《さ》いていた。柿《かき》を剥《む》いて出す。

「秀さん、お帰りなさい」

「旨《うま》い。浅井・朝倉軍に勝ち、信長様がその戦功で、北近江《きたおうみ》の領主にしてくださったなも」

「すごい。ほんとうの城持ち大名」

「そうなんだ。ざっと十二万石《ごく》（六十億円）の大大名《だいだいみょう》さ」

「信長さんのお陰《かげ》と、お前様の実力」

「そして運も。死んでもおかしくない場面は何回もあったけど」

「秀さんの日々の精進《しょうじん》と準備万端《じゅんびばんたん》のお陰《かげ》。小谷《おだに》城はそのまま使うの」

「……どうしようかな」

「小谷《おだに》城の南西一里（四キロ）ほどの琵琶湖《びわこ》東岸、北国街道《かいどう》の要所、今浜《いまはま》に城を造ったら」

「確かに、山城《やまじろ》より平野の城の方がなにかと都合がよい」

「山城が守りは堅《かた》いけど、領主としての政治には平城《ひらじろ》がいいわ、家来の城勤めも楽だし。清洲《きよす》城と小牧《こまき》山城、岐阜《ぎふ》城を比べると、清洲《きよす》城の方が便利で快適だった。また琵琶湖《びわこ》の船も使えるようにできるといいわ」

「そうしよう」

「信長さんの長をいただいて、今浜《いまはま》を長浜《ながはま》に変えたら」

「なるほど」

「苗字《みょうじ》はどうするの」

「木下《きのした》のままでどうかな。あるいは木上《きのうえ》では」

「木上では『出る杭《くい》は打たれる』かもしれないわ」

「その通りだ」

「家老の柴田《しばた》勝家《かついえ》さんと丹羽《にわ》長秀《ながひで》さんの苗字《みょうじ》を一字ずつもらって柴丹《しばに》にしたら、二人とも喜ぶわ、きっと」

「同じ音で始まると、紛《まぎ》らわしいよ」

「では、丹柴《にしば》も駄目《だめ》だわ。羽柴《はしば》でどうかしら」

「いい、羽柴《はしば》秀吉、さっそくご両人と信長様に嘆願《たんがん》してこよう」

おねの案を秀吉は受け容《い》れ、長浜《ながはま》と改称《かいしょう》して、小谷《おだに》城の資材を活用して長浜《ながはま》城を築く。また、信長と勝家、長秀の許しを得て、木下から羽柴《はしば》に改姓《かいせい》する。木から離《はな》れ、猿《さる》のイメージが薄《うす》まる。笑い声や顔、体形、仕草は変わらないが。

結婚十二年目、おね三十一のこと。

翌年の新春、おねは岐阜《ぎふ》城下から長浜《ながはま》城内に移る。敷地《しきち》四十坪《つぼ》、延床《のべゆか》面積二十坪《つぼ》6Kから、敷地《しきち》三百坪《つぼ》、四層（四階建て）天守の城住まいとなる。部屋数は三十に達し、延床面積二百坪《つぼ》強と十倍以上の広さ。一階は評定《ひょうじょう》（会議）用の大広間と台盤所《だいばんどころ》（台所）、二階は居室、三階は客室、四階は展望台だった。

六百石（三千万円）から二百倍に出世する。家の子郎党《ろうとう》も増え、自由になる金はその一部に過ぎないが裕福《ゆうふく》になる。

青雲と春光の下《もと》、長浜《ながはま》城の天守閣から琵琶《びわ》湖《こ》と庭を眺《なが》める。

「秀さん、琵琶《びわ》湖《こ》が壮麗《そうれい》だね」

「紺碧《こんぺき》の空に青い湖《みずうみ》、赤い躑躅《つつじ》や黄色い山吹《やまぶき》、白い肌《はだ》のおねさんも絶美、百花繚乱《りょうらん》だね」

「三十代になり女盛りも、いつの間にか峠《とうげ》を越《こ》えたようで、皺《しわ》や白髪《しらが》ができてきたわ」

「いつまでも月のように鮮麗《せんれい》だよ。連れ合って十数年、毎年、年を取るのは仕方ないが」

「長浜《ながはま》の町は、どんどん豊かに成長して欲《ほ》しいわ」

「そうだ、領民が豊かになれば、領主も潤《うるお》うから」

「岐阜《ぎふ》城下のように楽市楽座《らくいちらくざ》にすれば、商業が盛んになるし」

「そうかな」

「農業も重要だけど、商業も工業も大切、北近江《おうみ》を日本一豊かな国にしたいわ」

「その通りだ」

「誰彼《だれかれ》でも自由に取引できて、税を安くすれば、商人、職人、百姓《ひゃくしょう》も大喜び」

ピーヨロロロと鳴きながら鳶《とんび》が舞《ま》っている。

「そういえば針の行商をしていたとき、市や座の規制で苦労したことがある」

「人間、自由が一番。みんなが創意工夫すれば、生産性は高まり、成長間違《まちが》いないわ」

「分かった。早速、楽市楽座令を出そう」

「うん、いい大名になるわ」

「おねさんこそ、いい領主だよ」

長浜《ながはま》城下は楽市楽座とし、税も無くする。商工業者が集まり町は発展する。逆に人が集まり過ぎることが心配になり、秀吉は地子《じし》（地代）を取ろうとする。それを知ったおねは反対する。

「町に地子《じし》をかけるの」

「ああ……、この前の評定《ひょうじょう》でそう決めた」

「大反対よ。税は少ない方が万民のためだし、無い方がもっといいわ」

「しかし、人が増え過ぎていると思うし、物入りだから」

「まだ京や堺《さかい》よりずっと人は少ないし、日本一の町になれば素敵《すてき》じゃない。秀さんが薪奉《まきぶ》行《ぎょう》のとき無駄《むだ》を減らしたように、城の生活には節約できることが、まだあるように思うわ」

「分かった、分かった」

秀吉はおねの意見に従う。城生活での不経済・不効率なことは少なくなり、地子《じし》のかからない町は飛躍《ひやく》的に進展する。

中国遠征《えんせい》などで留守《るす》勝《が》ちの夫に代わり、おねが城主代行を務める。城下の国友《くにとも》で鉄砲《てっぽう》生産を奨励《しょうれい》し、秀吉の天下平定を助ける。古くから刀鍛冶《かたなかじ》の里だったが、鉄砲《てっぽう》作りが盛《さか》んとなる。

その年の秋、おねは清洲《きよす》に住む実の母に会いに行く。

「お母さん、長浜《ながはま》城で一緒《いっしょ》に暮らそう」

「ありがとう。でも、秀吉さんとは暮らせないよ。結婚《けっこん》に大反対したのだから」

「部屋は幾《いく》つもあるから、秀さんと会わずに過ごせるわ」

「ここが大好きだし、お父さんや、お爺《じい》さん、お婆《ばあ》さんの墓もあるから、動きたくない」

「秀さんは、三低で最低ではなく、三高で最高になったわ」

「よかったね、おねの内助の功だよね」

「秀さんの実力と運だわ」

「いや、おねの知恵のお陰《かげ》のように思うよ」

「一緒《いっしょ》に住めなくて残念だけど、いつまでも無病息災《むびょうそくさい》でいてよ」

「ええ、一人で気楽に生きてゆくよ」

おねは秀吉に隠《かく》れて、母に生活の援助《えんじょ》をしている。

石田三成《いしだみつなり》

おねと秀吉が石田三成《いしだみつなり》（幼名は佐吉《さきち》）に会ったのは観音寺《かんのんじ》に寄ったときである。

早春、快晴で浮《う》き雲がゆっくり流れる巳《み》の刻（午前十時）ごろ。辰《たつ》の刻（朝八時）から長《なが》浜《はま》城下を見回っている途中《とちゅう》で、少し疲《つか》れていた。純白の辛夷《こぶし》が咲《さ》きこぼれている。

「お茶をご所望《しょもう》できませんでしょうか」おねは寺の和尚《おしょう》に請《こ》う。

「どうぞ」と、寺小姓《てらこしょう》は大きめの茶碗《ちゃわん》二つに、お茶をたっぷり入れて出す。

「旨《うま》い」秀吉、

「美味《おい》しいわ」おね。

「できれば、もう一杯《ぱい》」秀吉は言う。

「どうぞ」と、小さめの茶碗《ちゃわん》二つに、お茶を七分ほど入れてある。

「ああ、旨《うま》い」「うん、美味《おい》しいわ」両人は言う。

「さらに、もう一杯《ぱい》、所望《しょもう》したい」

「どうぞ」と、小ぶりの茶碗《ちゃわん》二つに、お茶は五分ほど。

「なるほど」「すごい」両人は思う。

最初は飲み易《やす》く温《ぬる》め、二度目は少し熱《あつ》め、三度目は熱々《あつあつ》のお茶だった。温度でいえば、摂氏《せっし》五十度、七十度、九十度であろうか。量的には六勺《しゃく》（百ミリリットル）、三勺《しゃく》、一勺《しゃく》くらいか。

暖かい春の日の下《もと》を歩いて、少し汗《あせ》をかいた人に飲んでもらうには、どのようなお茶が適しているか、自分の経験で良く知った上での、もてなしだった。

「名前はなんと」

「佐吉《さきち》です」

佐吉《さきち》は面長《おもなが》で額《ひたい》が広く、切れ長の目で目尻《めじり》が少し吊《つ》り上がっている。鼻筋は通り大きく口も大きい美男子、狐顔《きつねがお》。手足は長く、背丈《せたけ》は秀吉より高く痩《や》せている。額の広さは頭脳明晰《めいせき》を暗示していたのかもしれない。佐吉《さきち》十四、おね三十一。

二人は佐吉《さきち》を城小姓《しろこしょう》に取り立て、身の周りの世話をさせる。

三年後の秋、秀吉が中国攻め《ぜ》の総司令官として姫路《ひめじ》に赴任《ふにん》したとき、元服した佐吉《さきち》は三成《みつなり》と名乗り同行し、側近として働く。

姫路赴任《ふにん》前の早秋の昼に、おねと三成は長浜《ながはま》城で論談する。紫《むらさき》の竜胆《りんどう》が咲《さ》き、ケーッケッと雉《きじ》が鳴いている。

「一段と大きくなり美男子になったわ」と褒《ほ》め称《たた》える。

「ありがとうございます。しかし、男は顔ではなく頭ですから」三成らしく答える。

「秀吉はそうですが。両方備《そな》えていることは、もっといいのでは」

「どうでしょうか」

「相手の気持ちを考える大人に、早くなってもらいたいものです」

「孫子《そんし》曰《いわく》『彼《かれ》を知り己《おのれ》を知れば百戦殆《あや》うからず』ですから」

「そのとおり、さらに、『彼《かれ》を知らずして己《おのれ》を知れば一勝一負す、彼《かれ》を知らず己《おのれ》を知らざれば戦う毎《ごと》に必ず殆《あや》うし』です」

「もちろん、知っています」

「知っていることと、できることは大違《おおちが》い。日々の業務も戦《いくさ》も同じ。頭で考えることも言葉も大事ですが、心を込《こ》めた実践《じっせん》がすべてです。言葉だけでなく実行してください」

「心配ご無用」

「仕事には四つの段階があるようよ、知ってる?」

「第一は分かる、第二はできる、第三は教えるでしょうか。第四は、はて」

「教える人を育てることができることです。頭《かしら》や大将、家老、大名の役割です」

「なるほど、ごもっとも」

(三成が頭でっかちとなり、秀吉の近習《きんじゅ》のため『虎の威《い》を借る狐《きつね》』になる)のが心配だ。

「情報の意味はご存《ぞん》じ」おねは訊《き》く。

「心が青く、心によく響《ひび》くことでしょうか」

「うん、そうだわ。また情報とは情けに報《むく》いると書き、お互《たが》いの情けで共に成長して報いることの意味もあるわ」

「『情けは人の為《ため》ならず』とも言いますけど」

「意味分かる」

「さあ」

「情けをかけて良い情報を提供すれば、相手はありがたく思い、巡《めぐ》り巡《めぐ》って、自分にいい情報や報いが返ってくること」

「そうなんですか」

「思いやる情報達人になるには三つの条件があると思うわ。分かる」

「一つは観察力かな。二つは先見力、三つはなんだろう」

「そうね。観察力で重要なことは相手の美点を凝視《ぎょうし》すること。逆に醜点《しゅうてん》を見て、事実を言えば悪口になるわ。先見力は洞察《どうさつ》力や創造力でもあるわ」

「秀吉様は雪の朝、信長公の草履《ぞうり》を胸で暖めたと聞きます」

「三つは言動改善力。最適な選択《せんたく》のために言葉、表情、仕草と行動を日々改善すること。変える勇気を少しもって。人は動かすことは難しいけど、自分を変えることはできるわ」

「『言うは易《やす》し行なうは難《かた》し』です」

「『愛出《い》ずる者は愛返《かえ》り、福往《い》く者は福来《きた》る』だわ」

「承知《しょうち》」

長篠《ながしの》合戦

二人は結婚《けっこん》十四年目の元日を長浜《ながはま》城で過ごす。鈴鹿《すずか》山脈から上る赤い朝陽《あさひ》が祝福している。手作りの御節《おせち》を摘《つ》まみながら、お屠蘇《とそ》を飲む。

「今年もよろしくお願い申し上げます」

「今年もいいことが沢山《たくさん》ありますようになも」大声を出す。

「大きな家というより、お城で楽しいわ」

「掃除《そうじ》が大変では」

「女中たちも小姓《こしょう》たちも、よく働いてくれるので楽をしているわ」

「今年はどんな年になるかな」

「武田信玄《しんげん》さんが亡《な》くなって三回忌《き》、今年は嫡男《ちゃくなん》の勝頼《かつより》さんが西上《せいじょう》するようにも思うわ」

「そうだ」

「天下一の騎馬《きば》隊に勝つには、刀や槍《やり》だけではだめで、鉄砲《てっぽう》が一番よ」

「種子島《たねがしま》（銃《じゅう》の通称《つうしょう》）は、おねさんが生まれたころ日本に伝わった。おねさんのお陰《かげ》で城下の国友《くにとも》で量産できるようになってきた」

梅に似た香《かお》りの黄色い蠟梅《ろうばい》が咲《さ》き匂《にお》ってくる。コォーッコォーッと白鳥が鳴きながら琵《び》琶湖《わこ》から飛び立つ。

「鉄砲《てっぽう》を制するものが、天下を制するかもしれないわ」

「その通り」

「鉄砲《てっぽう》を撃《う》つのには、どのくらいかかるの」

「火縄銃《ひなわじゅう》だから六十を数える間（一分）だ」
「馬は六十を数える間にどのくらい、進むのかしら」
「そうだな、百七十間（三百メートル）かな」
「射程距離《きょり》はどのくらいなの」
「五〜六十間（九十〜百十メートル）だろう」
「一列だと一度撃《う》ったら次ぎに撃《う》つまでに、当たらなかった騎馬《きば》隊に鉄砲《てっぽう》隊は殺されるわ」
「そうだ」
「三列にして交互《こうご》に撃《う》てば、近づけないかもしれない」
「なるほど」
「馬が通れない柵《さく》を設けておけば完璧《かんぺき》ではないでしょうか」
「ああ、そうしよう」

この年の晩春、信長は三河《みかわ》（愛知県）長篠《ながしの》で馬防柵《ばぼうさく》を築き、三千挺《ちょう》の鉄砲《てっぽう》隊を擁《よう》し、宿敵武田信玄《しんげん》の子勝頼《かつより》の率いる騎馬《きば》隊を待つ。青い空が広がる。最強といわれた武田軍は壊《かい》滅《めつ》した。天気にも恵《めぐ》まれた。雨が降ったら火縄銃《ひなわじゅう》は使えない。

織田・徳川連合軍三万八千、武田軍一万五千。死者は織田・徳川連合軍六千、武田軍一万。勝頼《かつより》はわずか数百の旗本に守られながら甲斐《かい》（山梨《やまなし》県）に帰還《きかん》した。

この夏の夕方に信長は濃姫《のうひめ》と話す。天上に半月が見え、赤と白の芙蓉《ふよう》が咲《さ》き、蟬《せみ》が鳴いている。


「天下布武まで、あと少しだがや」

「素晴《すば》らしいことですね」

「結ばれてから三十年ほど、桶狭間《おけはざま》の戦いから十五年、『光陰矢《こういんや》の如《ごと》し』だった」

「ほんとうに、よく生き長らえましたね」

「怪我《けが》も病気も、ほとんどなく、運がいいこと」

「何人もの人が亡《な》くなりましたが」

「戦《いくさ》で死ぬのは仕方がないことだ。猿《さる》（秀吉の渾名《あだな》）や金柑頭《きんかんあたま》（明智光秀《あけちみつひで》）、権六《ごんろく》（柴田勝家《しばたかついえ》）、犬《いぬ》（利家《としいえ》）など家来たちもよく働いた」

「家臣の妻たちも、よく支えてくれました。おねさんや熙子《ひろこ》さん、まつさんなども大活《だいかつ》躍《やく》」

「『女房《にょうぼう》は家の大黒柱』だから」

「おねさんも熙子《ひろこ》さんも寅《とら》年で積極的な性格、一回りおねさんが若いけど。まつさんは未《ひつじ》年で優しい性格」

「濃姫《のうひめ》も未《ひつじ》でいつも従順で感謝だ。お市もだが」

「男って勝手ね」

「人生五十年やりたいことをやるしかない。残された時間は少ない」

「まだまだ十年ありますから、急ぎ過ぎない方が」

「『善は急げ』急げ、早く、さっと、が人生で一番肝要《かんよう》」

「それればかりではないようにも。『急《せ》いては事を仕損じる』とも言うわ。急ぎ過ぎると、墓場へすぐ入ってしまいますよ」

「そうかもしれん」

信長の気が短いのは生まれつきだ。その性急《せっかち》さが天下布武を推進した。

数日後、おねは濃姫《のうひめ》に会う。芙蓉《ふよう》の花は増え、蟬《せみ》の鳴き声は一段と大きい。

「長篠《ながしの》合戦の勝利、大慶《たいけい》の至りに存じます」

「三段撃《う》ちは、おねさんの発案とも聞きますが」

「そんなことはないですわ。皆《みな》さんの衆智《しゅうち》と、信長さんの決断力や実行力の成果ですわ。鉄砲《てっぽう》の威力《いりょく》は、すごいです」

「ほんとうですね」

「家事や家具でもそうですが、新しい技術や道具は世の中を変えます。土間から板の間に、さらに畳《たたみ》になって快適ですわ」

「確かに、畳《たたみ》のお陰《かげ》で風邪《かぜ》もひかなくなったみたい」

「カステラや金平糖《コンペイトー》、ワインも美味《おい》しいですわ」

「私も大好きです」

「秀吉を長浜《ながはま》城主にしていただき、贅沢《ぜいたく》させてもらっていますわ」

「実力のあるものが治めないと、平和は来ないですから」

「早く安寧《あんねい》な時代が来るといいですわ」

「お子さんは」

「授《さず》からないので、養子をもらって養育しています」

「私も残念だけど側室の子どもをずっと育てています。お互《たが》い寂《さみ》しい思いですね」

「うん、――でも、それなりに楽しんでもいます」

同じような境遇《きょうぐう》で理解し合える。久々《ひさびさ》に将棋《しょうぎ》を指す。カステラや金平糖《コンペイトー》をつまみ、葡萄《ぶどう》酒を飲みながら。夏の夜は更《ふ》けて、暑さも少し和《やわ》らいだ。ミンミン蟬《ぜみ》の鳴き声が、いつの間にか、リンリンと秋虫の声に変わった。

家族愛

「赤ちゃんが欲《ほ》しいわ」

「赤ん坊《ぼう》が欲《ほ》しい」

「赤子をもらってきていい」

「養子や養女をもらって、小姓《こしょう》もわんさとしよう」

長浜《ながはま》城での生活は、ゆとりがある。おねは自分と秀吉の兄弟姉妹や親戚《しんせき》の子、長浜《ながはま》在住の子などを育てる。

節分の昼過ぎに城で小姓《こしょう》たちの相撲《すもう》大会を開催《かいさい》する。快晴のなか少し早い春一番が吹《ふ》き、芳香《ほうこう》の素晴《すば》らしい桃《もも》色の沈丁花《じんちょうげ》が咲《さ》き、不如帰《ほととぎす》がキョッキョキョキョキョキョと囀《さえず》っている。

おねは小姓《こしょう》たちの爪《つめ》の検査をする。何人かは伸びていたので切り、鑢《やすり》で磨《みが》く。

おねと秀吉、濃姫《のうひめ》と信長、ややと長政、まつと利家《としいえ》などが見守るなかで闘《たたか》う。

相撲《すもう》好きの信長は濃姫《のうひめ》と岐阜《ぎふ》から十里（四十キロ）を馬を飛ばして見物に来た。まつと

利家も同じく岐阜《ぎふ》から馬で来た。ややと長政は長浜《ながはま》城下に住んでいる。四組の夫婦《ふうふ》が同じ土俵を眺《なが》める初めての集《つど》い。天下泰平《たいへい》のひとときである。

おねと秀吉は行司役《ぎょうじ》。虎之助《とらのすけ》（加藤清正《かとうきよまさ》）と佐吉《さきち》（石田三成《いしだみつなり》）との闘《たたか》いは秀吉が行司。「はっけよい」体の大きい虎之助《とらのすけ》が佐吉《さきち》を寄り切り秀吉の大きな声がある。「虎之助《とらのすけ》」

市松《いちまつ》（福島正則《ふくしままさのり》）と桂松《よしまつ》（大谷吉継《おおたによしつぐ》）は腕力《わんりょく》に勝る市松《いちまつ》が上手《うわて》投げで、おねの軍配が上がる。「市松《いちまつ》」と愛嬌《あいきょう》のある声がする。

孫六《まごろく》（加藤嘉明《かとうよしあき》）と助作《すけさ》（片桐且元《かたぎりかつもと》）は年上の助作《すけさ》が下手投げの勝ち。市松は助作《すけさ》に勝ち、虎之助《とらのすけ》と決勝、優勝したのは虎之助《とらのすけ》だった。信長から虎之助《とらのすけ》へ大福《だいふく》の褒美《ほうび》があった。助作《すけさ》十八、桂松《よしまつ》十六、佐吉《さきち》十五、市松《いちまつ》十三、虎之《とらの》助《すけ》十二、孫六《まごろく》十一、おね三十二のこと。

蹴鞠《けまり》大会もする。鞠《まり》を落とさずに何回つけるか、おねが三十三回で最多、市松《いちまつ》が十三回で二位だった。市松《いちまつ》は大福《だいふく》をもらう。

「鬼《おに》は外、福は内」その後、豆撒《ま》きをした。年の数だけ豆を食べる。孫六《まごろく》は少なく悲しい思いをする。後で、おねからこっそりと差し入れがあった。

おねは小姓《こしょう》を集めて塾《じゅく》を開く。文武両道の子育てである。

「量の大きさ（体積）の単位は」

「十勺《しゃく》が一合（百八十ミリリットル）、十合が一升《しょう》、十升《しょう》が一斗《と》、十斗《と》が一石《こく》」

「米一石の意味は」

「大人一人が一年間に食べる米の量、千合、二俵《ひょう》半分、一日約二合七勺《しゃく》、一日三食で一食当たりは九勺《しゃく》、茶碗《ちゃわん》二杯《はい》分、あるいは、大きいお結《むす》び二個分」

「十万石大名《だいみょう》とは」

「領民十万人を養う領地すなわち知行地《ちぎょうち》を、治める支配者のこと」

「十万石大名の兵力は」

「領民十万人、一割が武家、四人家族で一人は侍《さむらい》や足軽《あしがる》として二千五百人くらい」

「日本全体の石数は、そして人の数は」

「二千万石で二千万人」

「日本全体の兵力は」

「五十万人くらい」

「金《かね》の単位は」

「文《もん》（百円）と貫《かん》、千文で一貫《かん》」

「米一石の値段は」

「五百文《もん》（五万円）、半貫《かん》」

「十万石大名の米の生産高は」

「五万貫《かん》（五十億円）」

「日本全体の米の生産高は」

「一千万貫《かん》（一兆円）」

「日本の国の数は」

「六十六か国、六十余州とも」

「戦略とは」

「戦うための案かな」助作《すけさ》が答える。

「そう戦うために略すること。選択《せんたく》と集中が命の綱《つな》。自軍の強みと機会を活かし、弱みと脅威《きょうい》を隠《かく》すこと。強み弱みと機会脅威《きょうい》を分析して案を作り実行すること。勝つには戦略も重要だが、一人ひとりの力に依存《いぞん》し、日々の切磋琢磨《せっさたくま》が重要です」

「眼高手低《がんこうしゅてい》とは」

「目は肥えているが技能は低いこと」市松《いちまつ》が言う。

「批判することはできるが、自分ですることは困難なこと。自分に厳しく人に優しくが根幹です。蹴鞠《けまり》では眼高足低ですよ」おね。

「先憂後楽《せんゆうこうらく》とは」

「天下の憂《うれ》いに先立ちて憂《うれ》い、天下の楽しみに後《おく》れて楽しむこと」佐吉《さきち》が答える。

「そのとおり、大名や家老の役割。『楽は苦の種、苦は楽の種』でもあるわ」福耳《ふくみみ》を触《さわ》りながら言う。講義は一刻（三十分）ほど続く。

その夜、同じ褥《しとね》で寝《ね》物語をする。三日月が出てくる。

「今日は愉快《ゆかい》だったなも」

「本当に楽しかったわ」

「結婚《けっこん》して十五年、長いことありがとう」

「こちらこそ感謝いたします」

「今日は四組の夫婦《めおと》がいたけど、夫婦《めおと》には色んな形がある」

「そうだわ。ややは長政さんより二つ上の姉さん女房《にょうぼう》で嬶天下《かかあでんか》かも、まつさんと利家さんは鴛鴦夫婦《おしどりみょうと》かな」

「信長公は濃姫《のうひめ》様に対して亭主関白《ていしゅかんぱく》だ」

「二人は一緒《いっしょ》に居ることも多く仲の好い鴛鴦夫婦《おしどりみょうと》の面もあるわ。今日はいなかったけど、熙子《ひろこ》さんは光秀さんの糟糠《そうこう》の妻。お市さんと浅井《あざい》長政さんは美女美男の相思《そうし》相愛夫婦《そうあいみょうと》だったけど」

「仮面夫婦《めおと》は築山殿《つきやまどの》と家康かな」

「さあ、どうかな」

「築山殿《どの》と家康は夫婦《めおと》生活二十年ほど、長男信康《のぶやす》、長女亀姫《かめひめ》を産んだけど。信康の妻は信長公の長女の徳姫《とくひめ》。築山殿《どの》と徳姫《とくひめ》は姑嫁《しゅうとめよめ》の関係が悪く、家康は信長公から怒《おこ》られている」

「嫁《よめ》と姑《しゅうとめ》との関係は難しいわ。特に、嫁《よめ》の気位《きぐらい》が高いと」

「姑《しゅうとめ》の権威《けんい》も高くて、高いもの同士ではどうしようもない。おねさんと、なか母さんは仲が良くて恩に着るよ」

「うん、まあ」

「我々は、婦唱夫《ふしょうふ》随《ずい》、最初のふが婦人のふの方、おねさんが言うことを実行しているから」

「そんなことないわ、夫に従順な夫唱婦《ふしょうふ》随《ずい》よ」

「どうかな。おねさんも糟糠《そうこう》の妻だね」

「そんな年ではないわ、まだ若いのよ。貧しいときは新婚《しんこん》のほんの数年だったわ。秀さんの出世のお陰《かげ》。でも、あのころも楽しかったわ。ほうほう」

「感謝感激。きゃっきゃ」

「夫婦《みょうと》は表情や仕草、話し方が似てくるようね。似た者夫婦《みょうと》にいつの間にかなるようだわ」

「そうだ。同じときに同じ場で、笑ったり泣いたり怒《おこ》ったりしているうちに、似るようだ」

「ねえ」

「………」

秀吉はいつの間にか寝入《ねい》ってしまっていた。

三十代前半と後半では体力が異なる。青春時代は終わりに近づきつつある。

安土城《あづちじょう》

秋の夕陽《ゆうひ》が琵琶湖《びわこ》に沈《しず》みかけ、上弦《じょうげん》の月が南の空に見え始めたころ、長浜《ながはま》城で夕餉《ゆうげ》を食べながら団欒《だんらん》する。山々は紅葉し、萩《はぎ》が紫紅《しこう》色の花をつけている。カッコウカッコウと郭公《かっこう》が鳴いている。

「長篠合戦《ながしのがっせん》は大勝利。よかった」

「おねさんのお陰《かげ》だ。三段撃《う》ちは大成功」

「鉄砲《てっぽう》の威力《いりょく》はすごいわ」

「信長公は琵琶湖《びわこ》東岸の安土山《あづちやま》に宇内一《うだいいち》の城を造るそうだ」

「縄張奉行《なわばりぶぎょう》（基本設計担当）になったら」

「そうだ。でも、知恵《ちえ》もないし物入りになるから……」

「知慮《ちりょ》は出し合いましょうよ、墨俣城《すのまたじょう》や長浜城《ながはまじょう》の経験もあるし」

「やるか」

「長浜城《ながはまじょう》の天守は四層だったけど、五層か七層にしたら」

「地震《じしん》や落雷《らくらい》に耐《た》えられるか」

「五重塔《ごじゅうのとう》や七重塔《しちじゅうのとう》があるわよ、奈良《なら》の法隆寺《ほうりゅうじ》の五重塔《ごじゅうのとう》は高さが十八間（三十二メートル）で何百年も残っているし、東大寺《とうだいじ》の七重塔《しちじゅうのとう》は高さが五十四間あったけど、落雷《らくらい》と火事で焼失したみたい」

「信長公はなんでも最高が好きだから、七層で提案してみるか」

「そうしたら」

「模型を一緒《いっしょ》に作ろう」

「うん、面白《おもしろ》そうだわ」

「安土山は琵琶《びわ》湖《こ》面から五十四間の高さがあり、東西二百間、南北三百間くらいの広さだ」

「天主《てんしゅ》や本丸などを頂上に置いたらどうかしら」

「いいぞ」

「天主は信長さんの居室として、本丸には小姓《こしょう》や台所方の家屋敷《やしき》を造って、二の丸と三の丸を南斜面《しゃめん》において、近習《きんじゅ》の館《やかた》や倉《くら》などを配置するのでどう」

「さすがだ」

「南口に長い階段と馬が上り下りできる坂道を、雪の日のことも考えて」

「ああ、そうだ」

安土城の図面や模型を夜中まで熱中して作る。数日後、秀吉は信長に天主模型と設計図案を見せ、縄張奉行《なわばりぶぎょう》になる。結婚してから十四年がたつ。

翌年の三が日明けに、安土城の建築が始まる。

この春に、信長は岐阜《ぎふ》城を子の信忠《のぶただ》に譲《ゆず》って、未完成の安土城に移る。安土城の天主は足掛《か》け四年かけて完成する。

結婚二十年目の年末、おねと秀吉は安土城に濃姫《のうひめ》と信長を訪ねる。小袖《こそで》二百着を歳暮《せいぼ》と

して進上する。真っ赤な寒椿《かんつばき》が咲《さ》き、寒空《さむぞら》にカッカッカッカッと鳴きながら鷲《わし》が舞《ま》う。

「おねたちが縫《ぬ》ったものだなも」秀吉は披露《ひろう》する。

「ありがとう」信長は甲《かん》高い声で喜ぶ。

「ありがとうございます」濃姫《のうひめ》も礼を言う。

「信長さんも濃姫《のうひめ》さんも赤の小袖《こそで》が、きっとお似合いですよ」透《す》き通る声で述べる。

「素晴《すば》らしい。色も柄《がら》もきらびやかで仕立て上手《じょうず》ですね」濃姫《のうひめ》は賛嘆《さんたん》する。

「家臣の妻や子女たちの作品です。山内一豊《やまうちかつとよ》の妻千代《ちよ》も手伝ってくれました」

「おねは相変わらず美しいのう。『沈魚落雁《ちんぎょらくがん》、閉月羞花《へいげつしゅうか》』は、おねのことときゃあも」

「絢爛豪華《けんらんごうか》、天下一の素敵《すてき》なお城ですわ」褒《ほ》め返す。

「お茶の湯道具、十二種御名物《おんめいぶつ》をとらせる」信長は返礼をする。

小袖《こそで》は男女の普段着であり、余所行《よそゆ》き着でもあった。信長は派手好《ごの》みであり、信長の好《す》きな赤や青、黄色の大柄《おおがら》の小袖《こそで》を献上《けんじょう》した。濃姫《のうひめ》と信長は自分自身や家族が着るとともに、家来に下賜《かし》する。

おねの采配《さいはい》のもと、仕《つか》える女房《にょうぼう》や家臣の妻と娘《むすめ》を総動員して大量の着物を縫製《ほうせい》した。おねの統率力が発揮され、内助の功となる。

兵糧攻《ひょうろうぜ》め

春に秀吉は安土《あづち》城の縄張奉行《なわばりぶぎょう》を解かれ、中国攻《ぜ》めの総大将に任命された。秀吉は安土城から長浜《ながはま》城に帰ってきて、おねに一年半ぶりに会う。

紅白の木瓜《ぼけ》が満開で、揚羽蝶《あげはちょう》が舞《ま》い、琵琶湖《びわこ》の細波《さざなみ》が夕焼けで赤く輝《かがや》いている。

「お帰りなさい」

「ご無沙汰《ぶさた》なも」

「お久し振《ぶ》り、安土城はほぼ完成」

「そうだ、長浜《ながはま》の街《まち》は活気があっていい」

「領民も家臣も、よく働いてくれているわ」

「おねさんが、しっかりしているから」

「争い事や泥棒《どろぼう》なども少なくなったわ」

「いいことだ。これから中国攻《ぜ》めに行くことになる」

「お風呂《ふろ》が沸《わ》いているわ」

「いいね」

秀吉は湯に入る。

「背中を流しましょうか」

「わあぁ、嬉《うれ》しい」

おねは浴衣《ゆかた》に襷《たすき》をかけて、秀吉の背中を流す。

(夫も中年太りかしら)と感じるが何も言わない。(私もだから人のことは言えないわ)

「浅井《あざい》・朝倉さんとの戦いでは、数多くの人が死んだけど、今度は調略《ちょうりゃく》や兵糧《ひょうろう》攻《ぜ》めで、殺さないで生かす方法を考えてみたら」

「そうだね、半兵衛《はんべえ》や官兵衛《かんべえ》の策でもあり、大名以外は助けて味方を増やしたいものだ」

「がんばって」

「兵糧《ひょうろう》攻《ぜ》めは時間がかかるのが難点だ」

「兵糧《ひょうろう》を事前に買い取って少なくするとか、籠城《ろうじょう》する兵を増やすとか、城に城下の武士の家族や町人を入れるよう仕組んだら、短期間で決着するようにも思うけど」

「なるほど」

「千人の城を攻《せ》めるとすると、一年分の備蓄米《びちくまい》、千石《ごく》があったとしても、値段を高くして半分を買い取れば、半年で米はなくなるわ。町民などを城に入れるように仕向けて倍の人にすれば、合わせ技で三か月で米は空《から》となる」

「いいね、その通りだ」

「中国は群雄割拠《ぐんゆうかっきょ》だわ」

「播磨《はりま》は赤松家《あかまつけ》や別所家《べっしょ》、小寺《こでら》家、因幡《いなば》は山名《やまな》家、その西は毛利《もうり》家だ」

「毛利家との和睦《わぼく》まで数年かかるかもしれないわ。達者で長生きしてよ」

「長期戦だ。でもその前に、北国方面担当の勝家《かついえ》と上杉謙信《うえすぎけんしん》との戦《いくさ》が夏ごろあり、援軍《えんぐん》に行かなければならない」

「謙信さんは強いから、戦わずに済ませたいわ。いい年だから体調を崩《くず》しがちかも」

「数年前に武田信玄《たけだしんげん》が五十過ぎで病死したこともあるし」

「人生五十年、秀さんは四十、論語に『四十にして惑《まど》わず』とあるわ」

「ああ、『吾《わ》れ十有《ゆう》五にして学に志す、三十にして立つ、四十にして惑《まど》わず、五十にして

天命を知る、六十にして耳順《みみしたが》う、七十にして心の欲する所に従《したが》って、矩《のり》を踰《こ》えず』だ。孔子は七十二まで生きた」

「四十代は判断力抜群《ばつぐん》の年代かな、体力もあり働き盛《ざか》りでもあるし」

「そうありたい、おねさんも桜のように一段と美しく女盛《ざか》り、いや娘盛《むすめざか》りだ」

「姥桜《うばざくら》よ。ほうほう」

「そんなことないよ、小町《こまち》桜かな、いや彼岸《ひがん》桜、枝垂《しだれ》桜、さて八重《やえ》桜だよ。きゃっきゃ」

「でも、四十路《よそじ》は初老ともいって、体力の曲がり角のようだから無理をしないで。あら、白髪《しらが》があるわ。抜《ぬ》いていい」

「いつの間にか。でも、抜《ぬ》かないで。抜《ぬ》くと増えると言うから」

「うん、そうするわ。背中も奇麗《きれい》になった

わ」

「積年の垢《あか》がとれた。感謝感激」

結婚十六年目のこと。

この年の夏、謙信《けんしん》が動く。北国方面担当の勝家から援軍《えんぐん》の切望が信長にある。信長は秀吉と丹羽《にわ》長秀《ながひで》、滝川一益《たきがわかずます》など主力部隊を送る。

「兵の数では勝《まさ》るが、地の利は上杉《うえすぎ》にある。近江《おうみ》まで引き込《こ》んでから戦う方が、失う兵は少ない」秀吉は進言する。

「いや、信長公は北陸での戦《いくさ》を選んだ」勝家は聞かない。

加賀での軍議において、勝家の北上進軍案と秀吉の持久戦案とで議論が分かれる。秀吉は勝家と口論となり、長浜《ながはま》に帰った。

勝家の傘下《さんか》にいた秀吉は軍規違反《いはん》を問われ、蟄居《ちっきょ》となる。

「命令に従わない奴《やつ》は腹を切るだがや」信長の声がする。

山々を逃《に》げ回ったが、いずれ捕《つか》まり八つ裂《ざ》きにされる。秀吉は悪夢を見ていた。

「腹切りだなも、四十にして惑《まど》わずではなく迷ってしまった」

帰ってきた秀吉は、いつもと違《ちが》う小さな悲しげな声で、ぼそぼそと言う。

「信長さんはきっと別の活《い》かし方を考えているわ」

「そうだといいんだけど」

「反乱の意がないことを、毎日、踊《おど》り狂《くる》って騒《さわ》いで、表したら」

「ああ、そうしよう」

おねと秀吉は城内と城下で、城兵や町民たちとお祭り騒《さわ》ぎをして、信長に反乱の意のないことを伝える。

松永久秀《まつながひさひで》（弾正《だんじょう》）が反乱し、大和《やまと》の信貴山《しぎさん》に籠城《ろうじょう》した。この鎮圧《ちんあつ》軍に加わることで自刃《じじん》を免《まぬが》れた。秀吉には運がある。

謙信《けんしん》軍二万は勝家らの北上軍五万を金沢の南方手取川《てどりがわ》で破った。がそれから謙信《けんしん》は南下することはない。体調を崩《くず》す。翌年春に病死する。厠《かわや》での脳溢血《のういっけつ》。没年《ぼつねん》四十八。

その三年後の夏、秀吉は毛利輝元《もうりてるもと》の重臣吉川経家《きっかわつねいえ》が守る因幡《いなば》（鳥取《とっとり》県東部）鳥取城を攻《せ》める。

「鳥取城下の米を高額で買い求めよ」と秀吉は商人に命令し、差額を補塡《ほてん》する。

何も知らない鳥取城の台所方は籠城《ろうじょう》用の備蓄米《びちくまい》を売ってしまう。城に逃《に》げ込《こ》んだ農民や町民を含め四千人が籠《こも》るが、秀吉軍二万に囲まれ、糧道《りょうどう》を断たれ餓死《がし》するものが多い。

三か月後、城兵の助命を条件とし、経家《つねいえ》は降伏《こうふく》し切腹する。

官兵衛《かんべえ》

おねは黒田官兵衛《くろだかんべえ》に初めて会う。真夏の昼下がり長浜城《ながはま》でのこと。秀吉は姫路城《ひめじ》にいて留守。官兵衛《かんべえ》の長男松寿丸《しょうじゅまる》（長政《ながまさ》）は織田家の人質《ひとじち》となり、おねが預かって育てている。

「松寿丸《しょうじゅまる》は健《すこ》やかでしょうか」父親は訊《き》く。

「ぴんぴんして裸《はだか》で跳《と》び回っています。九つにしては聡明《そうめい》で利発《りはつ》、十年後はきっと秀吉を助けてくれるでしょう。将来が楽しみです」

「ありがとうございます」

「こちらこそ、病気がちの半兵衛《はんべえ》さんを支援《しえん》し、秀吉を補佐《ほさ》してくれて深く感謝します」

「秀吉様や半兵衛《はんべえ》様からは教わることばかりです」

「『孫子曰《そんしいわ》く、凡《およ》そ用兵の法は、国を全《まっと》うするを上と為《な》し、国を破るはこれに次ぐ』の実《じっ》践《せん》よろしくお頼《たの》みいたします」

「そのことは、おね様と秀吉様の信条で、半兵衛《はんべえ》様からも、きつく言われています」

「義と利を尽《つ》くして秀吉の味方をするよう調略《ちょうりゃく》し、それでも駄目《だめ》なら兵糧攻《ひょうろうぜ》めで。殺傷はできるだけしないように、味方を増やすためにも」

「おっしゃる通りいたします」

「万民の幸せのために、戦《いくさ》のない平和な国造りをお願いいいたします」

「あと十年もすれば、きっと天下泰平《たいへい》の世にできます」

「そうなって欲しいものです。官兵衛《かんべえ》さんの考える戦国武士の成功の秘密はなんですか」

「勝ち馬に乗ることが緊要《きんよう》です。運の良い人と働くことです。運良く勝つには自分一人の力だけでなく、同輩《どうはい》や先輩《せんぱい》、後輩《こうはい》の力に依存《いぞん》します」

「ほんとうですわ」

「自分自身、運をつかむよう日々、よいことを探して行動を早くすることで、運の強い仲間が集まるのではないでしょうか。幸せは幸福な友人との絆《きずな》で生まれます。お互《たが》いが運のいい連中、勝ち馬に乗る同士として、大活躍《だいかつやく》、大成功することができます」

「なるほど、そうですわ」

「信長様に精一杯仕《せいいっぱいつか》えることです。桶狭間《おけはざま》の戦いに見るように日本一運の強い人は信長様」

「勝運はいつまで続くのでしょうか」

「永遠に続く人はいないでしょう。人は盛運を使い果たして、衰運《すいうん》の兆《きざし》が見え、いずれは死に至ります。人間、動物、植物など生物の性《さが》です」

「運の量は、みんなに平等なのでしょうか？」

「きっと一生の間に同じ分量あるのでしょうが、運をつかむ人と、つかみ損《そこ》なう人が居るように思います」

「準備万端《ばんたん》、日々の鍛錬《たんれん》が運を引き寄せるすべてかも」

「『駆《か》け馬に鞭《むち》』ともいい、信長様は勢いのある者の人使いが上手《うま》い」

「秀吉は駆《か》け猿《さる》、いえ駆《か》け馬ですが、勝ち馬になるかどうか」

「きっと、勝ち馬になります。おね様が手綱《たづな》を持っていらっしゃるのですから」

その後、両者は将棋《しょうぎ》をする。おねは十字飛車による両取りの妙手《みょうしゅ》があり僅差《きんさ》で勝つ。官《かん》兵衛《べえ》が見落としたのか、あるいは知っていて勝たせたのかもしれない。

入道雲が遠くに見える暑い陽射《ひざ》しの下で、淡紅《たんこう》色と紫紅《しこう》色、白の百日紅《さるすべり》が満開で、黒揚《くろあげ》羽《は》が飛んでいる。おね三十五、官兵衛《かんべえ》三十一のこと。

官兵衛《かんべえ》は播磨《はりま》（兵庫《ひょうご》県西南部）姫路《ひめじ》に生まれる。二十一のとき、父職隆《もとたか》から家督《かとく》を継《つ》ぎ、播州《ばんしゅう》平野の大名小寺政職《こでらまさもと》の家老職で姫路《ひめじ》城代となる。

この年、政職の姪《めい》にあたる光《てる》を正室に迎《むか》える。光十四。翌年、長男の松寿丸《しょうじゅまる》が誕生。その十四年後に次男の熊之助《くまのすけ》が生まれる。側室を持たない一途《いちず》な夫だった。

二十八のとき、信長の才能を高く評価し、主君である政職《まさもと》に織田家への臣従《しんじゅう》を勧《すす》め、秀

吉の仲介《ちゅうかい》により岐阜《ぎふ》城で信長に謁見《えっけん》した。

翌々年秋、信長は秀吉を播磨《はりま》に進駐《しんちゅう》させる。官兵衛《かんべえ》は姫路《ひめじ》城を秀吉に提供し参謀《さんぼう》となる。

三年後、荒木村重《あらきむらしげ》が信長に謀反《むほん》を起こし籠城《ろうじょう》したとき、村重を翻意《ほんい》させるため有岡《ありおか》城に単身で乗り込《こ》む。しかし、捕縛《ほばく》され岩牢《いわろう》に入れられる。

信長は寝返《ねがえ》ったと思い、松寿丸《しょうじゅまる》を殺害するように秀吉に命じる。

「官兵衛《かんべえ》が裏切るはずがありません。半兵衛《はんべえ》、松寿丸《しょうじゅまる》を隠《かく》しておくれ」おねは託《ことづ》ける。

「承知」

得意の『知らぬ顔の半兵衛《はんべえ》』を決め込み、松寿丸《しょうじゅまる》を匿《かくま》う。

一年の後に、有岡城は兵糧攻《ひょうろうぜ》めなどで落城した。

救出された官兵衛《かんべえ》は、この話を聞き、おねと半兵衛《はんべえ》に拝謝《はいしゃ》した。

一年の岩牢《いわろう》生活で杖《つえ》なしでは歩けない足となる。また色黒の顔が蒼白《そうはく》となり、色白の半《はん》兵衛《べえ》の顔色に似てくる。顔形は顎《あご》の張った四角顔で、半兵衛《はんべえ》の面長《おもなが》とは異なるままだが。

三十七のころ、キリスト教の洗礼を受ける。しかし、その三年後に、秀吉がバテレン追放令を出すと率先して従う。イノベーターで新しもの好きだ。宗教も同じだ。信心が厚かったわけではない。キリスト教よりも南蛮《なんばん》の技術や考え方に強い関心を寄せ、役に立つ所を積極的に取り込む。

信長や秀吉、おね、半兵衛《はんべえ》に近づいた理由でもあった。

秋の夕暮れ、両名は大坂城の天守閣で会う。風は弱く涼《すず》しく木々は紅葉していた。瀬戸《せと》内海《ないかい》は波がなく青く静かだった。やがて太陽は傾《かたむ》き真っ赤な夕焼けが広がる。

「官兵衛《かんべえ》さん、秀吉へのご支援《しえん》ありがとうございます」

「おね様に初めてお会いしてから十一年、天下統一がほぼ成りました」

「如水《じょすい》と号しているのですね」

「水の如《ごと》しとは『水は方円《ほうえん》の器《うつわ》に随《したが》う』の意味です」

「『上善《じょうぜん》は水の如《ごと》し、水は善く万物を利して争わず、衆人の悪《にく》む所に処《お》る』とも言いますが。半兵衛《はんべえ》さんの号は水徹《すいてつ》でしたわ」

「半兵衛《はんべえ》様に少しでも近づきたいと」

「官兵衛《かんべえ》さんと半兵衛《はんべえ》さんが秀吉の尻押《しりお》しをしてくれたから天下泰平《たいへい》が成りました。深謝します」

「おね様の内助の功が大きいです」

「秀吉は両兵衛《りょうべえ》さんから政《まつりごと》の要諦《ようてい》である義と利を学んだようですわ」

「半兵衛《はんべえ》様は義や情念を肝心要《かんじんかなめ》とし、私はどちらかというと利と観念に力点を置きます」

「両方が調和することが、必要でしょう。光《てる》さんは才色兼備《さいしょくけんび》と評判ですわ」

「おね様こそ、いつまでも若々しく純美ですね」

「ところで夫婦喧嘩《みょうとげんか》はいかがですか」

「昔はほとんど戦場にいて時折《ときおり》にしか会わないので、波風や悶着《もんちゃく》を起こしたりする暇《ひま》がなかった。最近は愛も憎《にく》しみも温《ぬく》い水のように冷《さ》めており、沸騰《ふっとう》することもないようです」

「側女《そばめ》はいないままですか」

「二人の息子にも恵《めぐ》まれ、意外と律儀《りちぎ》なようです」

「羨《うらや》ましいですわ」

「そこが私のいいところでしょうか」

「奥方《おくがた》にも秀吉にもしっかり仕えているのは、さすが、如水《じょすい》さんですわ」

久し振《ぶ》りに将棋《しょうぎ》を指す。一勝一敗のいい勝負だ。金平糖《コンペイトー》とカステラを摘《つ》まみながら。(九歳《さい》年下の官兵衛《かんべえ》に天下を乗っ取られるかもしれない。自分が三つ年上の信長から奪《うば》ったように) 五十代となった秀吉は、人生のピークアウトを体力的に感じ、怖《こわ》くなる。

秀吉の心情を察して、官兵衛《かんべえ》は四十三のとき家督《かとく》を長政に譲《ゆず》り、隠居《いんきょ》した。

本能寺《ほんのうじ》の変

初春、秀吉は姫路《ひめじ》城から長浜《ながはま》城に、おねの手作りの御節《おせち》を食べに帰ってくる。年々豪華《ごうか》になり、お互《たが》い三が日に膨《ふく》よかになる。中年太りだ。

例年にない大雪が大晦《おおみそか》日から深々《しんしん》と降る。辺り一面は雪国のように真っ白だ。

「今年の御節《おせち》も旨《うま》いなも」

「ありがとうございます」

「中国攻《ぜ》めも五年目でもう一息だ」

「ご苦労なことですわ」

「春には清水宗治《しみずむねはる》の備中《びっちゅう》(岡山県西部) 高松《たかまつ》城攻《ぜ》めがある」

「兵糧攻《ひょうろうぜ》めですか」

「そうだ」

「梅雨《つゆ》のころ水攻《ぜ》めにする手もあるかもしれませんわ」

「なるほど」

「今年は天変地異《てんぺんちい》が起きそうな気がするわ」

「なんだろう」

「分からないけど、富士山の噴火《ふんか》か、地震《じしん》、津波、台風、落雷《らくらい》、大雨、旱《ひでり》など、何が起きても、いいように準備しておかなくちゃ」

「何かあったら、おねさんの許《もと》へ飛んで帰るから」

「飛ぶのは無理だから、道理として馬や船をしっかり仕立ててよ。ほうほう」

「無理は失敗の元、道理は成功の源《みなもと》。準備万端《じゅんびばんたん》いたします。きゃっきゃ」

「まずは命を第一義にしなくては」

「命があれば後はなんとでもなるから、でも十年後あるいは二十年後は、お互《たが》いこの世にいないで、あの世暮らし」

「うん、そうね。でもそんな先のことより一年一年、一月一月、一日一日が大切だわ」

「おっしゃる通り」

戯《おど》ける、いつまでも明るく若づくりの秀吉だ。連れ合って二十年がたつ年の元旦《がんたん》である。

この年の梅雨《つゆ》のころ、毛利輝元《もうりてるもと》の重臣清水宗治《むねはる》が守る高松《たかまつ》城を水攻《ぜ》めした。大雨が降り、城は水面に浮かぶ。しかし、毛利の援軍《えんぐん》があり、秀吉は信長に出陣《しゅつじん》を要請《ようせい》する。

信長は家康を安土城で歓待《かんたい》していた。接待奉行《せったいぶぎょう》は明智光秀《あけちみつひで》である。信長は光秀の献立《こんだて》した京料理が、家康の口に合わないことに気付く。

「金柑頭《きんかんあたま》め、家康が箸《はし》を付けないだがや」髭《ひげ》を触《さわ》りながら甲高《かん》い赤い声で叱《しか》る。

「京料理名人の鯉《こい》の品《しな》です」光秀は、しらっと答える。

「家康の好みが分からないぎゃあも。接待の基《もとい》ができていない」光秀の頭を殴《なぐ》り、足蹴《げ》りにする。信長は口も手も足も早い。

「まあまあ」家康は執《と》り成す。

（信長や家康には京の至上《しじょう》の料理が分からないのか。阿呆《あほう》だ。謝る必要はない）との思いが光秀にはある。

だが、家康は箸《はし》をとることはない。信長と光秀の仲を裂《さ》くための深謀遠慮《しんぼうえんりょ》だったかもしれない。食べ物の恨《うら》みは怖《こわ》い。いつまでも憶《おぼ》えている、三人三様に。

信長は光秀の接待奉行《せったいぶぎょう》の職を解き、秀吉の応援《おうえん》を命じる。同時に近江《おうみ》（滋賀《しが》県）と丹波《たんば》（兵庫《ひょうご》県北部）から出雲《いずも》（島根《しまね》県東部）と石見《いわみ》（島根県西部）の国替《くにがえ》の下知《げち》がある。

光秀は石山本願寺の戦い、丹波《たんば》の平定などで亀山《かめやま》城主となり、坂本城主と合わせて五十万石の大名だった。

（出雲と石見は毛利家の領国であり納得できない。なぜ四国征伐《せいばつ》の副将にもなれないのか。秀吉の支援《しえん》などおかしい。信長に仕えてから十四年たつ。一介《いっかい》の牢人《ろうにん》から大大名に出世したが、『狡兎《こうと》死して走狗《そうく》烹《に》らる』ときが来た。十一年前の延暦寺焼討《えんりゃくじやきうち》のときには折檻《せっかん》を受けた。忘れようとしても忘れられない出来事だ。その恨《うら》みもある）と思う。

光秀は安土城を馬で去り、琵琶湖《びわこ》西南岸の坂本城に住む妻煕子《ひろこ》の許《もと》に帰る。

「これから秀吉殿《どの》の援軍《えんぐん》として備中へ行く」

「家康様の接待役は」

「終わった」

「そうですか」妻は胸騒《さわ》ぎを覚えるが、それ以上、深くは聞かない。

「結婚《けっこん》してから四十年ほど、長い間、苦労を掛《か》けた」

「織田家での、いの一番出世、素晴《すば》らしいですね。これからも末永く、よろしくお願いいたします」

「おう」

（夫の声に張りがないのが心配だが、接待疲《づか》れかもしれない）と思う。

（国替《くにがえ》の話はしようか）思案する。

（緑の黒髪《くろかみ》を売って食いつなぐ極貧の苦労をさせて心配性のところもあるし）黙《だま》っていた。

夫婦《ふうふ》は何でも話せるのが幸せだが、そうはいかないこともある。とりわけ出世頭で上り坂が急だった夫婦《ふうふ》では、下り坂の話は初体験で困難を伴《ともな》う。もし言っていたら、心が少し晴れて、胸のつかえが取れ、次の日に別の判断に傾《かたむ》いたかもしれない。

枕《まくら》を並べて眠《ねむ》る。懐《なつ》かしい肌《はだ》の温もりを感じながら夫は、すぐに軽い鼾《いびき》を掻《か》いて寝入《ねい》る。妻はなかなか寝付《ね》かれない。蛙《かえる》の鳴き声がガアガアガアガアと五月蠅《うるさ》い。

翌朝、光秀は備中出兵のために丹波《たんば》亀山《かめやま》城に向かう。

次の日、近くの愛宕権現《あたごごんげん》に参籠《さんろう》し、御神籤《おみくじ》を引く。二回とも凶《きょう》で三回目は吉《きち》だった。涼《すず》しげな白い夏椿《なつつばき》が咲《さ》き乱れる梅雨《つゆ》の中休みの昼に、愛宕山の西坊《にしのぼう》で連歌会を催《もよお》す。

「時は今天《あめ》が下《した》しる五月《さつき》哉《かな》」と光秀は発句《ほっく》を詠《よ》む。

「水上《みなかみ》まさる庭の夏山」西坊行祐《にしのぼうぎょうゆう》、

「花落つる流れの末をせきとめて」紹巴《じょうは》と続く。

水無月《みなづき》の夜、光秀は一万三千を率いて亀山《かめやま》城を発つ。京とは五里（二十キロ）ほど。

信長はこの日、京の本能寺に濃姫《のうひめ》と小姓《こしょう》ら数十人で泊まっていた。長男信忠《のぶただ》は近くの妙覚寺《みょうかくじ》に小姓《こしょう》と馬廻《うままわり》衆、数百人といた。秀吉の援軍《えんぐん》として明智軍とともに西国街道《さいごくかいどう》を進むためだった。

信長と濃姫《のうひめ》は同じ褥《しとね》に居る。蛙《かえる》がゲロゲロゲロと大騒《さわ》ぎの夜、雨は降っていない。

「今夜は蛙《かえる》が騒《さわ》がしいぎゃあも」

「ほんとうに、大雨や地震《じしん》など来なければいいのですが」

本能寺から二里（八キロ）の桂《かつら》川を渡《わた》った丑《うし》の刻（午前二時）、光秀は全軍に告げる。

「敵は本能寺にあり」

寅《とら》の刻（午前四時）に、本能寺を取り囲み、総攻撃《そうこうげき》を開始する。

「光秀謀反《むほん》」小姓《こしょう》の森蘭丸《らんまる》は告げる。

「是非《ぜひ》に及《およ》ばず」信長は発する。

しばらく弓と槍《やり》で闘《たたか》った後、寝室《しんしつ》に戻《もど》り、濃姫《のうひめ》の鼓《つづみ》に合わせて敦盛《あつもり》を舞《ま》う。

「『人間《じんかん》五十年、下天《げてん》の内にくらぶれば、夢幻《ゆめまぼろし》の如《ごと》くなり。一度生を得て滅《めっ》せぬ者のあるべきか』世話になった。地獄《じごく》で会おう」甲《かん》高い燃えるような赤い声で言う。

「はい、お供《とも》します」最後の言葉だ。青空のごとく澄《す》んだ声だった。

桶狭間《おけはざま》の戦いの日の鼓《つづみ》と舞《まい》から二十二年の歳月《さいげつ》がたつ。あの時と同様、真っ白な夏椿《なつつばき》が咲《さ》いている。二人は自刃《じじん》し火を放たせ灰燼《かいじん》となる。

享年《きょうねん》、信長四十八、濃姫《のうひめ》四十七。信忠《のぶただ》も自害し灰となる。行年《ぎょうねん》二十五。

光秀軍は京を平定し、安土城と長浜《ながはま》城を奪《うば》う。両城とも抵抗《ていこう》なく明け渡《わた》された。金銀や名物、食糧《しょくりょう》、武器弾薬《だんやく》はそのまま残されていた。

おねは妹やや、姑《しゅうとめ》なか、義姉とも、義妹旭《あさひ》や養子など家族らとともに長浜《ながはま》城から山奥《やまおく》の大吉寺《だいきちじ》に遁走《とんそう》する。

「よっしゃ」なか。

「おかあさん、早く逃《に》げましょう」おね。

「ややも急いで」おね。

「ええ」やや。

「子どもたちも」おね。

「はい」

顔に泥《どろ》を塗《ぬ》り、手に持てるだけの荷物を持って、百姓《ひゃくしょう》の格好《かっこう》での逃避《とうひ》行《こう》だ。おねの心配は杞憂《きゆう》ではなかった。不惑《ふわく》の年での危機。

おねと熙子《ひろこ》は一度会っている。十四年前の秋、岐阜《ぎふ》城下のおねの許《もと》に訪ねてくる。夏に光秀夫婦《ふうふ》は越前一乗谷《えちぜんいちじょうだに》から岐阜《ぎふ》に引っ越《こ》していた。ひやりとした秋風が真っ赤な楓《かえで》を揺《ゆ》らし、黄色の菊《きく》が咲《さ》き匂《にお》っている。赤蜻蛉《とんぼ》が飛んで来る。

「おね様、初めまして、光秀の妻熙子《ひろこ》です」

「熙子《ひろこ》さん、秀吉をよろしくお頼《たの》み申し上げます」

「こちらこそ、光秀をよろしくお願いいたします」

「ご苦労が多かったと聞いていますわ」

「光秀の牢人《ろうにん》生活が長かったものですから」

「失礼ですが、お幾《いく》つでしょうか、私は二十六で秀吉は五つ上です」

「私は三十八、光秀は二つ上で四十になります」

「二十代に見えますわ、お美しいことで」

「おね様こそ、お奇麗《きれい》、岐阜《ぎふ》城下一の別嬪《べっぴん》と評判ですよ。一回りも若くて羨《うらや》ましい」

「熙子《ひろこ》さんのほうが美人ですわ。結婚《けっこん》して何年になりますの。私たちは七年目ですが」

「もう二十四年ほどたちます」

「色んな、ご苦労があったのでしょう」

「実は新婚《しんこん》当初、この辺《あた》りに住んでいました。

主君が滅《ほろ》んで光秀が牢人《ろうにん》となり、黒髪《くろかみ》を売って飯代にし、雪国で寒い思いをしたことも。でも昔のことは忘れるようにしています」

「お子さんは？　私は養子と養女ばかりですが」

「二男三女です」

「羨《うらや》ましいですね。美男美女のお子さんたちですし。ご両親は健在でしょうか。私は実母も義理の母も生きていますが、父はどちらも死んでしまいました」

「両親は四人とも、この世にいません。戦《いくさ》などで亡くなりました」

「もっと長生きできる平和な世の中になるといいのですが」

「そんな日が待ち遠しいです」

「もう一つ聞いてもいいですか？」

「どうぞ」

「光秀さんの好きな所は」

「誠実なことでしょうか」

「勉強家で、文武両道、武芸百般に秀《ひい》でており、砲術《ほうじゅつ》も天下一と評判です」

「それほどでも。秀吉様の大好きな点は」

「底抜《ぬ》けに明るいことでしょうか」

「明るく楽しい人生が至上ですよね」

後に夫同士が敵対するとは夢にも思わない。運命の悪戯《いたずら》。

光秀の誠実な人生は、数日の言動で壊《こわ》れ、謀反《むほん》人の汚名《おめい》が残る。築くには何千日もかかるが、崩《くず》れるのは数日あるいは一瞬《いっしゅん》である。『終身善を為《な》し一言 則《すなわちこれ》之を破る』

信長は人使いの名人である。家来の家柄《いえがら》などを問わず能力と成果のみを評価し、その力を十二分に活用し天下統一を目指した。秀吉と光秀がその典型であり、おねと熙子《ひろこ》の妻同士のライバル意識も活用する。

五十代で体力、気力、知力の衰《おとろ》えが見え始めた家臣の処遇《しょぐう》に、四十代の信長は失敗し、自らの死を早めた。

大返《おおがえ》し

「本能寺の変、信長死す」との訃《ふ》報《ほう》は秀吉に翌日届く。

信長の動向を急報する体制は、どんなときでも早手回しに準備してある。

「があがあがあがあ」秀吉は梅雨《つゆ》の大雨のように号泣《ごうきゅう》する。涙《なみだ》と鼻水がこんなにあるのかというほど流す。瞼《まぶた》と鼻の下が赤く腫《は》れ、まるで猿《さる》顔そのものに。

傍《かたわ》らでは純白の梔子《くちなし》が咲《さ》き匂《にお》っている。

「次は秀吉殿《どの》の時代です」官兵衛《かんべえ》はついぽつりと漏《も》らす。

（言ってはならぬことを言った。思ったことは言わない方がいい場合が多い。もちろん言った方がいい場合もあるが。『多言は身を害す』）官兵衛《かんべえ》は思い直す。

一瞬《いっしゅん》泣きやんだが、何も聞かなかったように、すぐ泣き続ける。しかし、この一言をいつまでも憶《おぼ》えていた。

泣き疲《つか》れて、うとうとしたとき、おねの夢を見る。

「無事だなも」

「生きてるわ、逃《に》げ足は速いの」

「どうしたらいい」

「光秀さんを討《う》つしかないわ。信長さんの仇《かたき》をとって」

「しかし、今は動けない」

「動く時は今、その時は今、今がその時。時は命、時が生死を分けるわ。安国寺恵瓊《あんこくじえけい》さんと和睦《わぼく》して、京に長浜《ながはま》に早く帰ってきて助けて」

「分かった。すぐ帰る。でも、なぜ光秀が謀反《むほん》を」

「なぜでしょう。恨《うら》み辛《つら》みが爆発《ばくはつ》したのかも」

「一生、信長公の家来《けらい》で終わることが、耐《た》えられなかったのでは」

「信長さんより六つ年上だったこともあるかもしれない」

「武芸も、学問も、諸事にも造詣《ぞうけい》が深かったし、門地でも信長公に負けていなかったなも」

「武士や大名は誰《だれ》でも皆《みんな》、天下を取りたい、と夢を見るものかしら」

「そうだなも」

「光秀を殺せ、わしの仇《かたき》をとれ、急げ、早く、さっと！」信長が夢の中に出てくる。

「はあ。殿《との》、ご無念」

「あう。世の中は『一寸先は闇《やみ》』だ。『死のうは一定《いちじょう》、しのび草には何をしよぞ、一定、語りおこすよの』人生五十年だ」

「仇敵《きゅうてき》、光秀を亡《な》き者にして」濃姫《のうひめ》も出てきた。

「承《うけたまわ》りました、早速に。お寂《さみ》しゅうございます」

「いつかは死ぬわけだから、信長と一緒《いっしょ》に逝《ゆ》けたのは、ある意味、幸せだった」

(信長公に猿《さる》や禿鼠《はげねずみ》と呼ばれ、がなられて頭をたたかれたことや、投げ飛ばされたことも幾度《いくど》もある。切腹あるいは殺される恐怖《きょうふ》を感じたことも。逆に、絶賛され褒美《ほうび》をもらい、城持ち大名にまでしてもらった）と思う。

(信長公の気性《きしょう》や長所、短所の最大の理解者はおらだ。忖度《そんたく》ができ、表情から次の言動を読むこともできたのに。後ろ盾《だて》を失ってしまった。日本史上最高の信賞必罰《しんしょうひつばつ》を得た。『一引き二才三学問』は本当だ。信長公の草履《ぞうり》取りが出発点だった）と感じている。

泣き明かした次の日の朝、腹が減り大きなお握《にぎ》りを食べる。

（人はいつでも腹は空《す》くんだ。どんなに悲しいときでも）

頬張《ほおば》りながら弟秀長と官兵衛《かんべえ》、三成を集める。

「信長公が光秀に殺された。光秀を討《う》つ。和睦《わぼく》し京に返る」大声で言う。

「秀長は西に向かう人を止めろ、何人《なんびと》も通してはならぬ。官兵衛《かんべえ》は恵瓊《えけい》との講和を今日中に結べ、三成は京へ返る準備と、『信長公は生き延びた』との風説を京にばらまけ」さらに大声で続ける。

「承知」三人は答える。

秀長は信長死すとの情報の遮断《しゃだん》を徹底《てってい》した。有りと凡《あら》ゆる道と瀬戸《せと》内海《ないかい》を封鎖《ふうさ》し、何人《なんびと》も西には通さなかった。官兵衛《かんべえ》は毛利輝元《てるもと》の外交僧恵瓊《そうえけい》と講和交渉《こうしょう》を進めた。三成は京への兵站《へいたん》線を構築し、馬や船などを用意した。また、京に人を遣《つか》わし噂《うわさ》を立てた。

備中《びっちゅう》高松城主の清水宗治《むねはる》の切腹と備中・美作《みまさか》・伯耆《ほうき》の割譲《かつじょう》を条件に和睦《わぼく》がなる。水攻《ぜ》めで湖となった水面に舟《ふね》を浮かべ、宗治は割腹した。

梅雨《つゆ》の合間の青空だった。白装束《しろしょうぞく》のような白い梔子《くちなし》が咲《さ》き、鳶《とんび》が飛んでいる。

見届けると秀吉軍二万は姫路城《ひめじ》まで駆《か》け返った。二十里（八十キロ）を一日半で走る。三成は事前に西国街道《さいごくかいどう》（山陽道）に松明《たいまつ》を掲《かか》げ、握《にぎ》り飯や水を手配していた。

秀吉は姫路《ひめじ》城にあった金銀と米などを全員に配り鼓舞《こぶ》し、さらに二十里東の尼崎《あまがさき》（大坂の西一里）へ向かう。

本能寺の変の五日後、夕刻、光秀は熙子《ひろこ》と坂本城で会う。

「熙子《ひろこ》、信長公を誅伐《ちゅうばつ》し、天下を取ったよ」

両手を出す。

「慶賀《けいが》の至りに存じます。でもなぜなの」光秀の両手を握《にぎ》り締《し》める。

「信長公には恩義もあるが、恨《うら》み辛《つら》みもある。いつか天下を取りたいとの夢もあった」

「素晴《すば》らしい、一介《いっかい》の牢人《ろうにん》から大名となり、天下一となったことは、すごいことですね」

「おう、しかし、秀吉が備中から大坂に戻《もど》って来ており、数日後に山崎《やまざき》辺りで戦《いくさ》となろう」

「信長様に遺恨《いこん》を持つ方は多く、その方々を結集すれば、きっと勝利ですね」

「おう」

(光秀の声に生彩を欠いている)のが気がかりだった。

亭主《ていしゅ》は横になるとすぐ寝入《ねい》った。

ギャアギャアギャアと騒《さわ》ぎ立てる蛙《かえる》の鳴き声が気になって、女房《にょうぼう》は眠《ねむ》れない。庭の梔子《くちなし》の芳醇《ほうじゅん》な甘《あま》い香《かお》りが寝室《しんしつ》にも漂《ただよ》っている。

本能寺の変から十一日目、京と大坂の中間地点、山崎の天王山《てんのうざん》で秀吉軍と光秀軍は戦う。

「主殺しの謀反人《むほんにん》を誅《ちゅう》する」との大義《たいぎ》で秀吉軍に勢いがある。

四国征伐《せいばつ》のため大坂にいた織田信孝《おだのぶたか》(信長の三男)や丹羽長秀《にわながひで》、池田恒興《いけだつねおき》が秀吉に加勢した。そのうえ、光秀の寄騎《よりき》であった中川清秀《なかがわきよひで》と高山右近《たかやまうこん》が、秀吉を支持したため、兵力は秀吉軍三万、光秀軍一万六千と大差となり、光秀軍は敗れた。

その日の夕方、光秀は馬で敗走し、京の郊外《こうがい》で土民の落ち武者狩《が》りに遭《あ》い、竹槍《たけやり》で刺《さ》され絶命した。享年《きょうねん》五十四。

十一日の天下一であった。三日天下と呼ばれる。『邯鄲《かんたん》の夢』と終わる。

辞世《じせい》の句が残る。

「順逆無二門　大道徹《てつ》心源　五十五年夢　覚来帰一元」

「心しらぬ　人は何とも　言はばいへ　身をも惜《おし》まじ　名をも惜《おし》まじ」

数日後、坂本城の落城とともに熙子《ひろこ》は亡《な》くなる。行年《ぎょうねん》五十二。

清洲《きよす》会議

山崎の合戦から十四日後、清洲《きよす》城で会議がある。

その数日前、おねと秀吉は朝餉《あさげ》を食べる。おねは母なかなど家族と大吉寺から長浜《ながはま》城に無事に戻《もど》っていた。梅雨《つゆ》が明ける前の雨降る蒸し暑い朝だ。白と黄の紫陽花《あじさい》が咲《さ》いている。

「三日後に清洲《きよす》城で、信長公の後継《こうけい》者を決める会議があるだなも」

「頑張《がんば》って、出席者は何方《どなた》なの？」

「信長公の次男信雄《のぶかつ》様や三男信孝《のぶたか》様、柴田《しばた》勝家《かついえ》様、丹羽《にわ》長秀《ながひで》様、池田《いけだ》恒興《つねおき》様、とおいらだ。滝川一益《たきがわかずます》様は上野《こうずけ》（群馬県）から敗走して戻《もど》ってきているが、間に合わないようだ」

「長男信忠《のぶただ》さんの嫡子三法師《ちゃくしさんぼうし》さんは」

「清洲《きよす》城に居るよ」

「勝家さんは信孝《のぶたか》さんを推《お》すと思うわ」

「そうだろうな」

「信雄《のぶかつ》さんと信孝《のぶたか》さんは兄弟の仲が、あまりよくないようだわ」

「母親が違《ちが》い、同じ年ということもある。信雄《のぶかつ》様より信孝《のぶたか》様の方が器量も人望もあるし」

「兄弟喧嘩《げんか》で天下騒乱《そうらん》になるより、三法師さんにして、秀さんが後見人になったら」

「ああ、いいね。でも後見人は信孝《のぶたか》様の方がいいのでは」

「うん、そうかもしれない。勝家さんは一人身、お市さんと結婚《けっこん》してもらったら」

「名案だ。勝家様はそれで大納得かも。その線で長秀様と恒興《つねおき》様を説得してみよう」

「三法師さん用の玩具《おもちゃ》を用意してあるわ。これを持っていって遊んだら」

「そうしよう」

「国分けは京を押《お》さえれば勝ちだわ」

「天下人は天皇と公家《くげ》を貴《たっと》ぶのが基本」

「さすが、秀さん。がんばって」

玩具《がんぐ》は木でできた子馬だった。車輪があり幼子《おさなご》を乗せて大人が引くことができる。

翌日、二人は清洲《きよす》城に入り、わずか二歳《さい》の三法師と遊ぶ。

会議の日が来た。梅雨が明けた快晴だ。牡丹《ぼたん》より濃《こ》い黄色の夏陽《なつひ》の朝だった。白と黄の紫陽花《あじさい》は桃色《ももいろ》と紫色《むらさき》に変わっている。ミンミンミンと蟬《せみ》の鳴き声が騒《さわ》がしい。

大広間に武将が集まる。

「信長様の承継《しょうけい》者を決めたい。所存のあるものは言え」筆頭家老の勝家が口火を切る。

「信雄《のぶかつ》様か信孝《のぶたか》様か、どちらかが順当では、長幼の序では信雄《のぶかつ》様だが」長秀が言う。

「山崎の戦いで戦功のあった信孝《のぶたか》様が妥当《だとう》と考える」勝家が大声で述べる。

「信忠様の嫡男《ちゃくなん》三法師様が適任である」恒興《つねおき》が代案を出す。

「同意」長秀が賛同する。

茶々《ちゃちゃ》に連れられて三法師が会議場に入ってきて、秀吉の膝《ひざ》に乗る。

「後継《こうけい》者は長男信忠様の嫡子《ちゃくし》三法師様が最適である。後見人に信孝《のぶたか》様を推挙したい。勝家様とお市様の成婚《せいこん》も是非《ぜひ》に」秀吉はどでかい声を出す。

信雄《のぶかつ》、信孝《のぶたか》、勝家も渋々《しぶしぶ》同意する。

勝家は若いころから、お市に憬《あこが》れていた。二十年も昔からだ。お市は勝家の嫁《よめ》になるのではとの噂《うわさ》もあったが、浅井《あざい》長政に嫁《とつ》いだ。この風説を、おねも秀吉も知っている。勝家の思いはやっと通じる。老いらくの恋《こい》は成就《じょうじゅ》する。

「信雄《のぶかつ》様には南伊勢《いせ》（三重《みえ》県）に尾張《おわり》を加え、信孝《のぶたか》様は北伊勢《いせ》に美濃《みの》を加えたい。勝家様には越前《えちぜん》（福井県）に江北《こうほく》（北近江《きたおうみ》）を、長秀様には若狭《わかさ》（福井県）に近江《おうみ》二郡を、恒興《つねおき》様には摂津《せっつ》の池田・有岡《ありおか》に大坂・尼崎《あまがさき》・兵庫《ひょうご》を、そして秀吉には播磨《はりま》に山城《やましろ》・河内《かわち》・丹波《たんば》を加えたい」

秀吉は三法師を肩車《かたぐるま》して大きな声で言う。織田信長・信忠と光秀の領土の国分けも、事前に長秀と恒興《つねおき》の了解を得ており、反対はなく決まる。秀吉は山城を得て京を支配する。

おねの発案と秀吉の根回しで三法師が信長の後継者《こうけい》となる。実際は謀反人《むほんにん》の光秀を討伐《とうばつ》し、京を領地とし、天皇や公家を操《あやつ》ることができる秀吉の天下だ。

この一か月の間に、天下人は信長、光秀、秀吉と移る。天下人の妻ファーストレディも濃姫《のうひめ》、熙子《ひろこ》、おねと続く。

勝家とお市の婚儀《こんぎ》もなり、お市と三姉妹は越前北《えちぜんきた》の庄《しょう》城に入る。

「お市様、末永く、よろしくお願いします」勝家は顔に似合わない優しい声を出す。

「こちらこそ、よろしゅうにお頼《たの》みいたします」お市は頭を下げる。

「お父様、よろしくお願い申し上げます」三姉妹は母から教えられた通りに挨拶《あいさつ》する。

律儀《りちぎ》な勝家は四人に何不自由のない生活をさせ、新婚《しんこん》生活を楽しむ。夫婦は盛りのついた犬のように夜ごと求め合う。お互《たが》い一人暮らしが長く、肌《はだ》を合わせるのが至上の喜びだ。

茶々は最初、雪が珍《めずら》しかったが、そのうち、どんよりとした天気と寒さが嫌《きら》いになり、小谷《おだに》城や岐阜《ぎふ》城、安土《あづち》城を懐郷《かいきょう》することが増える。

「近江《おうみ》に帰りたい」茶々は時々ぽつりと言う。

「『住めば都《みやこ》』です。そんなことは言ってはいけません」お市は叱《しか》る。

「だって、雪ばっかり」駄々《だだ》を捏《こ》ねる、茶々。

お市三十五、茶々十三、初《はつ》十二、江《ごう》九、勝家六十。

勝家は尾張《おわり》の土豪《どごう》の家に生まれる。若いころから信長の父信秀《のぶひで》に仕える。信秀が亡《な》き後、信長の弟信勝《のぶかつ》の家老となる。信勝が兄弟喧嘩《げんか》に敗れた後は、信長の重臣となり活躍する。五十三のとき、北陸方面の総司令官として一向一揆《いっこういっき》を平定し、越前《えちぜん》四十九万石の大名となる。戦《いくさ》に明け暮れ、独身を通し、お市とは初婚《しょこん》。実の子はいない。

秋に、おねと秀吉は摂津《せっつ》（兵庫県）の有馬《ありま》温泉に出かけた。夕刻の紅葉のなか金色《こんじき》の野《の》天風呂《てんぶろ》の湯につかる。赤蜻蛉《とんぼ》が祝福している。

「いい湯だ」

「ほんとう、素敵《すてき》な湯だわ」

「一緒《いっしょ》に風呂《ふろ》に入るのは、初めてだなも」

「秀さん、二十年ほど、お世話になりました」

「こちらこそ世話になった。おねさんは肌《はだ》がいつまでも白くて艶《つや》やかだ」

「お腹《なか》周りが大きくなり体形は少し崩《くず》れたし、白髪《しらが》も皺《しわ》も増えたけど」

「そんなことないよ、顔も体も心も美しい。『立てば芍薬《しゃくやく》座《すわ》れば牡丹《ぼたん》歩く姿は百合《ゆり》の花』そのもの」

「相変わらず口は達者」

「言葉も表情も仕草も気配りも麗《うるわ》しい。日本一、世界一の美人だ」

「秀さんは、もうすぐ天下人」

「信長公に引き立ててもらったお陰《かげ》」

「よく仕えたわ」

「心底、一生懸命《けんめい》、死に物狂《ものぐる》いで奉公《ほうこう》した成果」

「毀誉褒貶《きよほうへん》、信賞必罰《しんしょうひつばつ》に、よく耐《た》えた。すごいわ」

「仕事をどっさり下さり、仕事が育ててくれた」

「信長さんだから出世させてもらえたわ、武田家や上杉《うえすぎ》家、北条家、毛利家に仕官していたら、ここまで成れなかったかも」

「そうだ。薪奉行《まきぶぎょう》、草履《ぞうり》取り、清洲《きよす》城壁修復《しゅうふく》、墨俣《すのまた》一夜城、金ケ崎《かねがさき》の殿《しんがり》、延暦寺焼討《えんりゃくじやきうち》、姉《あね》川《がわ》の戦い、小谷《おだに》城攻め、長篠《ながしの》合戦、安土《あづち》築城、兵糧攻《ひょうろうぜ》め、山崎《やまざき》の戦いなど、波瀾万丈《はらんばんじょう》だった。信長公には枚挙《まいきょ》に遑《いとま》がないほど叱《しか》られたが、褒《ほ》めてももらえた」

「褒美《ほうび》も仰山授《ぎょうさんさず》かったわ」

「信長公は人使いだけでなく、鉄砲《てっぽう》活用、楽市楽座など新しい戦略や政策を採用する天才だった。だが命令服従と戦功に厳しく、人を殺し過ぎたのが光秀の謀反《むほん》につながった」

「秀さんは人を生かすのが上手《じょうず》だから、裏切られることはないかも。『猿《さる》の尻《しり》笑い』をすることもないし。『見ざる聞かざる言わざる』も得意だし」

「見る聞くが言わないも、おねさんの上策、褒《ほ》め達者だから『豚《ぶた》もおだてりゃ木に登る』『猿《さる》もおだてりゃ天下を取る』」

「『褒《ほ》め手千人悪口万人』とも言うわ」

「『猿《さる》も木から落ちる』か」

「人生五十年、まだ数年あるから、ゆっくり坂道を登っていったら」

「……あと少しか」

「まだまだ何年もあるわ。でも、人生は上り坂だけでなく、四十路《よそじ》を過ぎたら下り坂との説もあるわ。上だけでなく下をしっかり見て進まないと、ころげ落ちるわよ。信長さんのように」

「ああ、そうだ。でも、まだ、赤ん坊《ぼう》も欲《ほ》しい」

「養子はたんと居るけど」

「今宵《こよい》は、……よろしく。きゃっきゃきゃ」

「まあ、──ほうほうほう」

背中を流し合い、長年のそして積年の垢《あか》を落とす。幸せな肌《はだ》合わせ。束《つか》の間の休暇《きゅうか》だ。

おね四十、秀吉四十五、結婚《けっこん》二十一年目で最初の温泉旅行だ。

北《きた》の庄《しょう》落城

翌年の新春、二人は姫路《ひめじ》城に居る。藍《あい》色の瀬戸《せと》内海《ないかい》の東から真っ赤な太陽が昇《のぼ》る。海岸に濃《こ》い緑の松林が連《つら》なり、鷗《かもめ》が舞《ま》っているのを見ながら、おねの手作りの御節《おせち》と雑煮《ぞうに》を食べる。御節《おせち》は少しずつ淡口味《うすくちあじ》になっているが、雑煮《ぞうに》は新婚《しんこん》のころの濃口味《こいくちあじ》でずっと同じだ。

「昨年は、大変な一年だったわ」

「本当に有為転変《ういてんぺん》の一年だった。おねさんの才覚のお陰《かげ》で生き残ることができた。感謝。

雑煮《ぞうに》も旨《うま》い」

「今年はどんな年になるの」

「越前《えちぜん》の雪融《ど》けのころ、勝家と戦《いくさ》があるだろう」

「利家《としいえ》さんはどうするのでしょうか」

「犬千代（利家の幼名）は悩《なや》むだろう」

「勝家さんの寄騎《よりき》としての忠か、親友としての情か、どちらをとるのかしら。友情の絆《きずな》が強いようにも、二十年以上の長くて深い付き合いなんだから」

「そうだ。将来性の利もある」

「まつさんに頼《たの》んでみましょうか」

「そうだね、一度会ってみてくれるか。他力本願しかないだも」

「うん、そうしますわ」

「ああ、ありがとう」

「お市さんはどうなります」

「北《きた》の庄《しょう》が落城したら、勝家と自刃《じじん》するかもしれん」

「茶々《ちゃちゃ》さん、初《はつ》さん、江《ごう》さんの三姉妹は」

「まだ幼いし、できれば助けたい」

「ぜひそうして。女として生まれてきたからには嫁《とつ》ぎ、赤ちゃんを産み育て、幸せになって欲《ほ》しいわ」

今年の初夢をお互《たが》い確認した。

おねはまつに手紙を出す。如月《きさらぎ》、梅が三分咲《ざ》きの晴れた朝、京の寺で会う。

「まつさん、お久し振《ぶ》りです、お元気」まつの肩《かた》を抱《だ》きながら。

「本当に、お久しゅうございます。達者です。おね様もお丈夫《じょうぶ》そうで」

「まつさんも、梅も、お奇麗《きれい》ですわ」

「おね様も、相変わらず美しい」

「そうかしら、少し太ったけど」

「私も肥《こ》えたようですけど、私は白髪《しらが》や黒子《ほくろ》が増えました」

まつは左目の下の少し大きくなった泣き黒子《ぼくろ》を隠《かく》しながら答える。

「私も。結婚《けっこん》前に、まつさんと利家さんに馬を借りて、秀吉と遠出したことが。あの時はほんとうに、ありがとうございました。楽しい思い出です。ほうほうほう」

「そんなこともありましたね。おほほ」

「雪が融《と》けるころ、勝家さんと秀吉との戦《いくさ》がありそうで心配です」

「そうですね、『両雄倶《りょうゆうとも》には立たず』ですもの」

「その節は、よろしくお頼《たの》みいたします」福耳に左手で触《さわ》りながら。

「利家に、よく話してみます」

「ぜひ、お願いいたします。きっと利家さんの行動が勝敗の決め手になるので」

「ええ」

「お市さんの三人娘《むすめ》の命を助けることも」

「分かりました」

その後、昼餉《ひるげ》をはさみ夕刻まで昔の思い出や子どもたち、姑《しゅうとめ》などの話をして別れた。

春の光は暖かく梅は四分咲《ざ》きに変わっている。花が零《こぼ》れるように咲《さ》く春の盛りはもうすぐ。

まつと利家はその数日後、越前《えちぜん》府中城（福井県越前《えちぜん》市）で話し合う。梅はまだ蕾《つぼみ》で雪が残る。北陸の春は京より大分《だいぶ》遅《おそ》い。

「おねさんに会ってきました」

「まつ、遠路、ご苦労様」

「秀吉様を、お助けくださいとのことです」

「秀吉とは十代のころからの長い付き合い。友を助けたいが、勝家様には恩がある」

「信長様が生きていたら、どっちの味方をせよと」

「さあ、『よきに計《はか》らえ』かもしれん」

「信長様の次の天下人は何方《どなた》でしょうね」

「勝家様か秀吉か」

「天運も実力も、そして年齢《ねんれい》でも、秀吉様のようにも思います」

「そうかな」

「勝家様六十代、秀吉様四十代では」

「そのようだ」

「旦那《だんな》さんは、天下人に成るより、天下人を助けるのが向いているようにも」

「そうだな」

「『時の花を挿頭《かざし》にせよ』とも言うし、花盛りは秀吉様で、勝家様は残念ながら枯《か》れかけているかもしれませんね。おね様を助けてあげて」

「そうするか」

「お市様の三姫《ひめ》も助けてね」

「おお」

利家は何日も悩《なや》み貫《ぬ》く。朝は（忠義を命にしたい）と考えるが、昼には（友情を宝にしたい）、晩には（中立とはできないか）と揺《ゆ》れ動く。最後は（妻の心境に従おう）と思う。（妻を裏切ることはできない）と。愛妻家である。親友思いでもあったが。もちろん、槍《やり》の又左《またざ》と呼ばれた百戦練磨の兵《つわもの》でもあり、算勘《さんかん》も当代随一《ずいいち》で、天下の情勢判断もできる。

晩春に琵琶《びわ》湖北岸の賤ヶ岳《しずがたけ》で両軍は戦った。秀吉軍五万、勝家軍三万。秀吉は信長の次男信雄《のぶかつ》を擁立《ようりつ》し、勝家は三男信孝《のぶたか》を擁《よう》した。勝家軍の利家が戦線を離脱《りだつ》したことが決め手となり、秀吉の圧勝だった。勝家は北の庄《きたのしょう》に引き返す。

三日後、北の庄《きたのしょう》は落城し、勝家とお市は自害《じがい》。享年《きょうねん》六十一と三十六。新婚《しんこん》生活は十か月で終わる。信孝《のぶたか》も岐阜《ぎふ》城を開城し自決、行年《ぎょうねん》二十五。

辞世の句は、

勝家「夏の夜の　夢路《ゆめじ》はかなき　後の名を　雲井《くもい》にあげよ　山ほととぎす」

お市「さらぬだに　打ちぬる程も　夏の夜の　別れを誘《さそ》ふ　ほととぎすかな」

母親は自刃《じじん》する前に三人の子に別れを告げる。

「茶々、妹たちを頼《たの》むよ」

「一緒《いっしょ》に死にたい」茶々は涙《なみだ》を堪《こら》えて。

「三人仲睦《なかむつ》まじく助け合って生きておくれ、父や母の分まで」

「私も死にたい」初《はつ》は涙《なみだ》ぐみながら、江《ごう》も泣き出す。

「女として生まれてきたからには、夫に嫁《とつ》ぎ、赤ちゃんを産み育て、家族を守り、子孫を残すのが務め。それが女の戦《いくさ》。よろしく頼《たの》みますよ」

「はい」「ええ」「うん」三姉妹は顔を、くしゃくしゃにして、

「しくしく」「めそめそ」「わんわん」泣きながら答える。

迎《むか》えに来た利家に連れられて、北《きた》の庄《しょう》城を去ってゆく。

夥《おびただ》しい烏《からす》が空を真っ暗にするように飛んでいた。小谷《おだに》落城からちょうど十年たっていた。また三姉妹は救出される。

この年の初夏のころ、おねは三姉妹に京の寺で会う。風はなく暑い昼下がり、赤紫《むらさき》の朝顔が咲《さ》き、蝉《せみ》がミンミン鳴いている。

「三人とも、お市さんに似て美人ですね。ご無事でなにより、なんでも言ってください。お市お母さんの代わりに、お世話させていただきます」おねは優しく言う。

「ご面倒《めんどう》をおかけします」茶々は軽く頭を下げて答える。

「よろしくお願いいたします」初《はつ》と江《ごう》も小さな声で言う。

「実の父や母、義理の父の仇《かたき》のように秀吉を思うかもしれませんが、戦国の世の詮無《せんな》きことで、許してやってください」

「はい」茶々は頷《うなず》き、妹たちも相槌《あいづち》を打つ。

「大きくなって素敵《すてき》な夫と夫婦《みょうと》となり、赤ちゃんを仰山産《ぎょうさん》んで幸せになってください」

「はい、母にもそう言われました」

「十七年前にお市さんに会って話をしたことがあります。女の幸せは、夫と温かい家庭をつくり、赤ちゃんを産み育て、家族の健康を守ることではないかと」

「そうなんですね」茶々は納得する。（そうなの）初《はつ》と江《ごう》も思う。

おねは三姉妹に目を掛《か》けて、屋敷《やしき》や着物、食べ物、書物など何でも手配《てくば》りし、贅沢三昧《ぜいたくざんまい》の何不自由ない生活をさせる。

利家は戦功により、能登《のと》の旧領を秀吉に安堵《あんど》され、新たに加賀の石川・河北《かほく》二郡を与《あた》えられ、尾山《おやま》（金沢《かなざわ》）城に移る。

おねとまつ、秀吉と利家は『竹馬《ちくば》の友』が続く。

大坂築城

　晩夏《ばんか》の夕方、二人は姫路《ひめじ》城に居た。太陽の光はまだ強かったが、風は少しだけひやりと涼《すず》しい。黄色い野菊《のぎく》が咲《さ》き、赤蜻蛉《とんぼ》が群れをなして飛んでいる。

「安土《あづち》城より大きい城に住んでもらいたいだなも」

「ありがとう」

「金をためることも重要だけど、生きているうちに有効に使わないと、つまらん」

「極楽や地獄《じごく》ではお金は使えないから。素敵《すてき》なお城で毎日の生活を楽しむことも大切だわ」

「ああ、その通りだ」

「琵琶湖《びわこ》岸もいいけど、南蛮《なんばん》との交易や日本中の各地との運送を考えたら、海の側がいいかも。昔、平清盛《たいらのきよもり》さんが福原《ふくはら》（兵庫県神戸《こうべ》市）に都を造ったように」

「そうだ、大坂の石山本願寺《いしやまほんがんじ》の跡《あと》はどうだろう」

「うん、いいんじゃない、遣隋使《けんずいし》や遣唐使《けんとうし》が派遣《はけん》された難波津《なにわつ》もあるし、堺《さかい》と京の間で、京まで淀川《よどがわ》を通って船でも行き来できるわ。さらに琵琶湖《びわこ》岸より広い平地もある訳《わけ》だから」

「よし立地は決まった。天守閣はどうする」

「安土城は七層だったから、八層にするのはどうかしら」

「早速、手配しよう」

「長浜《ながはま》と同じように楽市楽座にして、地子《じし》を免除《めんじょ》したら」

「ああ、そうしよう」

「大名屋敷《やしき》を造り、全国の大名の妻子を大坂に住んでもらったらどう」

「その通りだね、謀反《むほん》を起こす大名もいなくなるかも。人質《ひとじち》のお世話を頼《たの》むよ」

「うん。全国六十余州の米の市場を大坂につくるのもいいわ」

「いいね」

「きっと長浜《ながはま》より、安土より、さらに京より大きな街になるわ」

「早速、秀長と三成に命じて取り掛《か》かろう」

おねのアイデアを秀吉は実行する。秋から大坂城の築城が始まる。

大坂城は上町《うえまち》台地の北端《ほくたん》に位置する。戦国時代末期から石山本願寺があったが、三年前の石山合戦で焼失した。その跡地《あとち》に六年がかりで建築した。京から十里（四十キロ）、姫路から二十里、堺《さかい》まで三里ほどの距離《きょり》である。

天守は下から二階までは石垣《いしがき》の中にあり、地上六階で高さは石垣《いしがき》もいれて三十間（五十五メートル）に達する。内部の壁《かべ》や襖《ふすま》、屏風《びょうぶ》には金箔《きんぱく》地に青と緑を彩色する金碧画《きんぺきが》（濃絵《だみえ》）

の障壁画《しょうへきが》が描《えが》かれ、欄間《らんま》には透彫《すかしぼ》りが施《ほどこ》されている豪壮華麗《ごうそうかれい》なものであった。黄金の組立式の茶室もある。

天守のある本丸は内堀《うちぼり》に囲まれ、外堀《そとぼり》との間に二の丸と西の丸、三の丸がある。本丸の北側に淀川《よどがわ》が流れ天然の堀《ほり》となり、内堀《うちぼり》と外堀《そとぼり》への水の供給源となる。

東西半里、南北半里の一・二万坪《つぼ》（四平方キロ）の敷地《しきち》で最大の城だ。

城下には大名屋敷《やしき》が造られ妻子などが人質として住み、安土《あづち》城下や京、堺《さかい》、長浜などから商人や職人が移住し、数年後には二十万人が暮らす。天下の台所として日本最大の城下町となる。

秋の夕暮れ、おねと妹ややは姫路《ひめじ》城の風呂《ふろ》で懇談《こんだん》する。白銀の穂《ほ》の芒《すすき》が揺《ゆ》れ、鈴虫がリンリンと鳴いている。

「やや、長政《ながまさ》さんには秀吉をしっかり支えてもらってありがとう」

「こちらこそ、長政を京都奉行《ぶぎょう》職に出世させてもらい感謝しています。広い家に住め、麗《うるわ》しい着物が増え、美味《おい》しいものを食べることができ、生活が楽になったわ。うふふ」

「よかったわ。ほうほう。長政さんの働きぶり、秀吉も感心しているようです」

「大坂城は大きくて素敵《すてき》ですね。秀吉様の天下統一もあとちょっとね」

「そうだわ。ややのところは夫婦《みょうと》円満ね」

「長政は真面目《まじめ》なのが取得《とりえ》で、京都でも浮気《うわき》もしないで、しっかり働いているかも」

「子どももたくさんいて、羨《うらや》ましいわ」

「三男、三女、六人だけど」

「少し太ったかしら。お互《たが》い」

「そうかな。甘《あま》いもの食べ過ぎかしら」

「これからも、秀吉をよろしく頼《たの》みますよ」

「こちらこそ、長政をよろしくお願いします」

仲睦《なかむつ》まじい姉妹関係は幼い時から死ぬまで、ずっと続く。おね四十一、やや三十八。

長政は養子で、大名になってからも側室を持たない。いや、ややが持たせなかったというのが正しい。

北政所《きたのまんどころ》

翌年の元旦《がんたん》、おねと秀吉は建設中の大坂城に居た。天守は建築中だったが、本丸の二人の居室は完成している。青空に細雪《ささめゆき》が舞《ま》う天気雪だ。狐《きつね》の嫁《よめ》入りか狸《たぬき》の嫁《よめ》入りか。変な天気である。庭には緑豊かな大きい松が植えられている。

昨年と同様、おねの手作りの御節《おせち》と雑煮《ぞうに》を食べる。尾頭《おかしら》付きの鯛《たい》など食材は年々豪勢《ごうせい》になり、お屠蘇《とそ》だけでなく葡萄《ぶどう》酒《しゅ》もある。

「今年もよろしく。旨《うま》い、旨《うま》い」秀吉は上機嫌《きげん》だ。

「こちらこそ、よろしく。これまで百戦百勝だわ」

「そうだ、おねさんのお陰《かげ》だ。戦《いくさ》の前に人と物、そして情報をしっかり集めた結果だ」

「秀さんの実力と運、そして深謀遠慮《しんぼうえんりょ》と用意周到《しゅうとう》の成果」

「おねさんの知恵《ちえ》が全てだ」

「今年はどんな一年となるのでしょうか」

「信長公の次男信雄《のぶかつ》と家康の連合軍との戦いがあると思う」

「兵力では倍くらい勝《まさ》っても、家康さんは海道一の弓取りと呼ばれるほどの戦上手《いくさじょうず》だから局地戦で負けるかも。桶狭間《おけはざま》で信長さんが今川義元《いまがわよしもと》さんを破ったように」

「そうだ、野戦《やせん》の名手だから。できるだけ戦わずに調略《ちょうりゃく》したいものだ」

「うん、それがいいわ。家康さんとは争わないほうが。秀さんは城攻《ぜ》めや兵糧攻《ひょうろうぜ》めが得意だから、信雄《のぶかつ》さんの伊賀《いが》と伊勢《いせ》を城攻《ぜ》めして、和議を結んだらどう」

「そうすれば家康は戦う大義がなくなる。分かった。そうしよう」

春に秀吉軍七万と信雄《のぶかつ》・家康連合軍三万五千は尾張《おわり》の小牧《こまき》・長久手《ながくて》で戦った。甥《おい》の秀次を大将とする奇襲隊《きしゅう》を徳川軍が襲《おそ》い、三千の死者を出し秀次は逃《に》げ帰る。徳川軍は千にとどまる。家康は野戦や局地戦に滅法《めっぽう》強い。三河《みかわ》武士は鍛錬《たんれん》により一人ひとりの個が強く、指揮命令に忠実に動き、団体力を発揮する。

その後、両軍、睨《にら》み合い膠着《こうちゃく》が続く。秋に秀吉軍の別働隊が信雄《のぶかつ》の伊賀と伊勢の城を落とし、伊賀と伊勢半国の割譲《かつじょう》を条件に信雄《のぶかつ》と講和を結んだ。次いで家康とも和睦《わぼく》し、両軍は兵を引いた。

信雄《のぶかつ》は秀吉と家康に仕え、京で隠居《いんきょ》した。七十二で病死。織田家は一大名として、明治維新《いしん》まで生き残る。

その次の年、元日の朝、二人は大坂城の天守に居る。天守は完成し最上階から、赤い寒椿《かんつばき》が咲《さ》く城内の庭や、黒い瓦《かわら》屋根の大坂城下、白い鷗《かもめ》が飛んでいる瀬戸内海《せとないかい》を見渡《わた》せる。

昨年よりさらに豪勢《ごうせい》な手作りの正月料理がある。

「空も海も青く、そして街並みも、おねさんも最高に奇麗《きれい》だなも」

「ほんとう、一言余計だけど。青い空を見ていると活気がでるわ。ほうほう」

「碧《あお》い海を見ていても飽《あ》きないよ。きゃっきゃ」

「青は希望の色かもしれないわ」

「夢の色かもしれん」

「今年は関白《かんぱく》か将軍《しょうぐん》に、なれるのかしら」

「そうだろう」

「どちらが、いいのかな」

「信長公もどちらになろうか、煩悶《はんもん》したみたいだ。室町幕府《むろまちばくふ》の足利義昭《あしかがよしあき》の例をみると、将軍はいまひとつだ」

「関白の方が朝廷の伝統的な支配権を活かせるし、公家《くげ》や寺社も配下にすることができるけど、世襲《せしゅう》は難しいかも。一方、将軍は継承《けいしょう》が可能なようにも思うわ」

「関白でも将軍でも、どちらにしても数代か十数代、数十年か数百年で終わるのが過去の歴史のようだ」

「平安時代の藤原家は関白十八代、平家《へいけ》は太政大臣《だじょう》一代、鎌倉時代の源氏《げんじ》は将軍三代、北《ほう》条《じょう》氏は執権《しっけん》十六代、室町時代の足利《あしかが》氏は将軍十五代、天皇家は別格で今の天皇は百六代」

「そうなんだ。平清盛《たいらのきよもり》のように一代限りは寂《さび》しい」

「結局、力ある人を育てる家のみ繁栄《はんえい》を承継《しょうけい》できるってことだわ。関白でも将軍でも」

「そうだ、羽柴《はしば》家には人はいるのだろうか、憂悶《ゆうもん》するところだ」

「まずは紀州《きしゅう》や四国、九州などの西国、関東や奥羽《おうう》などの東国を平定しなくては」

「天下統一まで、あと少しだ」

「さすが、秀さんよくやったわ。平和が一番」

「泰平《たいへい》な世の中に早くしたい」

「永《なが》かったわ」

「長かったような短かったような」

「御節《おせち》と雑煮《ぞうに》を食べて」

「いただきます」餅《もち》を頬張《ほおば》る。

「旨《うま》いだなも。おねさんの料理が一番」

　秀吉は年初に毛利氏と中国の境界を決め、春に紀州の根来《ねごろ》衆と雑賀《さいか》一揆《いっき》を滅《ほろ》ぼす。夏に長宗我部《ちょうそかべ》元親《もとちか》を下して、四国を平定する。

　その夏に、現関白の二条昭実《にじょうあきざね》と次期就任を約束されていた近衛《このえ》信輔《のぶすけ》との争いがあった。

その調停に秀吉は乗り出し、「天下を切り従える実力者が、関白に就《つ》くべきだ」と主張する。

摂関家《せっかんけ》には反対する力はない。秀吉は近衛前久《このえさきひさ》の養子となり、姓《せい》を藤原と改め、従《じゅ》一位・関白に任じられる。おねは従三位、北政所《きたのまんどころ》と称《しょう》され、母のなかは従一位、大政所《おおまんどころ》と呼ばれる。おね四十三、秀吉四十八、なか七十二。秀吉は信長が本能寺の変で自刎《じふん》した年。

おねは、ややから祝福を受ける。太陽は熱いが少し涼《すず》しい秋風に変わりつつある夕刻、大坂城の天守閣に居る。庭には白と桃《もも》色の芙蓉《ふよう》が咲《さ》いている。

カステラと金平糖《コンペイトー》を食べ、葡萄《ぶどう》酒を飲みながらの団欒《だんらん》。共に中年太りになりつつある。

「秀吉様は関白、お姉《ねえ》さんは北政所、ご就任お慶《よろこ》び申し上げます」

「やや、ありがとう」

「いい眺《なが》め。青空《あお》も碧い海も緑の街も」

「うん、そうだわ」

「天下人とその妻、二人の『阿吽《あうん》の呼吸』の成果」

「ややは嬶天下《かかあでんか》のようだけど」

「そんなことないわ、優しい亭主《ていしゅ》ではあるけど。夫婦《ふうふ》生活二十数年、有為転変《ういてんぺん》、紆余曲折《うよきょくせつ》、色んなことがあったわ」

「『偕老同穴《かいろうどうけつ》』が幸せだわ。天下統一までは少し時間がかかるけど」おねは福耳に触《ふ》れる。

「まさか、秀吉様が天下人になるとは」ややは右目を瞑《つぶ》る癖《くせ》がでる。

「まさに、まさかだわ。人生は運と努力で、良い方にも悪い方にも、どちらにも転ぶわ。秀さんは運のいい男」

「お姉《ねえ》さんの内助の功よ」茶飲み話は尽《つ》きない。

数日後の朝、大坂城の天守閣で、おねとまつは世間話に花が咲《さ》く。青白いすじ雲の下を鳶《とんび》がピーヒョロロロロと鳴きながら大きな円を描《えが》いて旋回《せんかい》している。

「おねさん、いい眺《なが》めですね」

「まつさん、二年半振《ぶ》りかしら、いつまでも美しく若いわ」

「しゃんしゃんしてるわ、でも空《から》元気かも。いつの間にか、北政所《きたのまんどころ》、関白様のご正室ですね」

「不思議なことです。まつさんには勝家さんとの争いの節にはお世話になりました」

「こちらこそ、能登《のと》と加賀《かが》の領国安堵《りょうごくあんど》ありがとうございました」

「まつさんと利家さんには、これからも秀吉をよろしくお頼《たの》みいたします」

「もちろんです」

「利家さんには側室は？」福耳に触《さわ》りながら言う。

「何人かいます」泣き黒子《ぼくろ》に指で触《さわ》る。

「秀吉にも数えきれないほど仰山《ぎょうさん》居るわ。男はほんとうに仕方がない動物。大名や関白に出世するのも考えものだわ」

「ほんとうに、男は身勝手ね。でも長政さんには側室がいないとか」

「ややは姉さん女房《にょうぼう》で恐妻《きょうさい》だから」

「羨《うらや》ましいこと」（嫉《そね》むが）口では。

「二十五年前のように、三人そろって夏祭で踊《おど》りたいわ。ほうほうほう」

「ぜひに。おほほ」話題は尽《つ》きない。

三か月後、秀吉は太政《だじょう》大臣に任じられ、豊《とよ》臣《とみ》の姓《せい》を賜《たまわ》る。おねは京にいて、天皇御所《ごしょ》と公家《くげ》邸宅《ていたく》に足繁《あししげ》く通い、進物《しんもつ》を届ける。

聚楽第《じゅらくてい》

元日に大坂城の天守閣で二人は御節《おせち》と雑煮《ぞうに》を食べながら語り合う。今回もおねの手作り。

「秀さん、五十路《いそじ》（満四十九）おめでとう」

「『五十にして天命を知る』か」

「天下統一が秀さんの天命、天職、星回《ほしまわ》り」

「そうだ」

「京にも、お城が必要かも」

「そうだ、京に城郭《じょうかく》を造ろう」

「信長さんは城塞《じょうさい》を設けず、本能寺に小姓《こしょう》衆だけといたから、光秀さんに隙《すき》を見せたわ」

「大坂のように、京にも居城と家臣や大名などの屋敷《やしき》を造れば安全で安心だ」

「名前は聚楽第《じゅらくてい》でどう。聚《じゅ》は大勢の人が集《つど》う意で、楽しみが集まる家のこと」

「いい。もっともっと笑って楽しい生活をしたい」

「天下万民が楽しめる『鼓腹撃壌《こふくげきじょう》』にしたいわ。ほうほうほう」

「流石《さすが》、おね様、神様、仏様。きゃっきゃ」軽口をたたく秀吉。

新雪が朝陽《あさひ》を反射して眩《まぶ》しい朝。雪が融《と》けた片隅《かたすみ》の庭には黄色の福寿草《ふくじゅそう》が咲《さ》いている。氷が割れた池では雄《おす》と雌《めす》の鴛鴦《おしどり》がクエックエッと鳴きながら泳いでいる。

聚楽第《じゅらくてい》はこの春に着工される。秀吉の五十路《いそじ》と結婚二十五周年の祝いでもある。政庁兼邸宅《けんていたく》で、平安京の大内裏《だいだいり》跡地《あとち》の内野(現在の京都市上京区)にあり、御所《ごしょ》から西一里弱(三キロ)。四層の天守のある本丸だけでなく、北の丸、西の丸、南二の丸などの曲輪《くるわ》をもち、堀《ほり》を巡《めぐ》らした平城《ひらじろ》だった。

四分の一里四方(一平方キロ)で大坂城の四分の一、安土《あづち》城とほぼ同じ広さ。周辺地域には公家《くげ》邸宅《ていたく》、大名屋敷《やしき》、寺院、町屋がある。

一年が過ぎ、次の年の正月、赤い夕陽《ゆうひ》が瀬戸内海《せとないかい》に沈《しず》みかけたころ、大坂城の天守閣で、両者は、お茶を啜《すす》りながら談じ合う。

「秋に京で茶会をしない」

「いいね、聚楽第《じゅらくてい》も夏には完成予定だし」

「千利休《せんのりきゅう》さん、今井宗久《そうきゅう》さん、津田宗及《そうぎゅう》さんら茶人を中心に、身分や貧富《ひんぷ》の別なく民を参加させたら」

「そうだ。何人くらい集まるかな」

「ざっと数千人規模でしょうか」

「すごい、やろう」

「うん、楽しみだわ」

その年の秋、京の北野《きたの》天満宮境内《てんまんぐうけいだい》で大茶湯を開催《かいさい》する。大坂城の黄金茶室を運び込《こ》む。秀吉と利休、宗久、宗及《そうぎゅう》は茶頭《さどう》として茶を供した。千人が集まる。

十日間の予定だったが一日で中止となる。肥後《ひご》（熊本《くまもと》県）で国人一揆《いっき》が発生し、治安面の不安があったことと、秀吉が疲《つか》れを感じたことがある。付け元気は続かない。昔のように何日も精力的に、どんちゃん騒《さわ》ぎができる年ではない。

さらに翌年の元旦《がんたん》、聚楽第《じゅらくてい》の天守で京の街を見ながら、夫婦《ふうふ》は今年の夢を語る。空は薄《うす》暗く綿雪が深々《しんしん》と降っており、大晦日《おおみそか》からの雪はうっすらと積もっている。

「今年は、何をしようか。歴史に残る大きな行事がいいのだが」

「天皇をここに歓迎《かんげい》してはいかが」

「いいね。最高の案だ」

「豪華絢爛《ごうかけんらん》にしたいわ」

「そうしよう」

春に後陽成《ごようぜい》天皇の行幸《ぎょうこう》がある。紅白の花桃《はなもも》が満開で蝶《ちょう》も舞《ま》っている暖かい春爛漫《はるらんまん》の日だった。この日のために、金無垢《きんむく》の茶室を大坂城から聚楽第《じゅらくてい》に移してある。

北政所おねと関白秀吉は、大政所なかとともに、十七になる青年天皇を歓待《かんたい》する。能楽《のうがく》や謡《うたい》が続き、美味佳肴《びみかこう》な料理に舌鼓《したつづみ》を打つ。

天皇を見送りした後、夜の花桃《はなもも》を見ながら歓談《かんだん》する。

「お疲《つか》れ様でした」

「ありがとう、一世一代の華麗《かれい》な祝宴《しゅくえん》だったなも」

「聚楽第《じゅらくてい》は最高だわ」

「いい家、いい城はいい」

「清洲《きよす》の新婚《しんこん》時代は十坪《つぼ》で台所と土間《どま》一間《ひとま》だったことを思うと夢のよう」

「その後、小牧《こまき》では土間が板の間に替《か》わった」

「岐阜《ぎふ》に移って四十坪《つぼ》、六部屋と台所になったわ」

「三十代で三百坪《つぼ》の長浜《ながはま》城に引っ越《こ》し城持ち大名になり、やっと畳《たたみ》部屋も持てた」

「大出世だったわ、さらに一万坪《つぼ》以上の大坂城、そして聚楽第《じゅらくてい》も、秀さんのお陰《かげ》」

「おねさんの賜物《たまもの》」

「綺麗《きれい》な着物も増え、美味しいものを食べることができて幸せ、お金は大切に使いたいわ。

信長さんと濃姫《のうひめ》さんは、安土城や名馬、茶器、小袖《こそで》、打掛《うちかけ》にお金をかけたわ」

「家康は倹約家で、築山殿《つきやまどの》は節約による貧乏《びんぼう》暮らしが、いやだったようだ」

「利家さんは名刀や名品、逸品《いっぴん》に金をかけ、まつさんはそれを許しているし、千代《ちよ》さんは一豊《かつとよ》さんの駿馬《しゅんめ》に金をかけたわ」

「金の使い方については夫と妻それぞれの考えがある。意見が合うことも合わないことも。

夫婦《めおと》仲好しと夫婦喧嘩《めおとげんか》の一因だ」

「『金《かね》の光《ひかり》は阿弥陀《あみだ》ほど』とも」

「『金の光は七光《ななひかり》』だ」

両人の絶頂期。おねは従《じゅ》一位、豊臣《とよとみ》吉子の名を賜《たま》わる。おね四十五。

旭悲恋《あさひひれん》

啓蟄《けいちつ》のころ、おねと秀吉は大坂城内本丸の庭で満開の梅の下、鯛《たい》の刺身《さしみ》と大根の煮付《につ》けの昼餉《ひるげ》を食べる。

「天下統一まで、あと一歩。家康さんが大坂に来てくれれば、万事うまく治まるのに」

「家康は大坂で刺殺《しさつ》されるのを、恐《おそ》れているようだなも」

「秀さんが、そんな人ではないことを、よく知っているはずなのに」

「家老や重臣たちが上洛《じょうらく》を止めている」

「私がその間、人質《ひとじち》になりましょうか」

「そうはいかんよ」

「ほかに、いい案はありませんの」

「家康には正妻がいない。妹の旭《あさひ》を嫁《よめ》に出すしかないと思う」

「それは大反対よ、家族を犠牲《ぎせい》にして天下を取るなんておかしいわ」

秀吉をいつになく、じいっと睨《にら》みつける。結婚《けっこん》して初めての珍《めずら》しい仕草だ。

風がなく春光が暖かい。チーチュルチーチュルと目白《めじろ》が鳴く。

「天下のために、秀吉のために、旭《あさひ》はきっと手伝ってくれる」

「天下と家族の幸せ、どちらが大切」

「どちらも。しかし、今は天下のことが第一義だ」

「では、――やはり私がゆくわ」

「天下人が人質を出すわけにはゆかない。嫁《よめ》を出すのならよいが」

「同じことでは」

「同様ではない、世間体《せけんてい》も大事」

「旭《あさひ》さんが、かわいそう」

「旭《あさひ》には不憫《ふびん》だが、きっと分かってくれる」

「そんな無茶苦茶な、秀さんは大馬鹿《おおばか》よ」

泣きながら秀吉の胸をたたく。しかし、思いはいつまでも平行線のままだった。

旭《あさひ》は三河《みかわ》の百姓《ひゃくしょう》に嫁《とつ》いでいた。夫は秀吉に武士として取り立てられ、佐治日向守《さじひゅうがのかみ》となり長浜《ながはま》城に移る。その後、大坂城にいた。子どもはいない。

秀吉は弟秀長に旭《あさひ》の説得を託《たく》する。秀長にとっても苦渋《くじゅう》のときである。

「秀吉兄さんのために、家康の正妻になってもらいたい」

「私には夫がいます」

「別れて欲《ほ》しい」

「そんな」

「天下泰平《たいへい》のために、是非《ぜひ》に」

旭《あさひ》は兄の役に立つならと渋々《しぶしぶ》従う。夫の日向守《ひゅうがのかみ》は秀長に言い包《くる》められて姿を消す。

春の終わりに、故築山殿《つきやまどの》の継妻《けいさい》として嫁《とつ》ぐ。義弟の浅野長政は旭《あさひ》を浜松《はままつ》まで送り届ける。

おねとややが準備した豪華《ごうか》な花嫁《はなよめ》道具を持って。家康は動かない。旭《あさひ》四十三、家康四十四。

秋に母なかは、おねと秀吉に言う。

「旭《あさひ》の見舞《みま》いとして私も家康さんの許《もと》にゆくだなも」

「ありがとう」秀吉。

「贅沢《ぜいたく》な生活をさせてもらって、秀吉のためなら、天下泰平《たいへい》のためなら、何でもするよ」

「ありがとうございます」おね。

なかが岡崎に行く。母も快《こころよ》く人質となる。なかは古希《こき》六十九。

家康はやっと重い腰《こし》を上げ上洛《じょうらく》し、大坂城で秀吉に義理の弟として臣従《しんじゅう》を誓《ちか》う。前の夜、秀長の屋敷《やしき》に泊まった家康を秀吉が訪ねてきて、明日の段取りを依頼《いらい》した。おねのアドバイスがあった。

家康は岡崎に戻《もど》り、なかは大坂城に帰ってきた。二年後、なかの見舞いと称《しょう》して、旭《あさひ》

は京の聚楽第《じゅらくてい》に帰ってくる。病気がちとなる。夏バテか更年期《こうねんき》障害《しょうがい》か。

　次の年の夏、白い芙蓉《ふよう》が咲《さ》く暑い朝、おねは旭《あさひ》を訪ねる。デデーポーと鳴きながら雉鳩《きじばと》が庭を歩いていて、猫《ねこ》が狙《ねら》っている。

「お体はいかがでしょうか」

「暑さで体調を崩《くず》し、夏風邪《かぜ》をひきました。食欲はなく頭痛もあり、体もだるいです」

「お大事に、夜は眠《ねむ》れます」

「京の夜は暑くて眠《ねむ》れませんね」

「涼《すず》しいところへ移るといいのでは」

「そうですね」

「有馬温泉がいいかもしれません」

「ぜひ、ぜひに、ゆきたいですね」

「家康さんはいかがでした」

「親切にしていただきました」

「日向守《ひゅうがのかみ》さんはどうしていらっしゃるのでしょうか」

「風の便りではどこかで生きているようにも」

「不憫《ふびん》なことをしました」

「兄さんのためでしたから」

「ほんとうに、ありがとうございました。お陰《かげ》で天下は治まりました」

「私のできることはそんなことだけ。幼いころの秋に、秀吉兄さんや秀長兄さんと夕焼けを見にゆき、日が暮れて迷って泣きました。その時、秀吉兄さんが負《お》んぶしてくれ、月が照り、やっと家にたどり着いたことが。おね様は私たち兄弟姉妹には月の光です」

「そんなことないけど。お互《たが》い子どもがいなくて淋《さび》しいですわ」

「ほんとう、若いころに流産して、赤ちゃんができない体になったみたい」

「実は私も」

「夫や兄弟が出世するのも、妻あるいは姉妹としては、ありがたいような迷惑《めいわく》なような」

「夫婦《みょうと》と子どもとの団欒《だんらん》のある平凡な家庭が、女の幸せかもしれませんわ」

「そうですね。一日、何もしない日も、何方《どなた》とも話をしない日があって、寂《さみ》しい限りです」

「私も話し相手が欲《ほ》しいので。ぜひ、今度は遊びに来てください」

「ええ」

別れるときには芙蓉《ふよう》は紅色に変わっている。旭《あさひ》の最後の夏となる。次の年に四十六で病死。細雪《ささめゆき》の降る寒い朝で一面真っ白だった。人生五十年のころではあるが少し早い。伴侶《はんりょ》のいない一人身で、子のない女性は笑うことの少ない日々が続き、寂《さび》しさが死を早める。旭《あさひ》は秀吉の天下統一の生贄《いけにえ》となり、金銭的には満たされたが薄幸《はっこう》の生涯《しょうがい》だった。

九州平定

黄色の菜の花畑と春光に青く輝《かがや》く瀬戸《せと》内海《ないかい》を見下ろしながら、大坂城の天守閣で二人は談笑《だんしょう》する。

「九州征伐《せいばつ》に行くだなも」

「紀州《きしゅう》（和歌《わか》山《やま》県）も四国も平定でき、西は九州が残るだけだわ」

「天下統一も見えてきた」

「一昨年の紀州攻《ぜ》めで土豪《どごう》や地侍《じざむらい》の首謀《しゅぼう》者だけ首を切り、百姓《ひゃくしょう》は助けたことで惣国一揆《そうこくいっき》が治まったわ」

「おねさんの指示通りにしたよ」

「長宗我部《ちょうそかべ》元親《もとちか》さんを下して、四国平定ができたわ」

「阿波《あわ》（徳島県《とくしまけん》）、讃岐《さぬき》（香川県《かがわけん》）、伊予《いよ》（愛媛県《えひめけん》）の三方から総勢十二万で攻《せ》めたから、長《ちょう》宗我部《そかべ》軍四万は各地で惨敗《ざんぱい》だ」

「二か月で決着がついたわ。三倍の兵力の差は大きい」

「長宗我部《ちょうそかべ》には阿波《あわ》、讃岐《さぬき》、伊予《いよ》の三か国を譲渡《じょうと》してもらい、土佐《とさ》（高知県《こうちけん》）一国を安堵《あんど》した」

「転封《てんぽう》や移封《いほう》、国替《くにがえ》によって、鎌倉時代からの一所懸命《けんめい》による大名と国との関係は、当座のものとなるわ。継続《けいぞく》は力だけど、変化は機会でも。知慮《ちりょ》のある大名の知行が領民にとっては幸せだわ」

「『流水腐《くさ》らず、戸枢螻《こすうろう》せず』だなも」

「九州の島津《しまづ》軍は数万と聞くから秀吉軍十万以上で攻《せ》めたら、きっと数か月で決着するわ」

「そうありたい」

「島津家には薩摩《さつま》と大隅《おおすみ》の二か国のみ安堵《あんど》して、残りは戦功のある武将や味方した大名に移封《いほう》したら」

「ああ、そうしよう」

「人質《ひとじち》を取って、反乱ができないようにするのも大事」

「その通りだ。家康の上洛《じょうらく》のときには、旭《あさひ》や大政所《おおまんどころ》には厄介《やっかい》を掛《か》けた」

「大坂や京の屋敷《やしき》に住んでもらえば安心だわ」

「人質たちも楽しく大坂や京で過ごせるように、面倒《めんどう》を任せるよ」

「うん、そうするわ。秀さんは五十、よく働いたわ」

「十四のときに針の行商から始め、十七で信長公に仕えたのが懐《なつ》かしい」

「三十六年間、働き詰《づ》め、もう少ししたら、ゆっくりできるわ」

「そうだ。でも戦争がなくなるのも寂《さみ》しいような」

「日本の歴史のなかで、戦乱のこの百年が異常で、戦《いくさ》のない時代がほとんどだわ」

「夫婦喧嘩《めおとげんか》をするのは時々がいい」

「口論や揉《も》め事のない夫婦《みょうと》の方がもっといいわ」

「最近しなくなった」

「秀《ひで》さんの浮気《うわき》を大目に見ているからよ」

「感謝感激雨霰《あられ》。九州に同行してくれる」

「長旅は疲《つか》れるから、私は大坂に残るわ。若い側女《そばめ》を連れていったら」

「そうしようかな」

「いつまでもお盛《さか》んなことで」

「『英雄《えいゆう》色を好む』だから」

「『英雄《えいゆう》色に迷う』だわ」

「春爛漫《はるらんまん》だ」

「『夜もすがら　物思ふころは　明けやらで
閨《ねや》のひまさへ　つれなかりけり（俊恵法師《しゅんえほうし》）』
の心境よ」

「済まない。申し訳《わけ》ない」

「口ばかりで、思ってもいないくせに」

「ずっと思っているよ。……でも赤子が欲《ほ》しい一心なんだ」

「数撃《かずう》てば当たるわけではないでしょ。ほうほうほう」

「そうだけど、おねさんは特別で、あとは数の内だから。きゃっきゃ」

「まあ、秀さん、お好きなように、――かってにしたら」

軽口をたたく至福の時を過ごす。

同じ年の半夏生《はんげしょう》の朝、大坂城の本丸で、おねと秀吉は朝餉《あさげ》を食べる。尾頭《おかしら》付きの鯛《たい》の塩焼き、冬菜《ふゆな》（小松菜《こまつな》）のおひたし、大根の味噌汁《みそしる》、米のご飯と朝にしては豪勢《ごうせい》。池に白と紅の睡蓮《すいれん》が咲《さ》き、クェックェッと鳴きながら軽鴨《かるがも》が泳いでいる。瀬戸内海《せとないかい》からの潮風があり、それほど暑くはない。

「秀さん、九州平定おめでとう」

「やっと西国は統一できたなも」

「残るは東国だけだわ」

「そうだ、今回、九州に行ってみて、キリスト教の力に驚《おどろ》いた」

「どんなことがあったの？」

「キリシタン大名の大村純忠《おおむらすみただ》が長崎をイエズス教会に寄付していたんだなも」

「日本の国は天皇のもので、大名が異国に土地をかってに寄付するなんて、おかしいわ。大名らのキリスト教への入信を許可制にしたら」

「ああ、そうしよう。宣教師や信者が神社仏閣を破壊《はかい》している例もあった」

「一向一揆《いっこういっき》のこともあり、宗教は怖《こわ》いわ。宣教師は本国に帰ってもらったら」

「そうするか」

「でも、南蛮《なんばん》貿易は奨励《しょうれい》するのが、いいと思うわ」

「そうだ。新しい知識や品物は役立つし、貿易で産業が盛《さか》んになるから」

「鉄砲《てっぽう》で天下統一は早まったし、カステラや金平糖《コンペイトー》はおいしいわ」

「ワインも旨《うま》い」

「オルガン演奏も素敵《すてき》」

「おねさんの三味線《しゃみせん》を聴《き》きたいな」

音楽に合わせて秀吉は踊《おど》る。

昼ごろまでは、ぴんぴんだったが、夕方になるとどっと疲《つか》れて、へとへととなる。年相応に活気もなくなる。

淀殿受胎《よどどのじゅたい》

(子どもができずに女が終わるかもしれない)おねは四十路《よそじ》を過ぎたころ悟《さと》るようになる。

(側室を持つことを黙認《もくにん》するしかないか)と思う。

(赤ちゃんが欲《ほ》しい。おねとの間には子ができない。側室と励《はげ》もう)秀吉は考える。

側妻《そばめ》を両手で数えられないほど何人も持ち、老骨に鞭《むち》打ったが、赤子はできなかった。

(種がないのか切れたのかも、あるいは弱ったのかもしれない。そんな馬鹿《ばか》な、昔、おねが流産したのに。自分自身の問題かもしれない）と思い始めている。

五十一の春、平均寿命《じゅみょう》を過ぎ、信長の亡《な》くなった年も越《こ》えた。天下統一の夢をほぼ達成し、もう一つの夢である赤ん坊《ぼう》を渇望《かつぼう》する。

（茶々《ちゃちゃ》はお市さんに似ている、そういえば二十代のころに憧《あこが》れたんだ。実はそれからも、ときどき思い浮かべることもあったが）茶々に、お市を感じる。

（昔すれ違《ちが》って挨拶《あいさつ》しただけで、おねに怒《おこ》られたこともあった）と思い出す。

春風のなか白と黄色の蝶々《ちょうちょ》が乱舞《らんぶ》する満開の桜を見ながら、大坂城の天守閣で切腹する。キッキッと鳴きながら鷹《たか》が大きく輪を描《えが》いて飛んでいる。

「おねさん、茶々を側室にして赤子を産んでもらいたい。茶々の若さに懸《か》けてみたい」

「年甲斐《としがい》のないことを、親子ほども年の差があるわ」

「懇願《こんがん》するよ、ただただ子どもが欲《ほ》しいだなも。きゃっきゃ」照れ笑う。

「――好きにしたら」あきれながら淋《さび》しく苦笑《にが》いをする。

秀吉は茶々を口説く。

「茶々さん、美しい、見目麗《みめうるわ》しく、愛らしい、お市お母さんに似て。私の赤ちゃんを産んで、浅井《あざい》長政様やお市様、そして信長公ができなかった天下統一の夢を果たさせておくれ」

「いやです。絶対いやです」と最初は嫌《いや》がっていた。

しかし、毎晩のように訪ねて、華々《はなばな》しい着物や新奇《しんき》な贈《おく》り物、美味《おい》しいお菓子《かし》を持ってきて口説《くど》く秀吉に、次第に好意を持つようになる。茶々への愛、美しさを褒《ほ》め讃《たた》え、大切にする思いは通じた。思えば思われる。『念力岩をも通す』である。

「はい」一か月ほどして、静かに頷《うなず》いた。

（天下人の子を産みたい。天下人の母に成りたい、妹の初《はつ》や江《ごう》より幸せになれる）と思う。

（長女でもあり、父と母の供養《くよう》をしたい。来年は父の十七回忌《き》と母の七回忌《き》、そのためには関白秀吉の力が必要）と考える。茶々十八。

秀吉は妹の初を昨年に嫁《とつ》がせ、江《ごう》も一昨年に再婚《さいこん》させている。茶々が結婚《けっこん》したいと思うのを、柿《かき》が熟れて実が落ちるように、三年あるいは十五年も待ち続けていた。

（秀吉の姉ともからの養子秀次《ひでつぐ》のこともあり、茶々の子が天下大乱のもとになるような気がする）なかは大反対だった。

「おねさん、秀吉は茶々を側室にするとの噂《うわさ》を聞いたなも」なかは言う。

「そのようです」

「そんな馬鹿馬鹿《ばかばか》しい話があるか。親子ほども、いや孫ほども年の差があるのに」

「でも、私にはどうすることもできないのです」

「私は大反対よ」

「ありがとうございます」

なかは秀吉に激怒《げきど》する。

「茶々を側室にするって、ほんとうか。お前、気が狂《くる》ったか。年を考えろ」

「ただ、赤子が欲《ほ》しいだなも」

「楊貴妃《ようきひ》の話を知っているかい」

「ああ、唐《とう》の時代の傾国《けいこく》の美女だ」

「若い后《きさき》を持つと国は乱れるよ」

「おねが正室でしっかりしていて、建国の淑女《しゅくじょ》が居るから大丈夫《だいじょうぶ》」

「おねさんのことを、もっともっと大事にしなくては」

「おねも賛成してくれたし」

「戯《たわ》け、阿呆《あほう》、心底から賛成するわけはない。ただ黙認《もくにん》しているだけではないか」

「側室が一人増えるだけさ」

「もし赤ん坊《ぼう》ができたとしても元服するまで、お前は生きてはいないよ。あと五年か十年の命しかないはず。子育てや後見《こうけん》はどうするの」

「官兵衛《かんべえ》も三成《みつなり》も居るし、おねさんも茶々も居るし」

「誰《だれ》も父親としての役割は果たせないよ」

「確かに『寄る年波には勝てない』その時はその時さ、ただ赤ちゃんが欲しい一心さ」

「なんてことを、自分勝手過ぎないか。親としての責任の果たせないことはやめたら。母親として恥《は》ずかしいよ。いい加減にしな、勘当《かんどう》するよ」

なかが大反対する声を秀吉は聞き流す。母の言うことに従う年でもない。

秀吉と茶々は新築なった大坂城の一室で結ばれる。数か月後、懐妊《かいにん》を知った秀吉は大喜びだ。

(豊臣《とよとみ》家の跡《あと》取りができたことは喜ばしいことだが、秀吉の心がさらに遠退《とおの》くのが淋《さび》しい。流産したことを思い起こすことも)おねは複雑な心境である。

(孫が一人増えたことは、うれしいけど、すでに、ともに三人、秀長に三人、計六人いるし、天下騒乱《そうらん》の方が心配)なかは気がかりだ。

京と大阪の中間地点の淀《よど》(宇治《うじ》)川と桂《かつら》川、木津《きづ》川が合流する辺り(京都市伏見《ふしみ》区)に淀《よど》城を設けて産場とした。巨椋《おぐら》池《いけ》の西岸にあり聚楽第《じゅらくてい》の南三里(十二キロ)に位置する。

おねは大坂城におり、秀吉は聚楽第《じゅらくてい》に居ることが多い。茶々は淀《よど》在城を契機《けいき》に「淀《よど》」を号として用い、淀殿《よどどの》と呼ばれる。

翌年立夏のころ、待望の男子が生まれる。青竹が茂《しげ》っている。

「淀《よど》さん、お祝い申し上げます」おねの優しい労《ねぎら》いの言葉に、

「おね様、ありがとうございます」茶々は答える。

「秀吉の子、豊臣《とよとみ》の子がやっとできた」

「いえ、茶々と秀吉の子です」

子どもを巡《めぐ》る正室と側室との確執《かくしつ》の始まりである。

「名前は捨《すて》でどうであろうか。捨て子は無事に育つというから」秀吉は半紙を出す。

「はい」茶々は小さく頷《うなず》く。

実際、橋の袂《たもと》で捨て子の真似事《まねごと》をし三人は無病息災を祈る。

捨は母の乳をよく吸う。乳を与《あた》えるのが女性の喜びの一つだが、夜の授乳にはかなりの体力がいる。

「淀《よど》、私にも吸わせておくれ」

「いやよ」

「そこをなんとか」

相変わらずの粘《ねば》り腰《こし》で秀吉は、淀《よど》の乳を吸い、甘《あま》い味に赤ちゃんのころを思い出す。

「旨《うま》い」満悦至極《まんえつしごく》の心持ちとなる。

秋に淀《よど》と捨《すて》は大坂城へ引っ越《こ》す。

ややはおねを訪ねる。おねは捨《すて》を抱《だ》いてあやしている。

「お姉《ねえ》さん、おめでとう、と言っていいのかしら」

「豊臣家《とよとみ》にとっては、いいこと」

「そうだといいけど」

「秀吉と喜びたいと思う」

「何はともあれ、よかった。赤ちゃんはあどけないわ」

「うん、ほんとう、ありがとう。ほうほう」

「団栗目《どんぐりめ》と大きな耳は秀吉さん似ね。うふふ」

「そうかしら」

「お姉《ねえ》さんみたいに福耳ね、おちょぼ口と鼻筋が通っているのは茶々似かしら」

「鼻は少し上を向いているけど、秀吉似でなければ男前かも」

「きっとそうね、うっ」言葉に詰《つ》まる。

「捨《すて》はよく笑うわ。赤ちゃんは笑うのと泣くのが商売というけど、本当にいつもにこにこするわ。目が合っただけで笑ってもらえて嬉《うれ》しくなって、こっちもにっこりする。商売大繁盛《はんじょう》だわ」

「笑顔を見ていると、楽しくなるね」

「赤ちゃんも大人も、楽しいから微笑《ほほえ》むのではなく、大笑いするから楽しいのかも」おねは笑いの効用を再認識する。

（豊臣《とよとみ》家の養子との、お家騒動《そうどう》にならないといいけど）ややは火種を心配する。

この年の師走《しわす》に、淀《よど》はおねと秀吉に嘆願《たんがん》し、父浅井《あざい》長政《ながまさ》の十七回忌《き》と母お市の七回忌《き》の追善供養《ついぜんくよう》を行なう。この時、両親の絵を描《えが》く。

病弱だった捨《すて》（鶴松《つるまつ》）は夏の土用《どよう》に夭折《ようせつ》した。二年三か月の命。おねと秀吉、淀《よど》は悲しむ。淀《よど》は二十代前半で子どもを産むには最適な年齢《ねんれい》。

「また産んでおくれ」

「はい」

「是非《ぜひ》に、『老いてはますます壮《さか》んなるべし』だから」

秀吉と淀《よど》は子づくりに励《はげ》む。秀吉は他の側室にはご無沙汰《ぶさた》して、一途《いちず》に淀《よど》の褥《しとね》に通う。

二年後の葉月《はづき》、待望の男子、拾《ひろい》、後の秀頼《ひでより》が生まれる。拾《ひろい》と名付けたのは、捨《すて》と別名にして長寿《ちょうじゅ》を願うため。前回と同様に捨て子の真似事《まねごと》をする。

天下安寧《てんかあんねい》

秋の夕刻、大坂城の天守で、太陽が瀬戸内海《せとないかい》に沈《しず》み、鴎《かもめ》が舞《ま》う夕焼けの残る空を見て、ひんやりとした風を感じながら、二人は団欒《だんらん》する。庭には黄色の野菊《のぎく》が咲《さ》き乱《みだ》れている。

おねは好物になったカステラを食べ、秀吉は葡萄《ぶどう》酒を舐《な》めるように飲みながら。おねはますます膨《ふく》よかになり、秀吉は酒の量が少し増える。飲むと目と鼻、耳がそして頰《ほほ》もますます赤くなる。おねは手作りの日本地図を見て言う。

「秀さん、天下統一まで、もう少し。関東と奥羽《おうう》（東北）が残っているけど」

「来年、小田原の北条氏政《ほうじょううじまさ》と米沢《よねざわ》の伊達政宗《だてまさむね》を従わせれば、大八洲《おおやしま》統一が完成だなも」

「やっと天下泰平《たいへい》、平和な世が来るわ」

「本当だなも。信長公の天下布武《ふぶ》がやっと実現する」

「夢は見るもの、やってみるものだわ」

「日本六十六州、やっと治まった。大名の配置換《が》えはどうしようか」

「徳川家康さんを江戸《えど》に、伊達政宗さんを仙台《せんだい》へ、上杉景勝《うえすぎかげかつ》さんを会津《あいづ》に転封《てんぽう》したら」

「そうだね。この三人は天下を狙《ねら》う力があり、京より遠ざけておくのが安心だなも」

「いつの間にか秋風ね。少し肌寒《はだ》くなったわ」

「久方振《ひさかたぶ》りに今夜は温め合おうよ。きゃっきゃ」

「うん、好きにしたら、と言いたいところだけど、いやよ。ほうほうほう」

幾《いく》つになっても、おねの肌《はだ》を恋《こい》しがる秀吉だった。ピュウピュウと野分《のわけ》が吹《ふ》き荒れ一段と冷えてきた。結婚二十八年目、おね四十七のとき。

この冬、秀吉は小田原征伐《せいばつ》を発令した。豊臣《とよとみ》軍二十一万、北条軍八万。

翌年の春、秀吉は小田原城の南西一里弱（三キロ）の石垣山《いしがきやま》の山頂（標高二百六十メートル）に城を築く。小田原城から見えないようにし三万人を動員して八十日で完成させた。周囲の木を一気に伐採《ばっさい》したため一日でできたように見え、石垣山《いしがきやま》一夜城と呼ばれる。

秀吉は淀《よど》や千利休《せんのりきゅう》を呼び寄せ茶会を催《もよお》し、籠城《ろうじょう》する北条軍の凋落《ちょうらく》を待つ。

夏に落城し氏政《うじまさ》は切腹した。享年《きょうねん》五十二。

豊臣軍は奥羽仕置《おううしおき》のため会津《あいづ》に入り、東北地方の諸大名は服従した。

この年、家康を駿河《するが》から江戸《えど》へ、翌年に政宗《まさむね》を米沢《よねざわ》から仙台《せんだい》へ、国替《くにがえ》する。

両人は大坂城で元旦《がんたん》を迎《むか》えた。結婚《けっこん》三十年目。手作りの豪華《ごうか》な御節《おせち》と鰹出汁《かつおだし》濃口醬油味《こいくちしょうゆあじ》の雑煮《ぞうに》が並ぶ。真っ白い雪景色の寒い朝で、熱い雑煮《ぞうに》が口に合う。

「秀さん、天下統一おめでとう」

「ありがとう。雑煮《ぞうに》が旨《うま》い」

「今年は天下泰平《たいへい》の基礎固《きそがた》めの年ですわ」

「そうだなも」

「検地《けんち》も各地で進んでいるようね。全国でまとめてみたら」

「いいね」

「日本の地図も精緻《せいち》にしたら」

「ああ、そうしよう」

「刀狩《かたながり》も進んでいるわ」

「百姓《ひゃくしょう》の反対もあったが、京の方広寺《ほうこうじ》で大仏の釘《くぎ》として再利用することを周知し、成果が上がっているようだ」

「うまい方法だわ」

「武士と百姓《ひゃくしょう》、商人や職人などの町人の三者をきちんと分けた方が、争いは減るのでは」

「でも、仕事を選ぶ自由がなくなり、活力が失われるかもしれない。秀さんみたいな人が出なくなるわ」

「そうだけど、今は安定が必要な時代のようにも考えている」

「自由と安定どちらをとるかだけど。私は自由の方が重要だと思うけど」

「しかし、自由な下克上《げこくじょう》の世の中になって百年、多くの人が戦《いくさ》で亡《な》くなった。戦争をなくすには、規制による不自由も必要ではないか」

「そうかしら。自由が活力の源で、一人ひとりが知恵を出し、汗を流すことが、豊かになるのに一番大切のようにも思うわ」

半月ほど後の昼、おねとややは大坂城の天守閣で世間話をする。青空と碧《あお》い海が広がっており、クルルルーと鳴きながら白い鶴《つる》が優雅《ゆうが》に飛び、黄色い蠟梅《ろうばい》が満開だ。

「やや、やっと平和な時代が来たわ」

「夫の戦死を心配しなくていいのは、悦《よろこ》ばしいことね」

「長政《ながまさ》さんは検地や刀狩《かたながり》でいい仕事をしている、と聞いているけど」

「夫は真面目《まじめ》で数字に明るく、戦いよりも、そっちに向いているみたい」

「ありがたいこと。武士も戦《いくさ》よりも生活を支える仕組みを考えるのが喫緊《きっきん》のことだわ。長政さんがその模範《もはん》」

「定利《さだとし》父さんが若いときに亡《な》くなって、朝日母さんも苦労したけど。もうそういうことの決してない和平が続くといいわね」

「安寧《あんねい》で毎日、朝昼晩、夫と食事ができるのが、妻の一番の幸せ。ほうほう」

「ほんとう、毎日、顔を会わせるのも少し面《めん》倒《どう》ではあるけど。うふふ」

「体調はどう」

「いまいちで、肩《かた》こりや腰痛《ようつう》もあり、顔がほてったり、お腹《なか》がはったり、うんこが硬《かた》かったり軟《やわ》らかかったり、便秘《べんぴ》や下痢《げり》をくりかえす日もあるわ」

「私も、おならがよく出るようになったわ。咳込《せきこ》んだりしたときに。昔は厠《かわや》以外でしたことはなかったのに。姉妹は顔や体形、声だけでなく、腹《はら》の調子も似ているのかしら」

「カステラや金平糖《コンペイトー》など甘《あま》いものではなく、野菜や果物《くだもの》をたんと食べるといいというけど」

「そうね。硬《かた》めの野菜を良く嚙《か》んで食べると歯にもいいようだわ。散歩や蹴鞠《けまり》など運動もお腹《なか》にはいいと聞くけど。でも分かっていても、実行はなかなか難しいかな」

「小用の頻度《ひんど》が増えたようで、夜中に厠《かわや》に何度もゆくこともあるわ」

「そうそう。冬は寒くて我慢《がまん》して漏《も》れそうになり、いやになることも」

四十代後半の姉妹にも、年相応に更年期障害《こうねんきしょうがい》が始まったのかもしれない。

秀《ひで》長《なが》病死

おねは秀長《ひでなが》を大和《やまと》（奈良《なら》県）郡山《こおりやま》城に見舞《みま》う。

「秀長さん、体調はいかがですか」

「いまひとつです」

「『奥山《おくやま》に　紅葉《もみじ》踏《ふ》み分け　鳴く鹿《しか》の　声聞く時ぞ　秋は悲しき（猿丸太夫《さるまるだゆう》）』の季節ですわ」

「本当に、すっかり秋です」

寒い木枯《こが》らしが吹《ふ》き、庭では赤茶の落ち葉が舞《ま》い、赤と白の山茶花《さざんか》が咲《さ》いている。キョンキョッヒュウーンキュンと鹿《しか》が鳴く。

「無理をし過ぎですよ。天下統一もほぼ達成し、少し休んだらいいのに」

「兄秀吉のために天下のために、やることは山ほどあります。検地《けんち》、刀狩《かたながり》、惣無事《そうぶじ》、海賊《かいぞく》取締《とりしまり》など課題山積《さんせき》です」

「何も彼《か》もすべてを完璧《かんぺき》にすることは、何方《どなた》にもできないのだから、少し手を抜《ぬ》いたら」

「泰平《たいへい》の世は一応できたが、これを保持するには仕組みと組織が必要です。兄は人の心をつかみ、人を活《い》かし動かすのは絶妙《ぜつみょう》だが、仕組みと組織づくりはいまひとつ」

「天下統一と安寧維持《あんねいいじ》は別の頭が必要かも。源義経《みなもとのよしつね》さんと頼朝《よりとも》さんみたいに」

「おね姉さんの方が北条政子《ほうじょうまさこ》様より、優れているようにも思います」

「秀吉の後援《こうえん》、黒子《くろこ》、影《かげ》の天下人、ありがとうございます。『兄弟《きょうだい》は両《りょう》の手《て》』とはよく言ったもので、秀長さんあっての秀吉だわ」

「どちらかと言えば『兄弟《けいてい》は手足《しゅそく》たり』で、兄者が手で、弟は足かも、縁《えん》の下の力持ち」

「確かに、秀長さんの方が大きいし、力もあるようだわ。ほうほうほう」

おねの笑顔《えがお》と笑い声が秀長は大好きだった。

遡《さかのぼ》ること二十数年、春彼岸《はるひがん》のころ、おねと秀長は岐阜《ぎふ》城下の秀吉の屋敷《やしき》で、三分咲《ざ》きの桜の下で会う。秀吉は京にいる。不如帰《ほととぎす》が鳴く。

「秀長さん、秀吉を助けてくれて、ありがとうございます」

「兄者《あにじゃ》ですから」

「これからも仲睦《なかむつ》まじくお頼《たの》みいたします。織田家では兄弟喧嘩《げんか》があり、信長さんが弟を殺すという事件があったようです」

「小さいころは兄者と口論したり、殴《なぐ》り合ったり、蹴《け》り合ったりしたことがありました。『喧嘩《けんか》両成敗《りょうせいばい》だけど、長幼の序で、兄を尊敬するように』と、なか母さんから教え込《こ》まれていますから」

「兄弟の能力は結局、『兄《けい》たり難く弟《てい》たり難し』だけど。秀長さんの方が人の話をよく聞き、言われたことや言ったことはしっかり守り、仕事がきっちりしているようにも思います」

「なか母さんに餓鬼《がき》のころから、『人の言うことをよく聞くように、特に兄の言葉を聴《き》くように、人の悪口を言わないこと、嘘《うそ》をつかないこと』と口酸《くちす》っぱく言い聞かされてきましたから」

「夫唱婦随《ふしょうふずい》というように、兄唱弟随《けいしょうていずい》が人間の摂理《せつり》かもしれませんね。一生、兄の年を追い越《こ》すことはないのですから」

「おね姉さんが提案する婦唱のようにも見えますが」

「そんなことはないですわ」

おねの美しさと夫思いに、秀長は惹《ひ》かれ、兄姉夫婦《ふうふ》を一生、助けようと誓《ちか》う。おね二十七、秀長三十のとき。

死ぬ数日前に、秀長はおねと秀吉の三人で火鉢《ひばち》を囲んでいる夢を見る。

「ほんに兄弟は親密ね」おねが言う。

「よく支えてくれて天下が取れた。ありがとう」秀吉は秀長の肩《かた》をもみながら感謝する。

「幼いころ夕焼けを見に行って、手をつないで泣きながら帰ったことを、憶《おぼ》えているよ」秀長。

「月光で助かった。後のおねの厚恩《こうおん》を暗示する出来事だったようにも」秀吉。

「兄者が十四で家出するまでは、『兄弟よく遊び、よく喧嘩《けんか》したものだ』と、母ちゃんから聞いているが。お姉さんや兄者の大恩で、百姓《ひゃくしょう》から百万石《ごく》の大名にまで成れた」秀長も恩に着る。

「夢見るのが秀さんの仕事で、夢を一つひとつ実現するのが秀長さんの仕事のようだわ」おねは福耳を触《さわ》りながら。

「夢を膨《ふく》らませてくれるのが、おね」おねの手を秀吉は握《にぎ》る。

「夢を見る機会を授けたのは、わしじゃ」若い信長が出てくる。

「ごもっとも」秀吉と秀長。

「兄弟仲良しで妬《ねた》ましい限りじゃ。織田家では兄弟の諍《いさか》いがあった。秀吉と秀長は仲がいいのう」信長が甲高《かん》い声を出す。

「『長幼の序』と、母なかから小さいときに教え込《こ》まれていますから」

「そうじゃ、それを教えるのが、母親の務めかも」

信長は家督《かとく》争いで弟を殺したことを悔《く》やんでいる。信長の母は弟を溺愛《できあい》し、跡継《あとつ》ぎにしたかった。

「兄を尊敬し、兄に可愛《かわい》がられて幸せだった」秀長。

「よく仕えてくれて、ありがとう」秀吉。

「早く健《すこ》やかに、なってくださいね」おね。

秀長は妻お藤《ふじ》に看取《みと》られながら眠《ねむ》るように死んで逝《ゆ》く。梅が一分咲《ざ》きの早春、月は大きく欠けている。没年《ぼつねん》五十。

弟の早すぎる死が、その後の秀吉の判断を狂《くる》わす。

千利休自刃《せんのりきゅうじじん》

夕餉《ゆうげ》時に大坂城の山里曲輪《やまざとくるわ》で、どちらも大好きな茶について歓談《かんだん》する。紅白の梅が七分咲《ざ》き、鶯《うぐいす》は暖かい春光と春風を喜んでいるように囀《さえず》っている。

「利休殿《りきゅうどの》に黄金の茶室を造って欲《ほ》しいと思う。組立式で京へも運べるものを」

「利休さんの茶道《さどう》は侘茶《わびちゃ》で、茶室は土壁《つちかべ》と障子《しょうじ》づくりの簡素で閑寂《かんじゃく》なもので、黄金の華《はな》やかさとは正反対ではないの」

「利休殿《どの》の侘茶《わびちゃ》も一つだが、秀吉の好む華《はな》やかな茶、いうならば華茶《はなちゃ》も一つ、人生には侘《わび》寂《さび》も華美《かび》も両方が必要ではないか」

「うん、秀さんのいうとおり。でも利休さんは苦しむのでは、今井宗久《そうきゅう》さんや津田宗及《そうぎゅう》さん、古田織部《おりべ》さん、織田有楽斎《うらくさい》さんなど、他の方に依頼《いらい》したら」

「やはり、茶の第一人者の利休殿《どの》でなければ、天下一の茶室にはならない」

「釜《かま》や水指《みずさし》、茶入《ちゃいれ》、茶碗《ちゃわん》、花入れも黄金にするの。利休さんは黒楽茶碗《くろらくぢゃわん》がお好きなようよ」

「もちろん、黄金がいいが、銀でも赤でもいいと思う」

「秀さん、お好きなように」

結婚二十六周年、おね四十四のこと。

利休は堺《さかい》（大阪府堺市《さかいし》）に生まれた。富裕な町衆《まちしゅう》（豪商《ごうしょう》）となり、茶の湯の儀礼《ぎれい》を定め、茶道《さどう》を確立する。信長が堺を直轄地《ちょっかつち》としたときの功績もあり、利休は信長の茶頭《さどう》となる。本能寺の変から後は秀吉に仕える。

三年後の春に聚楽第《じゅらくてい》の茶室で、おねと利休と懇談《こんだん》した。梅と花桃《はなもも》は散り、桜も吹雪《ふぶ》く。

「もうすぐ私も五十代、年を取るのは悲しいことですわ。目は見え難《にく》くなり、声や音が聞こえなかったり、髪は白く細くなり、顔や手には皺《しわ》や染《し》み、黒子《ほくろ》が増えました。また、体中が痛み、特に正座が辛《つら》くなりました」

「確かに、私の方が二十ほど年上でもうすぐ古希《こき》、いつ死んでもおかしくない年です。同じ世代の親戚縁者《しんせきえんじゃ》、友人知人もほとんど亡《な》くなりました。少し長生きし過ぎたようです」

「長く生きると、一年のたつのが速くなると感じるのは、なぜでしょうか」

「過去の体験の積み重ねのなかで、一年分の割合が少しずつ短くなるためかもしれません」

「なるほど」

「心の時計が緩慢《かんまん》になることもあるようです。子どものころは未知の出来事が多く、心の時計は細かく刻まれ、実際の時間のたつのは遅《おそ》いが、大人になると新しく感動することが減り、心の時計の刻み方は大きくなり、実際の時の流れを速く感じるようにも思います」

「確かに、それもありますわ。『待たぬ月日は経《た》ちやすい』といいますもの」

「幼子《おさなご》は正月が待ち遠しいものです」

「お迎《むか》えのほかに待つものもなくなったようです」

「その通りです。長く生き過ぎたのでしょう」

「長く生きると、なぜ頑固《がんこ》になるのかしら。私も秀吉もどんどん強情《ごうじょう》になってゆくようで怖《こわ》いわ」

「私もそうです。若いうちは経験が少なく、どちらが良いか判断がつかず、人の意見を聴《き》き従うことができます。しかし、年を取ると経験が豊富になり、自分の判断力に自信がつき、人の話を聞かなくなります。片意地《かたいじ》を張り、石頭《いしあたま》とか傲慢《ごうまん》、頑迷《がんめい》と周りに思われるのです」

「人には劣等《れっとう》感と優越《ゆうえつ》感があるようですわ」

「対等感が自然の摂理《せつり》です。人には上下関係はなく協調と協力、連係があるだけだと思います」

「坂道を先に歩いているだけなのに、上から目線になることもあるのでしょうか」

「そうです。上からの眼差《まなざ》しで褒《ほ》めたり、けなしたりするより、感謝して和気藹藹《わきあいあい》の方が幸せです」

「劣等感《れっとう》とか優越感《ゆうえつ》が強すぎると、怒《おこ》ったり、威張《いば》ったり、焦《あせ》ったり、腐《くさ》ったり、負けて泣いたりするようですわ。幼児のときは皆《みな》そうですが」

「年を取ると、とりわけ還暦《かんれき》を過ぎると赤ちゃんや子どもに戻《もど》り、心の風邪《かぜ》をひきやすくなるようです。信長様や光秀様は優越感《ゆうえつ》が強くなり過ぎたのかもしれません」

「秀吉は劣等感《れっとう》と対等感を人使いに生かしたようだけど。母に『三低は最低』といわれたこともあり、それで発奮《はっぷん》したようです」

「家康様にもしっかりとした対等感があり、信長様や秀吉様に仕え部下を生かしています」

「茶道にも静寂《せいじゃく》を尊ぶ侘茶《わびちゃ》と、華美《かび》を楽しむ華茶《はなちゃ》もあるように思いますわ」

「私には侘茶《わびちゃ》が茶道の王道で、華茶《はなちゃ》は邪道《じゃどう》のように考えられます」

「秀吉は両方を使い分けたいようです」

「私は年のせいか、侘茶《わびちゃ》一本で老《お》いの一徹《いってつ》、『老い木は曲がらぬ』ようです」

「『時異なれば事異なり』とも言いますけど。好好爺《こうこうや》や好好婆《こうこうば》になりたいものです」

「そうですが、でも」

利休は自分の依怙地《いこじ》さに気が付いていたが、どうすることもできない。茶道天下一との自負、誇《ほこ》り、優越感《ゆうえつ》が許さなかった。柔軟性《じゅうなん》を失った竹や骨は折れるしかない。

盛夏に朝顔事件が起きる。聚楽第《じゅらくてい》の茶室周りの庭一面に、青い朝顔が咲《さ》いていた。おね

と秀吉は毎朝、朝顔を見るのを楽しみにしている。久々《ひさびさ》に利休を呼び茶会を開く。

二人が茶室の前を通ると、朝顔は全て摘《つ》まれ、緑の葉っぱしか残っていない。猫《ねこ》が庭に寝《ね》そべってニャーニャ騒ぐ。茶室に入ると、真っ青《さお》の朝顔が一輪、黒い花器に挿《さ》してある。

「なぜ、あんなに美しい朝顔を摘《つ》んだのか！」秀吉は顔を真っ赤にして問い正す。

「一輪の花がより美妙《びみょう》と思います」利休は静かに答える。

「しかし、花の命がかわいそうでは」おねは秀吉の肩《かた》をもつ。

「花はいずれ散るもの」利休は一言《ひとこと》だ。

利休の点《た》てた茶は、自分好みの黒楽茶碗《くろらくぢゃわん》で、秀吉好みの赤楽茶碗《あからくぢゃわん》ではなかった。それからは秀吉は利休のお茶を飲むことはない。共に偏執《へんしゅう》な老人としての言動に終始《しゅうし》する。

京都の大徳寺《だいとくじ》三門《さんもん》の改修にあたって、雪駄《せった》履《ば》きの利休像を二階に置いたことが、秀吉との関係をさらに悪くした。切腹に追い込《こ》まれる。秀長が一か月ほど前に亡《な》くなり、執《と》り成すものはいない。

翌年如月《きさらぎ》に、京の利休聚楽屋《じゅらくや》敷《しき》で自刃《じじん》する。大雪の日だった。没年《ぼつねん》六十九、古希《こき》まで生きた。頑固爺《がんこじじい》の喧嘩《けんか》は悲しい結末となることがある。

唐入《からいり》反対

秀吉五十四の夏、朝鮮征伐《ちょうせんせいばつ》を発令する。四年前、対馬《つしま》の宗氏《そうし》を通して、朝鮮《ちょうせん》に明《みん》出兵の先導を求めたが、朝鮮《ちょうせん》は拒否《きょひ》していた。

おねは大反対だ。秀吉に詰《つ》め寄る。真っ赤な太陽の下、さらに赤い木槿《むくげ》が咲《さ》き、蝶々《ちょうちょ》が飛んでいる。

「秀さん、なぜ唐入《からい》りするの」

「日本は九州、四国から奥州《おうしゅう》まで平定し、天下取りは終わった。しかし、世界はもっと広い。朝鮮《ちょうせん》、明《みん》、天竺《てんじく》、さらには南蛮《なんばん》まで攻《せ》め込んで、世界の全てを手に入れたいだなも」

「なんのために」

「……信長公の夢だった」

「争いのない平和な国づくりをし、民《たみ》のみんなが笑い溢《あふ》れる楽しい暮らしができるようにするのが、秀さんの念願では」

「俺《おら》の宿願は実現した。しかし、信長公の本願はまだ成就《じょうじゅ》していない。信長公は地球儀《ちきゅうぎ》を見ながら『猿《さる》、地の果てまで付き合え』と言った」

「世界はどのくらいの広さなの」

「いつか見た地球儀《ちきゅうぎ》によると、土地は日本の三百倍、民は二十五倍のようだ」

「ポルトガルなどの南蛮《なんばん》は」

「ポルトガルの土地と民は日本より少ないようだ。しかし船や鉄砲《てっぽう》は多い。世界の金銀を集め、蓄《たくわ》えは莫大《ばくだい》だ。武器やキリスト教の布教で、世界との交易と征服《せいふく》を目指している。日本も負けてはいられない。幸い日本でも佐渡《さど》や石見《いわみ》などで金銀の鉱山が見つかり、堺《さかい》や国友《くにとも》などで鉄砲《てっぽう》の量産も進んでいる。大きな船も造れるようになった」

「明《みん》や朝鮮《ちょうせん》は」

「明の土地は日本の三十倍、民は一億で日本の五倍、朝鮮《ちょうせん》の土地は日本の半分で、民は日本の四分の一。明は農民の減免《げんめん》要求による内乱や、倭寇《わこう》などの海賊《かいぞく》によって、国力が弱っているようだ。いい機会だ」

「唐入《からい》りして、いいことあるの」

「部下に知行地《ちぎょうち》を与《あた》えることができる」

「異国の人は幸せでしょうか」

「良い政治をすれば幸せになれる」

「戦《いくさ》で何人の人が、また亡《な》くなるのでしょうか」

「分からん、調略《ちょうりゃく》と圧倒《あっとう》的な兵力をもってすれば、そんなに兵や民を失うこともあるまい」

「応仁《おうにん》の乱から百年、やっと平穏《へいおん》な暮らしができるのに、なぜ、また争う必要があるの」

「小西行長《ゆきなが》や加藤清正《きよまさ》、黒田長政《ながまさ》など、戦功を立て領地を増やしたい大名が多い」

「戦功以外で働いてもらえば、いいではないの」

「戦うことしか能のない大名や武士に、他に何ができる」

「侍《さむらい》にも昔みたいに、田畑を耕してもらったら」

「それはもう、できないのでは」

「出家して子どもに学問や武芸を教えたら、大名たちは素敵《すてき》な師範《しはん》になるようにも思うわ」

「それもできない相談かも」

「お金は」

「金銀はいくらでもある」

「その金をもっとほかに使ったら。書物作りや少年少女の教育などに。お母さんも平仮名と片仮名を読んだり書いたりできる、と喜んでいるわ」

「確かに、読み書き算盤《そろばん》ができるのは武士と商人、僧侶《そうりょ》など、人の一割弱だ」

「みんなが書物を読み、手紙などを書き、算術ができるようになるといいのに。秀さんみたいに十歳《さい》前後に、お寺で学習や修行《しゅぎょう》するようにしたら」

「わしは寺での学問や修練は合わなくて、すぐ飛び出したが、いい考えかもしれない」

「明や朝鮮《ちょうせん》とは戦争ではなく、遣隋使《けんずいし》や遣唐使《けんとうし》、さらに平家の日宋《にっそう》貿易、足利《あしかが》氏の日明《にちみん》貿易と朝鮮《ちょうせん》通信使などのように交易に力をいれたらどう」

「なるほど」

「他《ほか》にも、お茶会とか祭り、城や町づくりとか、街道《かいどう》や橋、水路づくり、治安、地震《じしん》や風水害などの災害・飢饉《ききん》対策などに」

「それもやるが、使い切れないほどの金がある」

「『功成り名遂《と》げて身退《ひ》くは天の道なり』では、早く引退したら。茶道《さどう》、猿楽《さるがく》、能楽《のうがく》、狂言《きょうげん》、蹴鞠《けまり》、書道、絵画、彫刻《ちょうこく》など習うことは色々あるわ。武だけでなく文、文芸でも天下人《てんかびと》を目指したら」

「天下統一は果たしたので、関白は秀次《ひでつぐ》に譲《ゆず》るが、太閤《たいこう》として朝鮮《ちょうせん》や明との統合など、まだまだやり残したことがあるだなも」

「『胡蝶《こちょう》の夢』です」

「いやいや、正夢《まさゆめ》だ」

「逆夢《さかゆめ》よ。一生のお願い、やめて、やめて」おねは涙《なみだ》を浮かべ目を真っ赤にして泣き付く。

「やらせておくれ」

おねの必死の説得も通じない。秀吉は聞く耳をもたず依怙地《いこじ》になるばかり。耳も頭も心も老化し悪くなる。

秀吉の戦《いくさ》好き、信長公想《おも》いと部下思い、そして、夢見る誇大妄想《こだいもうそう》、白昼夢《はくちゅうむ》が、唐入《からい》りという暴挙につながる。

(戦いがなくなれば、武士の存在意義が失われる)と秀吉は思う。

(鎌倉時代から地侍《じざむらい》として農民と武士の兼業《けんぎょう》だったのを、信長公は武士専業とし城下に住まわせ、鉄砲《てっぽう》を活用して戦力向上を図った。俺《おれ》もその戦略を踏襲《とうしゅう》して日本をやっと平定した。検地・刀狩《かたながり》・人掃令《ひとばらい》によって武士、町人、百姓《ひゃくしょう》の職業に基《もと》づく身分を定めてきたことを、ひっくり返すことはできない相談だ。おねのいうように武士を室町時代の暮らしに戻《もど》すことはできない)と考える。

弟秀長《ひでなが》と息子捨《すて》の死がなければ、違《ちが》った意思決定がなされたのではないか。家族の死は判断を狂《くる》わせることが往々《おうおう》にしてある。

次の日、母なかも秀吉に懇願《こんがん》する。

「秀吉、唐入《からい》りは頼《たの》むから、やめておくれ」

「母ちゃん、もう、決めたことだから」

「日本人も朝鮮人《ちょうせんじん》も唐人《からびと》も、みんなが戦《いくさ》で苦しむだけで、なんのいいこともないだなも」

「天下統一の後は唐天竺《からてんじく》統合が夢」

「お前は阿《あ》呆《ほう》か、何を戯《たわ》けたことを」

「信長公の夢でもあった」

「庶民《しょみん》の平和な生活のほうが、信長様の夢、野望より大事だよ」

「秀吉の父さんは戦《いくさ》で怪我《けが》して亡《な》くなった。私みたいな寡婦《やもめ》や、お前みたいな父無《ててな》し子ができない、戦《いくさ》のない世をつくっておくれ」

「天下六十余州はほぼそうなった。武士の生きる場が必要だ」

「侍《さむらい》の役割は殿様《とのさま》の領土を広げる戦いから、領民の生活を守り豊かにすることに変わるべきでは」

「そんな風には変われないよ」

「変えるのが、秀吉お前の仕事」

「そうかもしれないが、しかし」

なかの説得を秀吉は無視する。茶々《ちゃちゃ》との一件と同様に、親の言うことを聞く年ではない。

肥前《ひぜん》（佐賀《さが》県）の名護屋《なごや》に本陣《ほんじん》を築く。

加藤清正《きよまさ》らが普請奉行《ふしんぶぎょう》となり、秋に着工し、翌年春まで六か月の突貫《とっかん》工事で完成した。五重七層天守、本丸、二の丸、三の丸、弾正《だんじょう》丸、遊撃《ゆうげき》丸、東出《ひがしいで》丸、上山里《かみやまさと》丸、台所丸などからなる。城の周辺には武家屋敷《やしき》や陣屋《じんや》が並び、最盛期には人口十万にもなる。

翌年の春に、十五万の大軍を朝鮮《ちょうせん》に派兵する。文禄《ぶんろく》の役《えき》の始まりである。

兵船を仕立てて、名護屋を出航した。釜山《ぷさん》に上陸した日本軍は漢城《かんじょう》（ソウル）を落とし、さらに平壌《ぴょんやん》も占拠《せんきょ》した。

しかし、朝鮮《ちょうせん》水軍の活躍《かつやく》や義兵の抵抗《ていこう》、明の援軍《えんぐん》により、日本軍は補給路を断たれる。厳冬のなかでの越冬《えっとう》で、凍傷《とうしょう》に難儀《なんぎ》し、戦局は不利となる。平壌《ぴょんやん》の一月の最高気温は〇《ゼロ》度、最低気温はマイナス十度で、福岡の十度、一度とは大違《おおちが》いで防寒具の準備不足がある。

次の年に休戦し和平交渉《こうしょう》を行なう。秀吉は明の降伏《こうふく》による明の皇女と天皇との婚姻《こんいん》、勘《かん》合《ごう》貿易の再開、朝鮮《ちょうせん》南部の割譲《かつじょう》など大明日本和平条件を求めた。

講和を急ぐ小西行長《ゆきなが》は、この要求を握《にぎ》りつぶし、明に正確に伝達しなかった。

その三年後の夏に、明は使者を派遣《はけん》し、大坂城で秀吉に謁見《えっけん》した。

「汝《なんじ》を封《ほう》じて日本国王となし、その朝貢《ちょうこう》を許す」と秀吉に述べる。

「何を馬鹿《ばか》なことを、講和条件はどうした」

真っ赤な顔で癇癪玉《かんしゃくだま》を破裂《はれつ》させ、交渉《こうしょう》は決裂《けつれつ》する。

翌年、秀吉は再び十四万の兵を送る。苦戦するのは前回と同じ。日本、朝鮮《ちょうせん》、明を合わせて数万人の命を失う。膨大《ぼうだい》な戦費と人心の離反《りはん》、大名の不平不満は、豊臣《とよとみ》政権を衰退《すいたい》させる原因となる。背理《はいり》は失脚《しっきゃく》と没落《ぼつらく》につながる。

なか看病

なかは次女旭《あさひ》を亡《な》くしたころから物忘れが増える。七十七であり年相応かもしれない。

なかの喜寿《きじゅ》のお祝いは旭《あさひ》が病気だったこともあり前年、質素《しっそ》に行なっていた。

「それ、あの人」とか「この人」とか、が話の中に出てくる。

「あなたは誰《だれ》」おねに言うことがある。

次の年初めに次男秀長《ひでなが》を失い、さらに失念や忘却《ぼうきゃく》が進む。夏に孫捨《すて》も夭折《ようせつ》した。

自分より早く逝《い》った子どもや孫のことを忘れたかったのか、度忘れが一層ひどくなる。

家族親戚縁者《しんせきえんじゃ》の名前も出てこない。

「飯《めし》は、まだか。早くして」食事をしたことも忘れる。

「お母さんは同じことを何回も言うようになり、度忘れや物忘れが多くなったわ。迷子《まいご》になることもあるわ。赤ちゃんに戻《もど》ったようよ。もっと側《そば》にいて話し相手になってよ」おねは秀吉に懇望《こんもう》する。

「分かった」とは言う。

しかし、唐入《からい》りで忙《いそが》しく、看護はおねに任せきりだった。

夢と現実との境がなくなり、夢の中の話を事実のようにしゃべる。耳は遠くなり、話す声は大きくなる。目は悪くなり、歯も抜ける。髪は白く細く薄《うす》くなる。腰《こし》も曲がり、よたよたとゆっくり歩く。食べ物を詰《つ》まらせて咳《せ》き込《こ》むことも増える。いらいらすると、杖《つえ》で畳《たたみ》や机をたたき、食べ物と食器を投げる。

朝や夕方、さらに夜に聚楽第《じゅらくてい》内を徘徊《はいかい》する。厠《かわや》でもない所で、おならをしたり、小便や大便を漏《も》らしたりして、腰巻《こしまき》を汚《よご》す。

次の年の春先に敷居《しきい》に躓《つまず》いてからは寝《ね》たきりとなり、夏に亡《な》くなる。赤と白の日々草《にちにちそう》が雨風に揺《ゆ》れていた。

「お母さん。もっともっと、長生きして欲《ほ》しかった」なかの枕元《まくらもと》で、おねは泣く。

秀吉は名護屋《なごや》で、なか重篤《じゅうとく》の知らせを受け、船と輿《こし》で大急ぎで帰ってくる。

数日後、なかの側に秀吉は座《すわ》り、冷たくなった手を握《にぎ》る。親の死に目には会えない。

「母ちゃん。天下統一だけでなく、朝鮮《ちょうせん》や明《みん》の征服《せいふく》まで生きていて欲《ほ》しかった」大声で泣き叫《さけ》ぶ。

秀吉を日輪《にちりん》の子と褒《ほ》め励《はげ》まし続けた、なかが七十九、傘寿《さんじゅ》で逝《ゆ》く。

おねは、なかが死ぬ一か月前の晴れた朝に、聚楽第《じゅらくてい》の縁側《えんがわ》で昔話に花を咲《さ》かせる。赤い紫陽花《あじさい》が咲《さ》き、ゲロゲロと蛙《かえる》が鳴いている。

「おねさん、厄介《やっかい》をかけました」

「お母さん、こちらこそ色々教えていただき、誠にありがとうございました」

「おねさんのお陰《かげ》で、秀吉は天下人《てんかびと》になれました」

「秀さん、がんばりました」左手で福耳に触《さわ》る。

「内助の功です」

「お母さんの躾《しつけ》や教えが、よかったからですわ」

「秀吉は日輪《にちりん》の子、おねさんは月輪《げつりん》の子。紆《う》余曲折《よきょくせつ》、色んなことがあったが夫婦円満でなにより、私も贅沢三昧《ぜいたくざんまい》させてもらいました」

「秀長《ひでなが》さんや旭《あさひ》さんに先立たれたのは淋《さび》しいことですわ」

「ほんとうに、そうだなも」

「お母さんの恩徳《おんとく》で、姑《しゅうとめ》と嫁《よめ》の苦労がほとんどなかったようにも思います」

「そうかね。戯《たわ》けた阿呆《あほう》息子のせいかな」

　これが最後の会話となる。

　なかは尾張《おわり》中村郷《ごう》生まれ。夫の弥右衛門《やえもん》と後夫《ごふ》の竹阿弥《ちくあみ》との間に、三歳違《さいちが》いの四人の子どもを二十一から産み育て、おねを姑《しゅうとめ》として支えた。孫は、ともに三男、秀吉に二男、秀長に一男二女、旭《あさひ》には子どもはいないので、六男二女の計八人。

おねとややは三十代後半に長浜《ながはま》城で、嫁姑《よめしゅうとめ》問題について話をしたことがある。秋も深まり、青空に鰯雲《いわしぐも》があり、吹《ふ》く風は冷たく枯《か》れ葉が散り、燕《つばめ》が飛んでいる。

「ややは婿養子《むこようし》だから、姑《しゅうとめ》の苦労はなくていいわね」

「ええ、お姉さんは大変ね。『嫁《よめ》と姑《しゅうとめ》、犬と猿《さる》』と聞くけど」

「犬猿《けんえん》の仲は、犬千代さんと秀吉みたいに、意外と仲良しかも。城は広いし、秀さんは中国出征《しゅっせい》でいないことが多く、面倒《めんどう》を姑《しゅうとめ》と嫁《よめ》が取り合うこともないし」

「そうだね。狭《せま》い家に嫁《よめ》と姑《しゅうとめ》がいて、家事を分担すると、大変と聞くけど」

「ご飯の硬《かた》さや、味噌汁《みそしる》の濃《こ》さ、味付け、魚の焼き方・煮方《にかた》まで、意見が合わなくて、小さな親切、大きなお世話で、お互《たが》いの我慢《がまん》が限界に達するみたいだわ」

「掃除《そうじ》の仕方から、洗濯《せんたく》の方法、風呂《ふろ》の順番、厠《かわや》の使い方まで、姑《しゅうとめ》と嫁《よめ》ではそれぞれの習性が違《ちが》うから大変。生活習慣は夫婦《ふうふ》では自然に次第に近づくけど、嫁《よめ》と姑《しゅうとめ》は一生、遠いまま、あるいは近づいても、どこか不平や不満があるまま、死ぬまで、いがみ合い、口を利《き》かなくなり、許し合えないし、同じ墓には絶対入りたくないと」

「なかお母さんも私も、共に食事を作ったり、食べたり、掃除《そうじ》洗濯《せんたく》したり、同じ風呂《ふろ》や厠《かわや》を使うなどの接点が少ないから、干渉《かんしょう》することも、喧嘩《けんか》することもないわ」

「世継《よつ》ぎ問題は気にしているのでは」

「これはかりは、どうしようもないことで、口にしないことにしているから」

「そう、それがいいわ」

「お母さんは『痴《ち》ならず聾《ろう》ならざれば姑公《ここう》と成らず』を実践《じっせん》してくれているみたい」

「素敵《すてき》な姑《しゅうとめ》ね。家康様の奥方築山殿《おくがたつきやまどの》と長男信康《のぶやす》様の嫁徳姫《よめとくひめ》様との姑嫁《しゅうとめよめ》の問題は大変みたい」

「徳姫《とくひめ》さんは、お父さんの信長さまに愚痴《ぐち》を零《こぼ》しているわ。大事《おおごと》にならないといいけど」

「息子、とりわけ長男や一人っ子には愛情を一心に注ぐため、嫁《よめ》が恋敵《こいがたき》のようになり、愛息を愛すれば愛するほど、嫁《よめ》を憎《にく》むようになるようね。姑《しゅうとめ》の息子離《ばな》れが難しいようね」

「なかお母さんは、田畑仕事もしており、息子に依存《いぞん》しないで独立しているようだし、男の子が二人居るから、愛も憎《にく》しみも分散できるわ」

「いいわね」

黄色と赤茶の落葉が庭に積もり、チュンジップと雀《すずめ》が歩いている。木枯《こが》らし一号が吹《ふ》き、落葉と雀《すずめ》が飛ばされる。

秀次非業《ひでつぐひごう》

落ち葉が舞《ま》う秋の夕暮れに、おねと秀次は聚楽第《じゅらくてい》で会う。池には鵠《くぐい》（白鳥）がコォーッコォーッと鳴きながら泳いでいる。

「秀次さん、すっかり秋です、お寒いことですわ」

「もうすぐ冬ですから仕方ないです」

「関白職はいかがですか」

「山内一豊《やまうちかつとよ》などの家老たちが頑張《がんば》ってくれて、それなりに治まっているようです」

「古書を好み、武術も励《はげ》んでいると評判ですわ」

「文武両道が必要な時代ですから」

「子どもも、たくさんできたと聞きますわ」

「はい、赤ん坊《ぼう》が大好きですから」

「秀吉と同じで、女性好きなのでしょうか」

「同じ血が流れていますから」

「秀頼《ひでより》に関白の座を渡《わた》すと、秀吉に約束して欲《ほ》しいのですが」

「いずれは、そうしたいと思います」

「『好機逸《こうきいっ》すべからず』だから、只今《ただいま》がその時では」

「まだ早いのでは」

「早いに越《こ》したことはないのでは」

「そうでしょうか」

「『契《ちぎ》りおきし　させもが露《つゆ》を　命にて　あはれ今年の　秋も去《い》ぬめり（藤原基俊《ふじわらのもととし》）』の心境のようにも。年を取ると、せっかちに気短《きみじか》になるものですわ」

「そんなものでしょうか」

おねや秀吉の気持ちを、秀次は忖度《そんたく》することができない。深謀遠慮《しんぼうえんりょ》するには若過ぎた。秀次二十六の青年、おね五十二の中年あるいは老年、丁度《ちょうど》半分の人生。思考は異なる。

秀次は秀吉の姉ともと三好吉房《みよしよしふさ》（弥助《やすけ》）との間に長男として生まれた。秀吉の数少ない縁者《えんじゃ》として重用《ちょうよう》される。

十六のとき、小牧《こまき》・長久手《ながくて》の戦いでは奇襲隊《きしゅうたい》の総指揮をとる。家康軍に惨敗《ざんぱい》し、命からがら敗走し、秀吉に激しく叱責《しっせき》される。翌年の紀伊雑賀《きいさいかぜ》攻めや四国平定では、一豊《かつとよ》などの働きもあり戦功を上げ、近江八幡山《おうみはちまんやま》（近江八幡市）四十三万石の城主となる。

小田原征伐《せいばつ》でも活躍し、移封《いほう》を拒否《きょひ》して改易された織田信雄《のぶかつ》の尾張《おわり》・伊勢《いせ》北部百万石の大領を与《あた》えられる。

次の年、捨《すて》が病死した後の冬、秀吉は二十三の秀次を養子とし関白の地位を譲《ゆず》り、聚楽第《じゅらくてい》を授けた。血縁者《けつえん》というだけで実力がつく前の早すぎる出世だったかもしれない。

太閤《たいこう》となった秀吉と関白秀次との二元政治となったが、秀吉は唐入《からい》りに傾注《けいちゅう》し、秀次は内政を司《つかさど》る。

秀頼《ひでより》が誕生してから、秀吉と秀次の関係が微妙《びみょう》となる。

白梅が七分咲《ざ》きの春光暖かいころ、おねと秀吉は大坂城で議論する。

「秀次に謀反《むほん》の話がある」

「そんなはずはないでしょう。秀次さんとよく話し合ったら」

「ああ」

「秀頼《ひでより》、可愛《かわい》さで、『子故《こゆえ》の闇《やみ》』では」

「そんなことはないよ」

「秀さんが亡《な》くなっても、秀次さんは立派に後を継《つ》ぎ、秀頼《ひでより》にきっと関白を渡《わた》すわ」

「そうだといいんだが」

「うん、きっと、そうだわ」

「しかし、力のあるものが関白や将軍になるのが歴史の教えるところであり、三法師《さんぼうし》の例

もあるし」

「それは仕方のないこと。秀さんが長生きすることが肝心《かんじん》では」

「しかし、体調は余り良くないし」

「秀次さんを廃嫡《はいちゃく》にしたら、家康さんの天下となって、秀頼《ひでより》に天下がゆく可能性はもっとなくなるわ」

「そうかな」

「秀さんはもうすぐ還暦《かんれき》、『六十にして耳順《みみしたが》う』っていうわ。おねの意見も聞いてくださいな」

「そうだが」

秀吉は、加齢《かれい》とともに頑迷《がんめい》になり、おねの意見に従うことが減る。おねは千利休の頑固《がんこ》一徹《いってつ》の例もあり、諦《あきら》めかけている。

謀反《むほん》を企《くわだ》てたのではないか、という理由で、秀次を高野山《こうやさん》に幽閉《ゆうへい》し、切腹に追い込《こ》む。享年《きょうねん》二十七。

辞世の句は「磯《いそ》かげの　松のあらしや　友ちどり　いきてなくねの　すみにしの浦《うら》」

秀次の首は京の三条河原《さんじょうがわら》に送られ、妻妾《さいしょう》、子女《しじょ》、侍女《じじょ》など三十九人が処刑《しょけい》される。また重臣の多くが粛清《しゅくせい》され、聚楽第《じゅらくてい》も破却《はきゃく》された。

秀次の子孫を根絶やしにし、秀頼《ひでより》への継承《けいしょう》を確実にするための方策だったのかもしれないが、この事件で秀吉は世論の信頼《しんらい》を失う。

四年前の千利休の自害に続いて、二度目の秀吉の大失敗だった。人を生かす名人から、人を理不尽《りふじん》に殺す、変人、狂人《きょうじん》、我利我利亡者《がりがりもうじゃ》へと老化してゆく。坂道を転げ落ちるスピードは速まるばかりだ。

秀吉看《み》取る

洛東《らくとう》の醍醐寺《だいごじ》で花見をする。各地から取り寄せた七百本の桜は満開だった。山桜、大島桜、富士桜、枝垂《しだれ》桜、彼岸《ひがん》桜、八重《やえ》桜など。緑の背と目の周りが白い目白《めじろ》がチーチュルチーチュルと鳴いている。

花見弁当は、おねの手作り、最後の御節《おせち》料理となる。

「秀さん、桜も空も最高だわ。ほうほうほう」

「おねさんも秀麗《しゅうれい》だ。きゃっきゃ」幾《いく》つになっても、おねを褒《ほ》める秀吉だ。

「『ひさかたの　光のどけき　春の日に　しづごころなく　花の散るらむ（紀友則《きのとものり》）』の心境だけど。いつまでもいつまでも達者でいてください」

「ごもっとも！」と戯《おど》ける。

「秀さん、お結《むす》びいかが」

「おねさんのお握《にぎ》りが極上のご馳走《ちそう》。新婚《しんこん》以来ずっとずっと旨《うま》い」

「ありがとう、おかずの竹の子や鯛《たい》の塩焼きをどうぞ」

「おねさんは糟糠《そうこう》の妻だね」

「ほんとう、昔は貧乏《びんぼう》だったけど、秀さんのお陰《かげ》で、こんなに贅沢《ぜいたく》できるわ」

この花見は一年遅《おく》れとなったが、秀吉の還暦《かんれき》祝いと結婚《けっこん》三十六周年《しゅうねん》を兼《か》ねていた。慶《けい》長《ちょう》三（一五九八）年のこと。

おねと秀吉は秀頼《ひでより》と遊ぶ。三人で手をつないで桜吹雪《ふぶき》の下を歩き踊《おど》る。昔、夏祭の夜に、初めて手が触《ふ》れ合い、心ときめいたことを思い出しながら。

「かかさん」「ととさん」と子どもに呼ばれて上機嫌《じょうきげん》となる。体重は五貫《かん》（二十キロ）、身長は四尺《しゃく》（百二十センチ）と大柄《おおがら》。肩車《かたぐるま》や負《お》んぶは重くてできなくなっていたが。

側室の西の丸（淀《よど》）、松の丸（京極龍子《きょうごくたつこ》）、三の丸（織田氏）、加賀《かが》（摩阿姫《まあひめ》）と、まつは御《み》輿《こし》に乗って参加した。豊臣《とよとみ》政権の奉行《ぶぎょう》や大名がそれぞれの趣向《しゅこう》を凝《こ》らした茶屋を設け、花見とご馳走《ちそう》、珍味《ちんみ》、茶、酒を楽しむ。

（人生最後の花見かもしれない）秀吉は思う。

（昔、清洲《きよす》の庭に握《にぎ》り拳《こぶし》ほどの小さな命を、桜の木の袂《たもと》に埋めたことがあった。風の便りでは、その桜は樹齢《じゅれい》三十六年の大木となり毎年、満開の花を咲《さ》かせているらしい。そんなこともあり、桜が自分の子のように思える）ときもある。

（日の出の太陽に照らされる澄《す》んだ空気の中の朝桜も、春光に照《て》り輝《かがや》く昼桜も、夕陽に燃える夕桜も、月光に映《は》える夜桜も大好きだ）おねは思う。

はしゃぎ過ぎたのか、桜冷えだったこともあり、秀吉は春風邪《かぜ》をひく。微熱《びねつ》と咳《せき》が続き、鼻水も止まらない。おねも風邪《かぜ》気味だったが三日ほどで治る。

(余命はそれほど長くはない。世継《よつ》ぎのことが気がかりだ)秀吉は考える。

(秀さんはいい年、もしかすると危ない、幼い秀頼《ひでより》はどうなるのか)おねも心配だ。

皐月《さつき》の少し暖かくなった夜、同じ褥《しとね》で寝物語をする。伏見《ふしみ》城内の赤と白の躑躅《つつじ》が満開。

「秀さんが亡《な》くなったら、豊臣《とよとみ》家は終わりかもしれないわ」

「そうだ、一代限りかも。でも、できれば秀頼《ひでより》に継《つ》いでもらいたい。平家や織田家のように一代だけではなく、せめて源氏のように三代は承継《しょうけい》して欲《ほ》しい」

「『三代続けば末代続く』とはいうけど。秀頼《ひでより》は四つ、信長さんの孫三法師《さんぼうし》さんと同じ運命で、家康さんの天下かもしれないわ」

「それが世の習いだも。しかし……」

「死んだら、どうする?」

「できれば土葬《どそう》にして欲《ほ》しい。天皇家と同じように」

「火葬《かそう》のほうが、すっきりしていいのでは」

「信長公は本能寺で焼け死んだ。比叡山延暦寺《ひえいざんえんりゃくじ》の焼き討《う》ちの恐《おそ》ろしさはいやだ」

「死んでからの火葬《かそう》は熱くないわ」

「ご勘弁《かんべん》を。農家に生まれたから土に還《かえ》るのが自然だ。また、薪奉行《まきぶぎょう》をしていたことがあるが、火葬《かそう》は薪《まき》の無駄《むだ》使いのように思う。是非《ぜひ》、土葬《どそう》に」

「秀さん、お好きなように」

五大老《たいろう》と五奉行《ぶぎょう》、さらに主だった大名に、秀頼《ひでより》への忠誠の起請文《きしょうもん》を書かせる。その効力はそれほどないことは、おねも秀吉も百も承知だったが、できるだけのことをするのが二人の生き様だ。

五大老は徳川家康《とくがわいえやす》、前田利家《まえだとしいえ》、上杉景勝《うえすぎかげかつ》、毛利輝元《もうりてるもと》、宇喜多秀家《うきたひでいえ》。五奉行《ぶぎょう》は浅野長政《あさのながまさ》、増田長盛《ましたながもり》、石田三成《いしだみつなり》、前田玄以《まえだげんい》、長束正家《なつかまさいえ》。

文月《ふみづき》に、家康は秀吉に伏見《ふしみ》城の寝所《しんじょ》で会う。枯《か》れかけた赤い紫陽花《あじさい》が咲《さ》いている。

「具合はいかがですか」

「もう駄目《だめ》だ。家康殿《どの》、秀頼《ひでより》の後見《こうけん》よろしくお頼《たの》み申し上げます」

「承知仕《つかまつ》りました、きっと元服《げんぷく》するまで政務を遂行《すいこう》し、ご後援《こうえん》いたします」

「きっと、きっと、きっと、よろしく」秀吉は家康の手を握《にぎ》る。

(この先、長くないな)家康はその手の力なさに、そう感じる。

筆まめの秀吉は遺言《ゆいごん》書を認《したた》める。家督《かとく》を秀頼《ひでより》に継《つ》ぐこと、自身を神格化し土葬《どそう》することなどであった。

おねは秀吉の肖像画《しょうぞうが》を残したいと考え訊《き》く。

「どんな自分の姿を描《えが》いて欲《ほ》しいですか」

「唐《から》、天竺《てんじく》までも征服《せいふく》した覇王《はおう》にして欲《ほ》しい」

「では唐冠《とうかんむり》をつけ、白の衣冠《いかん》の寿像《じゅぞう》で、繧繝縁《うんげんべり》の畳《たたみ》二帖《じょう》に座している姿にしましょう」

流れ星がなぜか多い夏の満月の夜、最後の寝《ね》物語となる。伏見《ふしみ》城では白い梔子《くちなし》が咲《さ》き、クワックワッと蛙《かえる》も騒《さわ》いでいる。

「長いこと厄介《やっかい》になった」

「こちらこそ、巡《めぐ》り会ってから四十年ほど、ありがとうございました」

「楽しい人生だった」

「秀さんのお陰《かげ》で、こちらこそ」

「あの世でも一緒《いっしょ》に過ごしたいな」

「うん、極楽《ごくらく》ですか、――地獄《じごく》ですか。ほうほうほう」

「浄土《じょうど》だと良いのだが、何人もの人を殺《あや》めたから奈落《ならく》の底かも。きゃっきゃ」

「秀さん、お好きなように。どちらでも追いかけますわ」

「来世に先に行くことになるようだが……、待っているよ」

その数日後、冷たい左手でおねの温かい右手を握《にぎ》り締《し》めながら、右手は鼻に触《ふ》れながら眠《ねむ》るようにして旅立つ。

「秀さん、秀さん、秀さん」泣きながら何回も呼んだが、応えることはない。

花見から五か月後の葉月《はづき》、秀吉六十一を看取《みと》る。人生五十年の時代では長寿《ちょうじゅ》、信長より十三歳《さい》長く生き、信長が自刃《じじん》してから十六年たつ、十七回忌《き》の年でもある。

辞世の句は「露《つゆ》と落ち　露《つゆ》と消えにし　我が身かな　難波《なにわ》のことも　夢のまた夢」

秀吉の死は朝鮮《ちょうせん》での戦《いくさ》の最中であり、翌年の正月まで伏《ふ》せられた。撤兵《てっぺい》を急いで進め、慶長《けいちょう》の役が終わる。

京都方広寺の東、阿弥陀ヶ峰《あみだがみね》西麓《にしふもと》に豊国社《とよくにしゃ》の建設はすぐに始まり、翌年春に完成する。伏見《ふしみ》城にあった遺骸《いがい》は山頂に埋葬《まいそう》される。秀吉には豊国大明神《ほうこくだいみょうじん》の神号が下賜《かし》される。

秀吉の死の数日前に、おねの生母朝日が逝《ゆ》く。悲しいことは続いて起こる。没年《ぼつねん》七十六。おねは京に康徳寺《こうとくじ》を建立《こんりゅう》し母を弔《とむら》う。秀吉に内緒《ないしょ》で母を援助《えんじょ》してきた親孝行な娘《むすめ》である。

関ヶ原《せきがはら》の戦い

前田利家《まえだとしいえ》は秀吉の後を追い、翌年に亡《な》くなる。行年《ぎょうねん》六十一。長男の利長《としなが》が継《つ》ぐ。

家康の臣下《しんか》であることを明らかにするために、まつは徳川の人質《ひとじち》となる。まつは江戸《えど》に行く前に京で、おねを訪《おとず》れる。紅白の花桃《はなもも》が満開、紋白蝶《もんしろちょう》と紋黄蝶《もんきちょう》が飛んでいる。梅は散り、桜は蕾《つぼ》んでいる。

「これから江戸《えど》に出向きます」

「ご苦労なことですわ」

「戦《いくさ》のない世が一番です。家康様の下《もと》で本領安堵《ほんりょうあんど》を願うしか、前田家の存続はないと」

「力のあるものに仕えるのが一番ですわ。信長さん、秀吉、そして家康さんと」

「前田家にとってはそれが子孫繁栄《しそんはんえい》の道です。天下を取る才覚のある子はいないから」

「秀頼《ひでより》のことが心配ですわ」

「時の変化は激しいですね」

「『ゆく河の流れは絶えずして、しかももとの水にあらず』のとおりですわ」

「寂《さみ》しい限りですね」

「ほんとうに、今度は、いつ会えるのでしょうか?」

「冥土《めいど》かも。おほほ」

鴨長明《かものちょうめい》の方丈記《ほうじょうき》には『ゆく河の流れは絶えずして、しかももとの水にあらず。淀《よど》みに浮ぶうたかたは、かつ消え、かつ結びて、久しくとどまりたる例《ためし》なし』とある。

数日後、ややが訪ねてくる。ややは京の浅野家の屋敷《やしき》に住んでいる。

「お姉さん、ご無沙汰《ぶさた》、お元気」

「うん、ぴんぴんしているわ」

「長政《ながまさ》は三成《みつなり》とは意見が合わず、家康様に付くようです」

「三成より家康さんに年の功だけ人徳があるから。徳のある方が天下を治めるのが道理」

「そうですね」

家康は豊臣《とよとみ》政権を支えてきた実務官僚《かんりょう》の三成を焚《た》き付けて、戦場をつくり豊臣《とよとみ》家の崩壊《ほうかい》を目指す。朝鮮《ちょうせん》出兵で対立を深めた文治派と武断派を操《あやつ》る。

文治派は近江《おうみ》出身で、秀吉が長浜《ながはま》城主時代の小姓《こしょう》あがりである。武断派は尾張《おわり》出身のおねや秀吉の親戚縁者《しんせきえんじゃ》の福島正則《ふくしままさのり》や加藤清正《かとうきよまさ》など。

三成は上杉景勝《うえすぎかげかつ》の家老直江兼続《なおえかねつぐ》と密謀《みつぼう》し、家康を奥州《おうしゅう》で挟《はさ》み討《う》ちすることとする。家康はこの策に乗ったふりをして、景勝討伐《とうばつ》に江戸《えど》を経て会津《あいづ》へ向かう。

大坂城に居た家康は、江戸《えど》に行く前に京で、おねを訪問する。梅雨寒《つゆさむ》の日、白と黄色の紫陽花《あじさい》が咲《さ》いていた。雨が一時やむと待っていたかのように、キョッキョッキョキョキョキョと不如帰《ほととぎす》が囀《さえず》っている。

「これから上杉征伐《うえすぎせいばつ》に参ります」

「お体を、ご自愛ください」

「おね様こそ長生きしてください」

「秀吉が亡くなり秀頼《ひでより》がまだ幼いなか、天下騒乱《そうらん》とならないよう、お頼《たの》み申し上げます」

「秀吉様のご遺志を継《つ》いで行きたいと思います」

「三成などとも親しくしておくれ」

「承《うけたまわ》りました」

（家康さんの望《のぞ》みは文治派と武断派を争わせて、『漁夫《ぎょふ》の利』で天下を取ること）と、おねは感じたが、（それが自然の流れ）とも思う。

数日後、おねを三成が訪ねる。梅雨《つゆ》が明け、灼熱《しゃくねつ》の太陽がぎらぎらと輝《かがや》き、赤と紫《むらさき》の紫陽花《あじさい》が眩《まぶ》しい。

「家康を討《う》ちます」

「家康さんと懇意《こんい》にするのが、秀吉の遺言《ゆいごん》ではないですか」

「秀吉様と秀頼《ひでより》様の天下を横取りしようとしています」

「百戦練磨《れんま》の家康さんに勝つことは難しいのでは。秀吉も家康さんとの争いは避《さ》けてきたのだから。家康さん五十八、三成四十一ではないか。十年の我慢《がまん》が肝心《かんじん》だわ」

「辛抱《しんぼう》できません」

「『堪忍《かんにん》は一生の宝《たから》』耐《た》えなければ自分の死を早めるわ。豊臣《とよとみ》家もなくなります」

「そんなことは決してないです」

「豊臣《とよとみ》家を織田家のように残すのが三成の仕事。家康さんと三成とでは今は能力や経験の差が大きい。成長や成熟のために日々鍛錬《たんれん》することが喫緊《きっきん》の課題で、競《きそ》うときではないわ」

「今ならまだ勝てます。このままいけば豊臣《とよとみ》家と徳川家の差は開くばかりです」

「十代のころ『彼《かれ》を知り己《おのれ》を知れば百戦殆《あや》うからず』と話したのを覚えているかい」

「もちろんです。実行してきました」

「三成の強みは若さです。先が長いことです。人は五十路《いそじ》に近づけば、あるいは過ぎれば、自然と老化し亡《な》くなります」

「確かに。戦国の両雄《りょうゆう》、上杉謙信《うえすぎけんしん》は四十八、武田信玄《たけだしんげん》は五十一で病死したと聞きます」

「秀吉も六十一で。家康さんの余命もあと数年。もう少しすれば、家康さんは世の中から自然に消えます。じっと歯を食い縛《しば》り、目を瞑《つぶ》って、時を待ちなさい」

「もう、待つことはできません」

「戦《いくさ》の勝敗は時の運があります。寿命《じゅみょう》はいつか必ず来ます。時がたつのは自然のことです。誰《だれ》も年には勝てません」

血気盛んな三成は、おねの忠告を無視する。孫子の兵法を習得できず戦いに挑《いど》む。

(説得に失敗した)おねは思い、淀《よど》に会いに大坂城に出かける。

真夏の中、汗《あせ》だくだくとなるが、豊臣《とよとみ》家のためと老体に鞭《むち》打つ。

「淀《よど》さん、争いは避《さ》けなければなりません」

「おね様、その通りと思いますが、家康の横暴は目に余ります。秀吉の遺言《ゆいごん》を無視して、大名と姻戚《いんせき》関係を結んでいます」

「ほっとけばいいのです。三成をけしかけているだけです」

「秀頼《ひでより》を無視することは許しません」

「家康さんは老い先短いのですから、ここはじっと我慢《がまん》のときです。挑発《ちょうはつ》に乗ってはいけません。『待てば甘露《かんろ》の日和《ひより》あり』です」

「しかし、あまりに酷《ひど》過ぎます」

「辛抱《しんぼう》です。家康さんも信長さんや秀吉が亡《な》くなるのを、歯を食い縛《しば》って待っていたわ」

「腹の虫が収まりません」

茶々《ちゃちゃ》が幼いとき、甘《あま》やかして育て耐《た》え忍《しの》ぶ躾《しつけ》を十分しなかったことを、おねは後悔《こうかい》する。

三成は小西行長《こにしゆきなが》とともに五大老の一人毛利輝元《もうりてるもと》を盟主《めいしゅ》に、宇喜多秀家《うきたひでいえ》、島津義弘《しまづよしひろ》、安国寺恵瓊《あんこくじえけい》らの西国諸大名を味方に付け兵を挙げる。家康は三成挙兵の報に、下野国《しもつけのくに》（栃木県）小山《おやま》で西軍討伐《とうばつ》の評定《ひょうじょう》を行ない大坂へ引き返す。

慶長《けいちょう》五（一六〇〇）年長月《ながつき》、東西両軍は関ヶ原《せきがはら》で激突する。天下分け目の戦いは、中仙道《なかせんどう》を進んだ秀忠《ひでただ》軍三万八千の関ヶ原への到着《とうちゃく》が遅《おく》れたため、東軍は七万五千と西軍八万五千より兵力が少ない。

午前中は西軍が優勢だったが、午後に小早川秀秋《こばやかわひであき》軍八千の内応《ないおう》（裏切り）により、東軍の大勝となる。一日で決着がつく。芒《すすき》は血に染まり、烏《からす》と鷲《わし》が乱舞《らんぶ》する。

おねは弟家定《いえさだ》に守られて無事だった。小さいころの指切拳万《ゆびきりげんまん》が守られる。

関ヶ原《せきがはら》の戦いで実質的な政権は家康に移る。三年後の春、家康は征夷大将軍《せいいたいしょうぐん》となり、武家の棟梁《とうりょう》として全大名に対する指揮権の正統性を得た。

同年夏、家康の三男秀忠《ひでただ》と淀《よど》の妹江《ごう》との間にできた長女の千姫《せんひめ》を秀頼《ひでより》の妻とし、秀頼《ひでより》の義理の祖父となる。徳川家は豊臣《とよとみ》家との姻戚《いんせき》関係を強める。秀頼《ひでより》十と千姫《せんひめ》六。秀吉の生前の計らいで、千姫《せんひめ》が生まれてすぐに婚約《こんやく》している。

さらに二年後、家康は秀忠《ひでただ》に将軍を譲《ゆず》り、駿府《すんぷ》（静岡県）に隠退《いんたい》する。将軍職が徳川家の世襲《せしゅう》であり、豊臣《とよとみ》家に返す意思のないことを明らかにした。大御所《おおごしょ》と称《しょう》し実権を握《にぎ》り続ける。

この年に、家康や正則、清正などの協力のもとで、おねは高台寺《こうだいじ》（豊国社の北東一キロ）を建て移り住む。

秀頼《ひでより》自害

「秀頼《ひでより》、大きくなったな」

「お爺《じい》さまも、ご達者《たっしゃ》でなによりです」

風が暖かくそよそよと吹《ふ》く、花桃《はなもも》八分咲《ざ》きのころ、京都二条城で、おね同席のもと家康は秀頼《ひでより》を引見する。

「なぜ、そんなに大柄《おおがら》なのだ」

「大きな城に住み、魚や肉をふんだんに食べ、牛の乳も飲んでいるからかもしれません」

「千姫《せんひめ》は壮健《そうけん》か」

「はい、元気潑剌《はつらつ》です」

「琴瑟相和《きんしつあいわ》しているか」

「もちろんです」

そんな、たわいのない義理の祖父と孫との会話だ。

関ヶ原《せきがはら》の戦いから十一年目の春、おねと家康は古希《こき》、秀頼《ひでより》十七のとき。この年、家康の深慮《しんりょ》で後陽成《ごようぜい》天皇が後水尾《ごみずのお》天皇に譲位《じょうい》した。その機会を捉《とら》え家康は上京した。

(秀頼《ひでより》の成長が楽しみだわ)おねは思う。

(大成が気がかりだ。依然《いぜん》として大坂城主であり、摂津《せっつ》・河内《かわち》・和泉《いずみ》三か国六十五万石の大大名である。関白を継《つ》ぐ可能性がないとはいえない)家康は脅威《きょうい》を感じる。

(秀吉に取り立ててもらった大名にとっては、秀吉の恩は秀頼《ひでより》への義、忠へとつながるはずだ。家康亡《な》き後、徳川家から豊臣《とよとみ》家へと政権回帰するのが自然)淀《よど》は思っている。

秀頼《ひでより》は天下一の大坂城内で、食生活に恵《めぐ》まれ自由気ままに育ち、身の丈《たけ》六尺《しゃく》五寸《すん》(百九十五センチ)の巨漢《きょかん》となる。父秀吉は小柄《こがら》だが、大伯父《おおおじ》信長は中背で、祖父浅井《あざい》長政《ながまさ》は長身だった。

淀《よど》の教育方針もあり、武士と公卿《くぎょう》の両道として育て、武芸だけでなく文芸も学ぶ。

(『後生畏《こうせいおそ》るべし』自分の余命はもうそれほどない、亡《な》き後、戦乱の世が再び起こるのではないか。わが子の秀忠《ひでただ》と孫の家光《いえみつ》のためにも、天下泰平《たいへい》のためにも、後顧《こうこ》の憂《うれ》いをなくし、秀頼《ひでより》を従わせねばならない。できれば死んでもらいたい）家康は考える。

数か月前、冬のまだ寒いころ、家康は京都東山《ひがしやま》の高台寺《こうだいじ》に、おねを訪ね、秀頼《ひでより》との会見の根回しを願望する。赤い寒椿《かんつばき》が咲《さ》き、燕《つばめ》がチュピチュピチュピチュピーッと鳴いている。

「ご無沙汰《ぶさた》しています。ご壮健《そうけん》でなによりです」

「お互《たが》い健康で何よりです。ほんとうに家康さんは男としては珍《めずら》しいほど長寿《ちょうじゅ》ですわ」

「健康管理が日々の仕事ですから」

「年を重ねると、達者で居ることが難儀《なんぎ》なことで、病気や怪我《けが》をしがちですわ」

「ところで、春、秀頼殿《ひでよりどの》に京都二条城へ出向いていただきたいと考えています。是非《ぜひ》、淀《よど》殿《どの》を説得して欲《ほ》しいのです」

「二十数年前に、秀吉が家康さんに大坂城で会ったことを思い出しますわ」

「あの時にも、おね様には面倒《めんどう》をお掛《か》けしました」

「あの会合が天下統一、天下安寧《あんねい》のきっかけとなりました。『両雄《りょうゆう》並び立たず』は世の習い。今回は豊臣家から徳川家への、その恩返しかもしれません」

「ありがとうございます」

「清正《きよまさ》にお願いして、淀《よど》さんを説得してもらいましょう」

「そうしていただければ幸いです」

数刻、将棋《しょうぎ》をしながら秀吉の思い出話をして別れた。おねは振《ふ》り飛車美濃囲《びしゃみのかこ》い、家康は居飛車矢倉囲《いびしゃやぐらかこ》いが得意で穴熊《あなぐま》にすることもある。おねは序盤が強いが、逆に家康は終盤に強い。家康は詰《つ》め将棋《しょうぎ》で習練している。おねの二勝一敗。

おねは加藤清正を高台寺に呼び、二条城で秀頼《ひでより》を家康に会わせる算段をする。

「いくつになった？」おねは尋《たず》ねる。

「四十八です」

「体も大きくなったけど、年も取ったわね」

「まるで、まだまだ、小童《こわっぱ》扱いです」

「虎之助《とらのすけ》（清正）や市松《いちまつ》（福島正則《ふくしままさのり》）などは、私にとってはいつまでも童《わらべ》のままですわ」

「違《ちが》いないです。おむつは替《か》えてもらったこともあり、餓鬼《がき》のころから元服するまで、三度の食事から着せ替《か》え、読み書き算盤《そろばん》、相撲《すもう》、蹴鞠《けまり》、刀と槍《やり》の使い方など武芸百般を教えてもらいました」

「大活躍《だいかつやく》でした。ところで、秀頼《ひでより》を家康さんに会わせたいのです。この手紙を淀《よど》さんに渡《わた》し、段取りをつけてください。天下安寧《あんねい》のために」

「承知仕《しょうちつかまつ》りました」

「信長さんの天下布武の夢を継承《けいしょう》した秀吉は、天下を統一し泰平《たいへい》の世をつくりあげました。次は徳川家にその承継《しょうけい》と持久をお願いするのが、最善の道だと思います」

「そのようです。才と力のあるものが、天下を治めないと大乱の元です。応仁《おうにん》の乱の再来は御免被《ごめんこうむ》りたい。万民のためにも」

「『創業は易《やす》く守成は難《かた》し』です。豊臣《とよとみ》家が天皇家のように未来永劫《えいごう》続くといいのですが」

「拙者《せっしゃ》、最後の仕事です」

「長生きして豊臣《とよとみ》家を守っておくれ」

おねと清正は大好物の酒で夕餉《ゆうげ》を楽しんだ。おねにとっては久し振《ぶ》りの酒盛りだった。清正に比較《ひかく》すれば酒量はほんの少しだが。

清正は淀《よど》と秀頼《ひでより》に会い、家康との謁見《えっけん》を所願する。最初は渋《しぶ》っていた淀《よど》だが、おねの願い文もあり、秀吉の夢、天下泰平《たいへい》のため秀頼《ひでより》の上京を許す。

家康は秀頼《ひでより》を抹殺《まっさつ》する秘策を練り実践《じっせん》する。

三年後の春、方広寺《ほうこうじ》の鐘銘《しょうめい》事件を策謀《さくぼう》する。

方広寺大仏殿《でん》は秀吉が四十九のとき、国家鎮護《ちんご》を祈願する目的で創建した。十年後の夏、慶長伏見地震《けいちょうふしみじしん》で大仏と大仏殿《でん》は倒壊《とうかい》した。その六年後に本堂は再建され、さらに二年後の春には巨大な鐘《かね》も成った。

この巨鐘《きょしょう》の銘《めい》に「国家《こっか》安康《あんこう》」「君臣豊楽子孫殷昌《くんしんほうらくしそんいんしょう》」とあり、「家康の名を二分して国安らかに、豊臣《とよとみ》を君として子孫殷昌《いんしょう》（繁盛《はんじょう》）を楽しむ」の曲解《きょっかい》をし、豊臣《とよとみ》を責めた。その責任を国替《くにがえ》か、淀《よど》の江戸《えど》人質かの二者択一《たくいつ》で迫《せま》る。まったくの濡《ぬ》れ衣《ぎぬ》であり、のらりくらりと逃《に》げ延び、家康の死を待つのが得策だったが、家康はそうはさせじと攻《せ》める。

おねは秀頼《ひでより》の行く末を案じ、淀《よど》に会いに大坂城に出向く。梅雨《つゆ》が明け暑い昼、白い梔子《くちなし》が咲《さ》き、ニャオニャオと海猫《うみねこ》が鳴きながら飛んでいる。

「家康さんは秀頼《ひでより》を一大名にするか、あるいは、亡《な》き者にして、天下泰平《たいへい》の後顧《こうこ》の憂《うれ》いをなくしたいと考えているわ」

「秀頼《ひでより》は秀吉の嫡子《ちゃくし》であり、後に関白として天下を治める器《うつわ》です」淀《よど》は答える。

「その夢は、関ヶ原《せきがはら》の戦いで終わったはず。織田家のように一殿様《とのさま》として静かに生きてゆくのが最善の道では」

「いいえ、まだまだ可能性は残っています」

「秀吉の恩を受けた大名は、ほとんどが亡《な》くなり世代交代しました。息子たちは家康さんに逆らって、秀頼《ひでより》の時代が来ることを望んでいないわ」

「そんなことはないと思います」譲《ゆず》らない。

「『往《ゆ》く者は追わず、来《きた》る者は拒《こば》まず』が肝心《かんじん》」

「まだまだ、秀吉の恩を感じていてくれる大名が数多くいます」

「まつさんを見習って、江戸《えど》に行くのが豊臣《とよとみ》家を残す道では」

「いやです、私は大坂城から去りたくないです。小谷《おだに》と北《きた》の庄《しょう》、二度も城落ちしました」

「二度あることは三度あります。江戸《えど》へ行けば落城を見なくて済みますわ」

「絶対、いやです」

「強いものや優秀なものが生き残るのではなく、環境変化に適応するものしか生存できない。これは歴史の教えるところです。天皇家のように時代に順応することでしか、秀頼《ひでより》の命を守り、豊臣《とよとみ》家を残すことはできません」

「そんなことはないと思います」

「詮無《せんな》いことで」

（これ以上何を言っても仕方がないか。私にできることはもうない。豊臣《とよとみ》家が滅《ほろ》ぶのは宿命、天命かもしれない。切なく堪《たま》らないけど）おねは感じ、目に涙《なみだ》が浮かぶ。

何も語らず、大坂城を後にして京へ戻《もど》る。

豊臣《とよとみ》方は関ヶ原《せきがはら》の戦いの後、牢人《ろうにん》している者たちを召《め》し抱《かか》え、開戦に踏《ふ》み切る。

この年の冬、大坂方十万と幕府《ばくふ》方二十万は一か月ほど戦う。蟄居《ちっきょ》し出家していた真田《さなだ》信《のぶ》繁《しげ》（幸村《ゆきむら》）などの活躍もあり、天下の名城大坂城は難攻《なんこう》不落だ。

しかし、本丸への大筒《おおづつ》の砲弾《ほうだん》に恐怖《きょうふ》を感じた淀《よど》の判断で、家康の策謀《さくぼう》通りの和議を結ぶ。和解の内容は、本丸を残して二の丸と三の丸を破壊《はかい》し外堀《そとぼり》を埋《う》めること、淀《よど》を人質としない代わりに秀頼《ひでより》の家老であった大野治長《はるなが》と織田有楽斎《うらくさい》より人質を出すこと、秀頼《ひでより》の身の安全と本領の安堵《あんど》、城中諸士についての不問、などであった。

余命が短いことを感じていた家康は、淀《よど》の逆鱗《げきりん》に触《ふ》れるために、外堀《そとぼり》だけでなく内堀《うちぼり》も埋《う》める。この筋書きは和睦《わぼく》のときにすでに描《えが》いていた。

翌年夏、豊臣《とよとみ》方は再度決起し大坂夏の陣《じん》を戦った。八万と十六万人の戦力の差は大きく、堀《ほり》のない丸裸《まるはだか》の城は十日ほどの戦《いくさ》の後に陥落《かんらく》する。

淀《よど》と秀頼《ひでより》は山里曲輪《やまざとくるわ》の糒櫓《ほしいやぐら》で自害する。行年《ぎょうねん》、四十六と二十一。

庭には真紅の躑躅《つつじ》が咲《さ》き、青空には綿雲が浮かび、海猫《うみねこ》が舞《ま》っている。

千姫《せんひめ》は助けだされる。秀頼《ひでより》と千姫《せんひめ》の間には子どもはいない。側室との間に一男一女があり、息子の国松《くにまつ》は殺害され、息女の天秀尼《てんしゅうに》は仏門に入る。秀吉の血は途切《とぎ》れる。千姫《せんひめ》は後に再婚《さいこん》し一男一女を産む。

家康死去

家康は築山殿《つきやまどの》の夢を見る。

「家康様、お待ちしていますよ」

「ううん、もうすぐ、そちらに行くよ」

「なかなか来なくて、待ちくたびれました」

「現世でやり残したことが数多くあったけど、やっと整理がついた」

「天下が取れて祝着至極《しゅうちゃくしごく》に存じます」

「長い道程《みちのり》だった。信長公の命《めい》とはいえ、お前と長男を亡《な》き者にしたのは誠に残念だった。

その後、本当に寂《さび》しい思いをした」

「しかし、側女《そばめ》はうようよいましたね」

「天下統一には全国の大名と姻戚《いんせき》関係を持つ必要があり、子宝《こだから》が必要だった」

「継室《けいしつ》の旭殿《あさひどの》の外に妾《めかけ》十八人は、あきれてしまいます。女好きの秀吉様より多いのだから」

「そんなにいたかな。秀吉公は色好みというよりも赤子《あかご》好きで、私もそうだ。嬰児《みどりご》が多いのが一番の喜び。子どもの数は信長公が二十一人、秀吉公は二人、私は十六人。でもお前との新婚《しんこん》生活が最高に楽しかったよ」

「嘘《うそ》ばっかり、ほとんど別居生活だったのに」

「そんなことない、長男信康《のぶやす》と長女亀姫《かめひめ》を授《さず》かったではないか」

「それは、そうだけど」

「もし、信長公の命令に逆らったら、私の命はなかった。本当に不憫《ふびん》なことをした」

「昔のことは忘れて、来世《らいせ》で楽しく過ごしましょうね」

「ううん、そうしよう」

五日後、多くの側室と子どもや孫に見守られながら、家康は安らかな寝息《ねいき》を止め大往《だいおう》生《じょう》した。

死因は鯛《たい》の天婦羅《てんぷら》による食中毒か胃癌《いがん》、あるいは両方か。冬に鷹狩《たかが》りの最中《さなか》で倒《たお》れ、春に死去した。享年《きょうねん》七十三。大坂落城から十一か月後の元和《げんな》二（一六一六）年卯月《うづき》のこと。

辞世の句として伝わるのは二つ。

「嬉《うれし》やと　再び覚めて　一眠《ねむ》り　浮世の夢は　暁《あかつき》の空」

「先にゆき　跡《あと》に残るも　同じ事　つれて行《ゆけ》ぬを　別《わかれ》とぞ思ふ」

　九か月ほど前、秋雨《あきさめ》で少し肌《はだ》寒い昼下がり、紅葉の真っ盛りのなか、おねと家康は京都東山の高台寺で会っている。蛇《へび》がとぐろを巻き、小犬も丸くなって雨宿りしている。

「家康さん、色々お世話になりました。同じ年のこともあり、懇意《こんい》にしていただいてありがとうございました」

「こちらこそ。おね様が幼いころ川洲《かわす》に取り残されたときに会ったのを憶《おぼ》えています」

「そうでしたわ」

「信長公が、おねさんを助けました」

「そんなこともありました」

「その後、信長公と同じ紫陽花《あじさい》の花冠《はなかんむり》をもらいました」

「昔のことですわ」

「実は私の初恋《はつこい》の人は、おね様だったのかもと思うことがあります。紫陽花《あじさい》の花環《はなわ》、大切にしていましたが、枯《か》れてしまいました。秀吉公より先に昵懇《じっこん》になっていれば、女房《にょうぼう》になっていただいて幸せだったと思います。いずれにしても、おね様のお陰《かげ》で天下泰平《たいへい》の世の中をつくることができました」

「家康さんの人徳でしょう。秀吉亡《な》き後は、あなた様が私のそして日本国民の日輪《にちりん》ですから。秀吉も天下安寧《あんねい》になり、喜んでいることでしょう」

「おね様が月輪《げつりん》であることは変わりないです。私は馬齢《ばれい》を重ねてきました。日輪というより年輪の積み重ねでしょうか。秀頼《ひでより》様や淀殿《よどどの》には申し訳《わけ》ないことをしました」

「平穏《へいおん》無事で戦《いくさ》のない世のためには、仕方のないことだったのでしょう。運命です。言い掛《が》かりというか、策略に乗った方が愚《おろ》か者で間抜けだったのかもしれません。家康さんの最初で最後の悪行のようにも思います。でも『善悪は水波《すいは》の如《ごと》し』ですわ」

「そう言っていただければ、ありがたいことです。私は奈落《ならく》の底に落ちるでしょうか」

「『善人なおもて往生を遂《と》ぐ、況《いわ》んや悪人をや』ですから、きっと極楽ですわ」

「優しいお言葉、嬉《うれ》し涙《なみだ》が出ます」

「源平の時代から栄枯《えいこ》盛衰《せいすい》は世の習いです。ところで年とともに短気になるようで怖《こわ》いわ」

「そうです。『短気は損気』と我慢《がまん》には自信があったのですが、余命短くなり短慮《たんりょ》な言動が増えました。死ぬ前にやって置きたいことは多々ありますが、残された時間や春秋はそれほどないようにも」

「秀吉もそうでした。私も。人間の性《さが》でしょうか。若いときは『辛抱《しんぼう》する木に金がなる』と思っていたのに。『覆水盆《ふくすいぼん》に返らず』と、利休さんや秀次を死罪としたわ。愛の水をまた盆《ぼん》に注げばいいのに。次の人に任せれば、さらにいいのでしょうに。棺桶《かんおけ》には花の他は何も入らないし、残るのは骨だけです」

「その通りです。骨壺《こつつぼ》に入るだけの白い骨だけが残るのみです」

「家康さんの長寿《ちょうじゅ》の秘密はなんですか？」

「一つは粗食《そしょく》で腹八分とすること。『及《およ》ばざるは過ぎたるに勝《まさ》れり』です」

「なるほど」

「二つは、趣味《しゅみ》が鷹狩《たかが》り、囲碁将棋《いごしょうぎ》と読書のことです。狩《か》りや水泳、武芸によって筋肉を維持《いじ》し、囲碁《いご》や将棋《しょうぎ》、さらに読書で頭を使い続けているからでしょうか。若いころは蹴鞠《けまり》や相撲《すもう》もしました。足腰《あしこし》が弱り体重が増えたため、残念ながら馬には乗れなくなりました。五十を過ぎてからは体力を保つのは難しく、五年毎に衰《おとろ》えを感じます」

「私も――、脚《あし》も頭も心も悪くなるばかりですわ」

「三つは、薬草について勉強して自ら病気の予防や治療《ちりょう》を行なうこと。祈禱《きとう》は大嫌《だいきら》いです」

「私はひたすら祈願《きがん》はしますが」

「四つは、実は信長公や秀吉公より長く生きることが、最大の人生目標だったことです。二人には内緒《ないしょ》です。極楽か地獄《じごく》かでも聞いていないことを望みます。若いのだけが取り得。そのためにも『君子《くんし》危《あや》うきに近寄らず』本能寺の変でも、ひたすら逃亡《とうぼう》しました」

「流石《さすが》ですわ。山登りの達人は上り坂より下り坂に気を使うと聞きます。攻《せ》めるより逃《に》げることが大事なときもあるようですわ」

「おね様、何か気になっていることはありますか?」

「争いがなくなって安全安心な天下になったことは善いことです。しかし、人掃令《ひとばらい》などによって職業選択《せんたく》や移動の自由がなくなるのが心配です。その結果、勉学意欲や向上心が少なくなるのではないでしょうか。日吉(秀吉の幼名)みたいに、ぴちぴちした子どもが、ごろごろ居る世が好いと思います」

「自由と安寧《あんねい》、競争と調和、どちらが大事か。考え悩むことです」

「キリスト教禁止によって南蛮《なんばん》との交易が少なくなることも、気にしていますわ」

「確かに、そうです。貿易は盛《さか》んにしたいです」

「子どもさんたちを世界漫遊《まんゆう》の旅に出してはいかが。ほんとうは家康さんに世界中を見てきて欲《ほ》しいのです、できれば私を連れて。しかし、お互《たが》い年を取り過ぎて、長い船旅や輿《こし》旅《たび》には耐《た》えられそうにないわ」

「旅は本当に、いいです」

「人は城や土地につなぎとめて縛《しば》るより、鳥のように翼《つばさ》を広げて、空や世界に羽ばたかせるほうが、きっと自由で幸せなことが多いわ」

「ごもっとも」

「私の側《そば》に居るのは犬だけですわ」

おねの横には、いつの間にか白い小型犬が居た。捨て犬を数か月前に拾ってきて、同居するようになった、ろんだ。おねの言うことが細大漏《も》らさず分かるような頭の良い忠犬で、論語の論から命名した。

「死ぬときは誰《だれ》も一人です」

「ひさしぶりに、将棋《しょうぎ》をしません」

「喜んで」

その後、一時《いっとき》（二時間）ほど将棋《しょうぎ》を指す。おねは福耳を触《さわ》りながら、家康は爪《つめ》を噛《か》みながら長考する。一勝一敗の五分だった。

秋霖《しゅうりん》は降り続き肌《はだ》寒さを増している。紅葉は一段と赤づき、黄色い菊《きく》も映《は》える。

十日ほど後の夕暮れ時に京都東山《ひがしやま》の高台寺《こうだいじ》で、おね、やや、まつの三人は会う。

雲一つない快晴のなか紅葉は散り始め、蟋蟀《こおろぎ》がコロコロリュリュリュと鳴き、風がうすら寒い。

「ややもまつも年を取ったけど、それなりに美しく壮健《そうけん》そう」おねは微笑《ほほえ》みながら。

「綺麗《きれい》なのは着物ばかり。目は見えなくなり、耳も遠くなり、物忘れも多く、首や肩《かた》、肘《ひじ》、手首、腰《こし》、膝《ひざ》、足首など体中、痛いところだらけ」ややも苦笑いしながら。

「私もそう。顔中に染《し》みも黒子《ほくろ》も増えたわ。また、さっきしようとしたことを忘れることもよくあるし、したことを忘れて、またしようとすることもあるわ。言ったかどうか忘れてまた同じことを言うこともあるし。小さな字を読むのにも苦労するわ」まつは首を少し横に振《ふ》り頷《うなず》く。

「涙脆《なみだもろ》くて。――困るわ」おね。

「笑っても涙《なみだ》が出るし」やや。

「悲しいことは、一通り体験したのに。まだまだ涙《なみだ》が残っているのかしら」まつ。

「そうだわ、艱難辛苦《かんなんしんく》を共にしたから。そのせいか、お互《たが》い長く豊かな黒髪《くろかみ》が白く少なくなったわ。夫はみんな死んでしまうし。秀吉が亡《な》くなって十七年」おね。

「長政《ながまさ》が目を瞑《つぶ》って、四年」やや。

「利家《としいえ》が世を去って、十六年、今年は十七回忌《き》」まつ。

「豊臣《とよとみ》家は滅《ほろ》んだけど、浅野家や前田家は子だくさんで、徳川家とそれなりにうまくやっていけていて安泰《あんたい》だわ。家康さんに先日会ったけど、ほんに長生きだわ」おね。

「長生《ちょうせい》が天下をとる鍵《かぎ》なのかもしれないわ。お姉《ねえ》さんと秀吉兄さんのお陰《かげ》でいい思いをさせてもらったし。夫が長生きすると波瀾万丈で大変だけど、それなりに楽しいかも」やや。

「たしかに、利家は信長様と秀吉様に仕えて、なかなかの人生。もっと長く生きていれば別の世になったようにも思うけど」まつ。

「子どもは何人だったかな？」おね。

「うちは六人、男三人、女三人」やや。

「二男六女の八人」まつ。

「羨《うらや》ましいかぎりだわ。秀吉がいなくなってからは、月命日の墓参りと近所の少年少女に読み書きや算盤《そろばん》、小袖《こそで》作り、蹴鞠《けまり》を教えるのが仕事」おね。

「墓参りは楽しみ、足腰《あしこし》も丈夫《じょうぶ》になるし。私たちも小さいころ、おねさんに色々教わったね。その折《おり》はありがとうございました」まつ。

「本当にありがとう。十代のころ、三人で夏祭に行ったこと覚えている」やや。

「あの時は楽しかったね。おねさんと秀吉様の一目惚《ひとめぼ》れのときよ」まつ。

「そうだったわ。秀吉が一目惚《ひとめぼ》れで私はそれほどでも。ほうほうほう」笑って誤魔化《ごまか》す。

「秀吉さんは強引に家まで送っていったし。うふふ」やや。

「そうだっけ」おね。

「朝日母さんが、野合《やごう》は駄目《だめ》、三低は最低、結婚《けっこん》は絶対反対と一騒動《ひとそうどう》あったし」やや。

「――北野大茶湯《きたのだいさのえ》も醍醐《だいご》の花見も、けっこう楽しかったわ」おねは話をそらす。

「そう、かなりね。昔のことの方がより鮮明《せんめい》に思い出すことができるね。さっきしたことは忘れるけど」やや。

「ほんとうね。おほほ」まつ。

「来年の春、暖かくなったら、有馬《ありま》温泉に三人で行こう」おね。

「いいね、箱根の湯もいいわよ。富士山も絶景だし」やや。

「加賀《かが》（石川県）山中《やまなか》の出湯《いでゆ》も素敵《すてき》よ」まつ。

「毎年一か所、三年で一巡《いちじゅん》しよう」おね。

意見はまとまったが、実行されないで終わる。

三人は十代のころから、三姉妹のように一生ずっと仲良しのままだ。

ややは翌年如月《きさらぎ》に七十一で亡《な》くなる。家康より二か月ほど早い。まつもその次の年の文《ふみ》月《づき》に七十でこの世を去る。おねは一人残る。

おねが逝《ゆ》く

おねは月のように円《まど》かに逝《ゆ》く。左手で福耳《ふくみみ》を触《さわ》り微笑《ほほえ》みながら静かに息を止める。豊かで長い弾力《だんりょく》のある艶《つや》やかな緑の黒髪《くろかみ》は、細く少ない白髪《しらが》に変わっていた。見送ったのは小犬ろんだった。十年ほど前に道端《みちばた》で拾って可愛《かわい》がっている。飼い主が亡くなったのに気が付いたのか、

「わんわんわん」と大きな声で吠《ほ》える。答える人はいない。

「わん」と小さく鳴いて、ろんも数刻後に息絶える。

京都東山《ひがしやま》の高台寺《こうだいじ》では、青白い上弦《じょうげん》の月夜に冷涼《れいりょう》な秋風のなか、黄色い野菊《のぎく》が咲《さ》き、リンリンリンリンと鈴虫が鳴いている。

亡くなる数日前、金色《こんじき》に光る三日月の夜、秀吉との寝《ね》物語の夢を見た。横におり手をつないでいてくれる。

「手が温かくて柔《やわ》らかい」

「ごつくて冷たいわ」

「ああ……、仕方がない」

（死んでしまったのだから。あの時もそうだったけど）と思わないでもない。

「また、――一緒《いっしょ》に過ごせるわ」

「ああ、待っているよ。ずっとずっと、首を長くして待っていたよ」

「幸せでした？」

「もちろん！」

「うん、私も」

「おねさんに夏祭のとき出会った。小袖《こそで》をもらい、結婚《けっこん》し、きゃっきゃと一緒《いっしょ》に笑えたこと、北政所《きたのまんどころ》にでき天下人になれたこと、死に水をとってもらえたことも」

「櫛《くし》をもらったわ。大事にして今も挿《さ》しているわ。いつも、ほうほうほうと笑わせてもらい、笑い涙《なみだ》を流せて、お陰《かげ》で皺《しわ》も少ないこと、戦《いくさ》が終わり安寧《あんねい》になったこと――」

「桜の木の下に居る子どもが生きていたら、幾《いく》つだろうか？」

「結婚《けっこん》の次の年、二十歳《はたち》のときの子だから六十二」

「永《なが》らえていたら、孫も沢山《たくさん》できたろうに」

「――ほんとうに」

「日本一いや天下一、美しいけど、美人薄命《はくめい》ではなく、佳人《かじん》長命でよかった」

「秀さんは、六十一まで、信長さんより長く生きたけど」

「信長公は四十八。家康のように七十三まで生きたかった。せめて秀頼《ひでより》が元服するまで」

「もう少し節制すれば、争いも女遊びも、やり過ぎたのよ。欲をかき過ぎ、夢を見過ぎ」

「ああ……、そうだ」頭を垂れる。

「死に損なうと楽しいことも増えるけど悲しいことも多いわ。『禍福《かふく》は糾《あざな》える縄《なわ》の如し』」

「二人で結局のところ、残せたことはなんだろうか？」

「子どもは残念ながら残せなかったけど、天下泰平《たいへい》の世かな」

「大坂城も聚楽第《じゅらくてい》も伏見《ふしみ》城もなくなったし、金銀財宝も失い、家族も友達も知人も皆《みな》、他界してしまった」

「貯金も貯健も貯愛も何も彼《か》も消えてしまったけど、私たちの歩みが何人かの記憶《きおく》に残ったかもしれない」

「現世《げんせ》には何も残さないのが、来世《らいせ》で幸せになる秘訣《ひけつ》かもしれない」

「詮無《せんな》いこと、人はみんな残るのは骨だけ。でも、もうすぐ共に暮らせるわ」

「また一緒《いっしょ》に笑おう。きゃっきゃ」

「うん、お好きなように。ほうほうほう」

鶯《うぐいす》の鳴き声のように温かい黄色の笑い声だった。最後の笑顔となる。

三途《さんず》の川を渡《わた》ってゆく。老犬ろんも側《そば》に居る。

川向こうには、おねが作った小袖《こそで》を着た、やや、まつ、濃姫《のうひめ》、お市《いち》、淀《よど》、熙子《ひろこ》、秀吉、信長、家康、利家《としいえ》、秀長《ひでなが》、光秀《みつひで》、秀次《ひでつぐ》、秀頼《ひでより》、そして愛犬ころが並んで迎《むか》えている。

八十二、天寿《てんじゅ》を全《まっと》うした。寛永元《かんえい》（一六二四）年長月《ながつき》のこと。

秀吉の月命日《つきめいにち》十八日に、二人連れ、いや一人と一匹《ぴき》は、いつも一緒《いっしょ》に、とぼとぼと歩いて墓参りをしていた。その姿を眺《なが》めた人も多い。後家《ごけ》生活は二十六年に及《およ》ぶ。

極楽浄土《じょうど》で待っていた、ややとまつが、おねを歓迎《かんげい》して、長生《ちょうせい》について井戸端《いどばた》会議をする。昔の姦《かしま》し娘《むすめ》、今は姦《かしま》しお婆《ばあ》さんの話は長い。三人とも四十ほど若返り、美しく復活している。紫《むらさき》の桔梗《ききょう》の上をキィーキィキィキィと鳴きながら鷹《たか》が数羽飛んでいる。

「お互《たが》い長く生きてきたわ」おね。

「お姉《ねえ》さんが一番、私が二番、まつさんが三番、この順番はずっと同じ」やや。

「早寝《はやね》早起き腹八分が長生きの秘訣《ひけつ》。早寝《はやね》早起きはできるけど、腹八分は無理で満腹感が人生最大の幸せのひとつ」まつ。

「そうね、結果、十代とは大違《おおちが》いの体形だけど」おね。

「二十代には、気晴らしで暴飲暴食をしたことあったけど、今やるとずっと体調が悪いわ。酒や煙草《たばこ》もやらないことも大事」やや。

「おねさんは、二十代で一時、酒を嗜《たしな》み、信長様に絡《から》んだこともあったわね」まつ。

「そんなこともあったわ、でも三十代からは節酒禁煙《きんえん》よ」おね。

「適度な運動が必要ね」やや。

「家のことを自分でやらないと、気が済まないのが、いいみたい」まつ。

「そう、家事で手を抜《ぬ》いて、ごろごろしていると、ぶくぶく太るわ」おね。

「散歩や蹴鞠《けまり》、畑仕事もしないと」やや。

「なか母さんは畑作や掃除《そうじ》、洗濯《せんたく》、炊事《すいじ》、裁《さい》縫《ほう》を常に自分でしていた。見習っているわ」おね。

「長い道程《みちのり》を歩いて、金沢や江戸《えど》から京に時々来るのもいいみたい。おほほ」まつ。

「歩くのが至上。籠《かご》や馬に乗らないことね。脚《あし》から老化するとも言うし。うふふ」やや。

「秀吉の眠《ねむ》る豊国社《とよくにしゃ》への墓参り、京都の寺社仏閣巡《めぐ》り、花見、紅葉狩《もみじが》り、大坂、さらには尾張《おわり》まで足を延ばすこともあるわ。残念ながら江戸《えど》や富士山は見たことがないけど」おね。

「脚《あし》だけでなく頭も使わないと惚《ほう》けるみたい」やや。

「ほんとうね、読書が最高。おねさんの愛読書は？」まつ。

「源氏《げんじ》物語や枕草子《まくらのそうし》、古今《こきん》和歌集、今昔《こんじゃく》物語集、平家《へいけ》物語、太平記《たいへいき》、御伽草子《おとぎぞうし》などかな、とりわけ竹取《たけとり》物語が小さいときから大好きだったわ。『花の色は　移りにけりな　いたづらに　わが身世にふる　ながめせし間に（小野小町《おののこまち》）』もいいわ」おね。

「『秋来ぬと　目にはさやかに　見えねども　風の音にぞ　おどろかれぬる（藤原敏行《ふじわらのとしゆき》）』が好き」やや。

「『きりぎりす　鳴くや霜夜《しもよ》の　さむしろに　衣かたしき　ひとりかも寝《ね》む（後京極摂政前《ごきょうごくせっしょうさきの》太政大臣《だじょうだいじん》）』も。ところで、おねさんは武将の名前と姻戚《いんせき》関係を覚えていて秀吉様に助言していたと聞くけど」まつ。

「秀吉様はお姉《ねえ》さんにいつでも何でも相談して知恵をもらっていたようね」やや。

「そんな遠い昔のこともあったわ」おね。

「私たち三人のうち、だれが一番、あげまんだったろうか？」まつ。

「あげまんって」やや。

「夫を活《い》かし、自分も幸せになる愛妻のこと」まつ。

「さあ、だれかしら」おね。

「『雌鶏《めんどり》うたえば家亡《ほろ》ぶ』と言うけど『雌鶏勧《めんどりすす》めて雄鶏《おんどり》時を作る』とも言うわ」まつ。

「信長様や秀吉様、家康様を見ていると、男は天下を取ることを目指し、お姉《ねえ》さんに目を向けると、女は平和な家庭と社会を望んでいるようにも思うわ」やや。

「ややも長政《ながまさ》さんと幸長《よしなが》さんを大大名《だいだいみょう》にしたし、まつさんも利家《としいえ》さんと利長《としなが》さんを大殿様《おおとのさま》にしたから素敵《すてき》だわ」おね。

「時代を変えるのは男かもしれないけど、その男を産み育てるのは女。だから歴史を創《つく》るのは女かも」まつ。

「いつもにこにこして明るく、ほうほうほうと笑うから。秀吉様も楽しかったし」やや。

「何事にも悲観しないで笑って済まし、気配りの人、褒《ほ》め上手《じょうず》だよね」まつ。

「秀吉様を日輪《にちりん》の子と褒《ほ》め、一歩前に押し出し、私は月輪《げつりん》の子と一歩下がり、秀吉様が私の嚆矢《こうし》の人と、側室が何人いても思い言い続けたのは凄《すご》い。私にはできない」やや。

「うん、そんな星回り、運命、天命だったのかもしれない。ほうほうほう」おね。

遠くから夏祭の太鼓《たいこ》と笛《ふえ》の音が聞こえてくる。

略歴

西脇 隆（にしわき　たかし）

一九四八（昭和二十三）年岡山県倉敷市生まれ。岡山市立内山下小学校、岡山大学教育学部附属中学校、慶應義塾高等学校を経て、一九七一（昭和四十六）年慶應義塾大学工学部管理工学科卒業後、野村総合研究所入社。一九七三（昭和四十八）年スタンフォード大学大学院工学部オペレーションズリサーチ学科マスター修了。二〇〇四（平成十六）年野村総合研究所退社、株式会社クリエイジ（ビジネス書のインターネット書店）を創業して代表取締役社長就任。二〇一二（平成二十四）年株式会社クリエイジを古本のインターネット書店に業態転換。居住地は倉敷市児島、岡山市、東京都目黒区、中野区、杉並区、鎌倉市、横浜市、スタンフォード、逗子市などを経て、現在は藤沢市に在住。著書に『糸子、隆盛の妻』（文藝春秋、二〇一七年）、『多子青春化』（日本評論社、二〇〇五年）、共著に『ネットワーク未来』（日本評論社、一九九六年）、『創造の戦略』（野村総合研究所、一九九〇年）、"Strategy for Creation"（Woodhead Publishing Ltd., 1991）、『企業家型管理者の時代』（産能大学出版部、一九九〇年）など。

※本書は満年齢表記で統一しました。
カバー　グラディアCoC（平和紙業株式会社）
表紙　OKミューズマリン・しろ（平和紙業株式会社）
オビ　OKミューズコットン・しろ（平和紙業株式会社）
本文　OKライトクリーム・ツヤ（王子製紙株式会社）

おね、秀吉《ひでよし》の妻《つま》

二〇一八年一〇月一八日　初版第一刷発行

著者　西脇《にしわき》隆《たかし》
発行　株式会社文藝春秋企画出版部
発売　株式会社文藝春秋
〒一〇二―八〇〇八
東京都千代田区紀尾井町三―二三
電話〇三―三二八八―六九三五（直通）
装丁・イラストレーション　河村誠
印刷・製本　株式会社フクイン

ISBN978-4-16-008937-2